죽고 싶어질 때

도서
출판 행복에너지

죽고 싶어질 때

무학(無學) 김진황이 전하는 생명과 부활의 메시지

초판 1쇄 발행 2012년 12월 1일

지 은 이 김진황
발 행 인 권선복
편집주간 오성용
디 자 인 엄희주
교정교열 김정웅
전 자 책 박소은
마 케 팅 서선교
발 행 처 도서출판 행복에너지
출판등록 제315-2011-000035호
주　　소 (157-010) 서울특별시 강서구 화곡로 232
전　　화 0505-666-5555
팩　　스 0303-0799-1560
홈페이지 www.happybook.or.kr
이 메 일 ksb6133@naver.com

값 15,000원
ISBN 978-89-97580-49-1　　03810

도서출판 행복에너지는 독자 여러분의 아이디어와 원고 투고를 기다립니다. 책으로 만들기를
원하는 콘텐츠가 있으신 분은 이메일이나 홈페이지를 통해 간단한 기획서와 기획의도, 연락처
등을 보내주십시오. 행복에너지의 문은 언제나 활짝 열려 있습니다.

죽고 싶어질 때

무학(無學) 김진황이 전하는 생명과 부활의 메시지

• 김진황 지음 •

도서
출판 행복에너지

|제1부| 다시 인생강의를 시작하며

|제2부| 내 인생의 최고 수난기

지지리도 지독한 인간 김진황

그는 다리가 없는 사람입니다.
그는 세 번의 자살을 시도했습니다.
그는 약 4가지의 합병증으로 시한부 인생을 겪었습니다.
그는 전쟁에서 죽음의 공포를 체험한 사람입니다.

김진황 씨는 자신의 인생에 찾아왔던 고비의 순간을 스스럼없이 말하고 있습니다. 자신의 치부를 드러내는 일은 쉽지 않은 일입니다. 그래서 김진황이라는 사람은 자신의 모든 약점을 극복한 이 시대의 몇 안 되는 인간 승리자라 생각합니다.

그는 다리가 없지만 사지 멀쩡한 사람보다 더 건강합니다.
그는 두 번의 자살시도를 극복하고 인생을 더 행복하게 삽니다.
그는 병마를 극복하고 누구보다 건강하게 삽니다.
그는 전쟁을 통해 사람의 가치를 깨달은 진정한 국가유공자입니다.

옆에서 지켜본 김진황이라는 사람은 참 멋진 신사입니다. 사람을 사랑하고 웃어른을 공경하며 항상 인생의 참된 의미를 느끼고 전파하는 인생 전도사입니다.

그의 일생은 무척 가난했고 부족했고 아팠습니다만 버틸 수 없을 것 같은 인생 풍파를 그 모든 것을 그는 한쪽 다리로 즉 외길인생으로 버텨냈습니다. 인생이라는 모진 태풍 앞에 두 발로 서 있기조차 힘들어하는 우리보다 부족한 조건으로 당당하게 일어선 강인한 사람입니다. 그를 보면 내 삶의 동기의식도 한층 강해지는 것을 느낍니다. '저런 분도 저렇게 버티시는데 내 고민은 아무것도 아니잖아' 라며 저를 위로하게 되는 것입니다.

인생에서 위로를 찾는 방법은 크게 두 가지로 구분할 수 있습니다. 첫 번째는 성공한 사람의 모습을 그리며 나도 그렇게 되어야겠다는 꿈을 그리는 위로입니다. 단 1%의 희귀한 성공담을 무리하게 따라하다가는 더 큰 벼랑으로 떨어질 수도 있습니다. 하지만 세상 모든 시련을 이겨내고 죽음의 문턱을 극복한 사람들의 이야기는 보고 따라해도 결코 벼랑으로 내몰리지 않습니다. 두 번째 위로는 실패한 이들의 이야기를 반면선생으로 삼아 스스로 아직 괜찮다 생각하고 희망의 싹을 간직하는 것입니다. 이는 위험부담도 크지 않으며, 설사 큰 위로가 되지 못할지언정 스스로의 인생을 자책하게 만들지는 않습니다.

우리나라에서 현재 가장 인기 있는 프로그램인 〈무한도전〉을 아십니까? 그 프로그램이 감동을 주는 것은 대한민국의 평범한 사람을 자처하는 6명의 출연자가 극한의 도전과정을 보여주기 때문입니다. 김진황 씨는 어쩌면 평범한 사람보다 더 못한 사람이지만 매 순간이 도전의 연속이었던 삶을 훌륭하게 극복했던 사람이기도 합니다. 그분의 삶이 많은 사람을 눈물짓게 만드는 이유는 바로 이 때문인 것 같습니다.

지지리도 지독한 김진황 선생님의 인생을 보노라면 분명 여러분의 인생 또한 더욱 아름답고 행복하게 느껴질 것이라 확신합니다.

2012년 11월
재단법인 한국상담교육원장 한중대학교 교수 · 한국자살방지협회 회장
김태영

채인석 화성시장

동탄 화성의 명물이신 김진황 씨의 책 출간 소식을 들었습니다.

김진황 씨의 강연을 듣고 참으로 많은 이들이 희망과 행복 그리고 웃음을 되찾고 즐거운 생활을 이어나갔던 것이 잊혀지지 않습니다. 이제 이 책 『죽고 싶어질 때』를 통해 더욱 많은 이들이 김진황 씨의 행복의 메시지, 삶과 희망의 에너지를 전해 받을 수 있다고 생각하니 저부터 행복해지는 것 같습니다. 좋은 책 출간해주심에 감사합니다.

고희선 국회의원

행복은 사람들 간의 교류와 소통 속에서 만들어진다고 생각합니다. 책 속에서 김진황 저자와 소통하는 여러분은 행복을 가질 수 있는 소중한 기회를 만드신 것이라 생각합니다.

이원욱 국회의원

끝나지 않을 고통의 어둠 속에서도 분명 한 줄기 희망의 빛이 다가온다는 엄연한 진실이 존재하는 한 우리네 삶은 희망적이고, 행복하다는 것을 이 책은 말하고 있습니다. 이제 김진황 씨가 전하는 삶의 이유에 귀를 기울여 더 나은 삶을 가꿔보십시오.

남경필 국회의원

실패의 반대말은 성공이 아니라 포기라는 명언이 떠올랐습니다. 포기하지 않는 한 언제나 길이 열린다는 것을 다시 한 번 생각하게 하는 책입니다. 힘들고 지친 사람이라면 분명 큰 위안이 될 것이라 생각합니다.

박보환 前국회의원

『죽고 싶어질 때』라는 제목을 보고 멈칫했는데 저자의 이름이 김진황이라는 사실을 알고 기쁜 마음으로 책을 넘겼습니다. 아니나 다를까, 생각했던 그대로 희망과 행복 그리고 뜨거운 정열의 기운이 제게 흘러들어왔습니다. 그 기운으로 더 힘찬 생활을 이어나가겠습니다.

김성회 前국회의원

이 책을 한마디로 정의하자면 '사람을 살리는 책'이라 말하고 싶습니다. 죽음을 생각해본 적이 있다면, 죽음을 생각하고 있다면 당장 이 책을 집어 드십시오. 당신 또한 소중한 사람입니다.

원희룡 前국회의원

장애를 이겨내는 일, 가난을 이겨내는 일, 죽을 병을 이겨내는 일. 한 사람이 살면서 이런 일을 겪고 또 이겨낼 확률은 얼마나 될까. 여기 세 번의 죽을 고비를 넘기고 장애, 가난, 죽을 병을 이겨낸 위대한 산증인이 있다. 그런 그가 생의 정수를 담은 책을 펴냈다. 힘들어하는 많은 이들에게 큰 위로가 될 것이라 믿는다.

오엄중 신일건업 부장

언제나 밝고 씩씩한, 남자 중의 남자 김진황 선생님. 그 걸걸한 웃음과 유쾌하고 상쾌한 목소리가 귓가에 선합니다. 좋은 책을 출간하시게 된 것을 축하드립니다. 책 표지만 봐도 끈질긴 생명력 같은 것이 느껴집니다. 이제 부활과 희망의 아이콘이 되어 더욱 많은 사람들에게 희망을 전해주십시오.

김재원 아나운서

예사롭지 않은 제목입니다. 더욱이 예사롭지 않은 저자입니다. 돌아가신 최윤희 선생님의 뒤를 잇는 행복전도사이신 김진황 선생님의 놀라운 생의 이야기를 이제 책으로 읽을 수 있게 되어 무척이나 행복합니다. 더욱 왕성한 활동 기대하겠습니다.

이금희 아나운서

방송을 하다 보면 각양각색의 사람들을 만나게 되는데 그중 김진황 씨는 무척이나 강한 인상을 남겼던 분이다. 이 책도 그분의 모습을 고스란히 닮았다. 평범한 것처럼 보이나 그 이면에 강력한 힘이 숨어있다.

전원주 방송인

김진황 씨의 이야기를 듣고 몇 번이나 눈물을 글썽거렸었습니다. 가슴 뭉클한 삶의 이야기, 누구도 이겨내지 못한 고난과 시련을 박차고 일어선 열정. 모든 것을 가능하다 여겼던 강력한 정신력을 존경합니다.

엄앵란 방송인

살아오면서 얼마나 많이 죽고 싶었고, 죽을 것만 같았던가. 죽음이란 멀쩡할 때는 멀게만 느껴지지만 힘들 때는 그 어떤 것보다도 가까이에서 느껴진다. 그 유혹에 빠져 발을 헛디뎌 삶을 마감한 이들이 얼마나 많은가. 부디 많은 분들이 이 책을 통해 그 유혹과 맞서 싸우는 법을 배웠으면 한다.

안병락 프로듀서

지붕부터 짓는 집은 없다. 예전에 김진황 선생님에게 들었던 말입니다. 그 말 한마디가 그동안 살면서 많은 도움이 되었습니다. 그런 분께서 이번엔 한 권의 책을 엮었습니다. 또 다른 좋은 교훈을 얻을 준비를 하고 책을 펼쳐봅니다.

죽고 싶어질 때

이학성 프로듀서

물레방아 같은 사람이다. 늘 같은 자리에서 묵묵히 또 천천히 돌아가지만 그 이면에는 엄청난 힘의 무게 추가 있다. 그의 곁에서 사람들은 무거운 짐을 정제한다. 나쁜 것은 거르고 좋은 것만 가져가게 만든다. 복잡한 마음, 죽고 싶은 심정이라면 그의 책을 읽어보자. 모든 것이 정리되는 마법같은 힘을 경험하게 될 것이다.

윤태원 화성시청 농정과장

소식을 전해 듣고 목이 빠지게 출간일을 기다렸습니다. 그리고 이제 그 책을 그 누구보다 빨리 손에 쥐게 되었습니다. 역시 기대했던 것 이상으로 재밌고 또 멋있는 책입니다. 베스트셀러의 예감이 듭니다.

방귀희 KBS 작가

직업의 특성상 많은 책을 읽는다. 그러다 보니 지인들에게 책 추천을 의뢰 받기도 한다. 오늘 김진황 선생님 덕분에 고민거리를 덜었다. 이제 지인에게 전화를 걸어 『죽고 싶어질 때』를 사서 보라고 말하기만 하면 된다.

신완선 성균관대학교 교수

물질만능의 세태, 생명경시의 풍조가 자리하고 있다. 거칠게 표현하자면 툭하면 죽는 게 현대인들의 비애다. 비관과 우울은 이미 현대인들의 삶에 깊숙하게 스며들어있다. 이를 극복하기 위해 필요한 것은 법의 개정도 아니고 복지의 강화도 아니다. 필요한 것은 마음을 어루만져주는 위로와 당신도 잘 살 수 있다는 응원의 메시지이다. 이 책은 그런 의미에서 값진 책이다.

방 열 건동대학교 총장

따끈따끈한 책을 받았다. 방금 나온 책이라 그런 것도 있고, 이 책의 주인공의 뜨거운 열정 때문에 온기가 더해진 것 같기도 하다. 이 책을 쓴 김진황 씨는 철이 녹

아내리는 용광로 같은 사람이다. 책을 읽어가며 내 속에 품은 나태함과 근심까지 녹아 없어져버리는 것을 느꼈다. 그 열기 속으로 이제 당신을 초대하고 싶다.

성열영 서울시 장애인협회 사무총장

이것은 보통 사람의 위대한 인생의 이야기입니다. 당신은 주어진 삶의 조건 속에서 얼마나 열심히 살아가고 있습니까. 혹여 조금 힘들다고 포기를 먼저 이야기하고 있지는 않은가요? 그렇다면 김진황 선생님이 쓴 이 책을 추천하고 싶습니다. 남보다 갖춘 것 없이, 아니 오히려 남보다 못한 조건 속에서도 김진황 씨는 쓰디쓴 눈물을 삼키며 위대한 삶을 일궈냈습니다. 김진황 씨의 삶에 대한 최선의 자세를 본받고 싶습니다.

김강중 우리 관리본부장

‘굴곡진 인생’이라는 말이 있다. 굴곡은 오르막과 내리막을 그리는 한 줄의 선을 가리키는 말로써 어떤 지점에서는 바닥을 치고 어떤 지점에서는 천장을 뚫는다. 김진황 선생님의 인생역정은 바로 이러한 굴곡으로 이루어져 있다. 그 굴곡을 따라가며 이 책을 읽는 내내 나는 울고 웃었다. 인생이란 어떤 것인지를 생각해보게 하는 좋은 책이었다.

송정아 새강마을 아파트 관리소장

살아가면서 성급하게 실패, 포기, 후회를 하는 사람들이 많다. 그러나 거기에 굴하지 않고 일어서 주도적으로 자신의 인생의 고삐를 이끄는 이들이 있다. 김진황 씨도 필경 그분들 중 하나에 속한다. 말보다는 행동으로, 생각보다는 실천으로 삶에 맞서는 승부사의 기질을 가지고 있다. 『죽고 싶어질 때』는 바로 그러한 김진황 씨의 기질이 만들어낸 책이다.

김경수 쌍용 아파트 관리소장

한 명의 독자로서 감사한 마음으로 책을 읽었습니다. 마치 한 편의 다큐멘터리를 보는 것처럼, 진솔하고 재미있고 사실적으로 쓰여진 내용들은 모두와 공유하기에 손색이 없었습니다. 그 진한 감동을 느껴보라 강력하게 추천드리고 싶습니다.

이백선 한화 우리 아파트 입주자 회장

웃음과 감사, 행복의 에너지는 사람과 사람을 소통하게 합니다. 힘들고 지친 삶 가운데 웃음과 감사를 잃지 않는다면, 우리들은 무엇이든지 해낼 수 있다 생각합니다. 그 증거로 저는 김진황 선생님과 이 책을 제시합니다. 더 이상의 다른 말은 필요 없습니다.

엄상용 쌍용 아파트 입주자 회장

의지는 생명이고, 끈기가 재산이며, 희망이 나의 몸이다. 이 책의 주인공 김진황 씨의 삶을 간략하게 추리면 이런 문장이 되지 않을까 싶습니다. 그에게서 또 한 번 의지와 끈기, 희망의 에너지를 얻어갑니다. 언제나 새로운 기운 불어넣어 주심에 항상 감사합니다.

박청순 새강마을 아파트 입주자 회장

이 책에는 현실적으로 불가능한 이야기가 적혀 있다. 아마도 책만 접했더라면 그런 생각으로 허투루 책을 읽었을지도 모르겠다. 그러나 나는 이 책의 주인공, 즉 이 책의 저자를 실제로 알고 있다. 또한 이것이 지어낸 이야기가 아니며, 부풀리거나 과장한 이야기가 아닌 것도 알고 있다. 누군가에게는 불가능한 모든 것들을 가능하게 만든 그의 치열함과 근성에 두 손을 들었다. 최고다.

김영규 한화 우림 아파트 입주자 회장

사람은 이겨낼 수 있을 만큼의 시련을 겪게 된다는 말이 있다. 하지만 현실은 이와 다르다. 몇몇 이들은 너무나 힘들고 너무나 고통스러운 나머지 스스로 목숨을 끊는다. 이 책의 저자인 김진황 씨는 앞의 경우와 뒤의 경우 모두에 적용되는 특이한 케이스이다. 죽을 만큼 고통스러운가? 그렇다면 이 모든 것을 경험해본 그의 조언을 들어보라.

이상호 LH 경기지역 본부

힘겨운 현실을 칠전팔기 정신으로 헤쳐 온 김진황 선생님은 어떤 환경에 있든 꿈을 갖고 최선을 다하면 성공할 수 있음을 보여주는 생생한 희망의 증거이다. 사람의 능력은 다 비슷하다. 다만 한 가지 차이가 있다면 좌절에 넘어져서 못 일어나는 사람이 있고, 기필코 죽기 살기로 다시 일어나고야 마는 사람이 있다는 것이다. 『죽고 싶어질 때』 김진황 선생님을 생각하고 이 책을 생각하자. 언제나 좌절금지다.

이건영 LH 미군부대 본부장

인생에는 연습이 없다. 인생에는 오직 실전뿐이다. 인생, 두 번도 아니고 딱 한 번뿐인 삶. 왜 우리는 재시험의 기회가 있는 것으로 생각하고 사는 것일까? 지금 이 순간, 이 시간은 내 인생의 최초이자 최후의 시간이다. 죽음의 문턱을 세 번이나 넘어, 누구보다 열심히 살아온 김진황 씨가 전하는 인생 사용방법에서 제대로 배워보자.

심재만 LH 강원본부장

자살에 실패하지 않는 방법을 알려주는 대목에서 빵 하고 웃음을 터트리고 말았습니다. 제대로 죽을 수 있는 방법을 이렇게까지 친절하게 알려주다니, 그리고 그로 인해 죽고 싶은 마음이 싹 가시게 만들다니 정말 대담한 발상, 대단한 글 솜씨였습니다. 자살을 살자로 바꾸는 상식의 전환이 무척 반갑습니다. 지금 이 시대에 꼭 필요한 책, 저는 끝없이 응원하겠습니다.

　　　　　　　　　　　　　　　　　　　　　　　　　　죽고 싶어질 때

박희만 LH 충남본부장

인생에 큰 도움이 되는 책이다. 감명 깊게 본 구절을 옮겨본다.

꽃씨는 누구도 탓하지 않는다. 기름진 땅이든 황무지이든 뿌리를 뻗기 위해 안간 힘을 쓴다. 행여 운이 나빠 싹을 틔우지도 못한 채 말라죽을 수도 있다. 그러나 처지를 비관하거나 운명을 탓하지 말자. C'est la vie! 그것이 인생이다.

백길석 LH 주거복지 사업단 화성 단장

『죽고 싶어질 때』는 여타 다른 힐링 책들과는 다른 성격을 가지고 있다. 제목만 보고 단순히 자살을 방지하려는 내용인가 싶었더니 그것이 아니다. 되려 죽고 싶으면 죽으라고 말한다. 김진황 저자가 말하는 부분은 이런 것이다. 힘들게 하는 것을 견디지 말고 인정하라. 견뎌야 하는 이유를 찾지 말고 그냥 일어서라. 당신이 원해서 살아있는 것이 아니듯 죽음 또한 당신이 원한다고 해서 이뤄져야 하는 일이 아니다. 그가 전하는 솔직담백한 교훈이 여러 명을 살리게 될 것이라 믿는다.

장봉원 LH 주거복지 사업단 부장

누구나 한 번쯤은 죽고 싶다는 생각을 하곤 합니다. 아주 오랜 시간이 흐른 뒤 그때를 회상하면 참 별것 아닌 일로 그런 생각을 했었구나 하는 결론을 내립니다. 고통은 지나가는 것이라 생각합니다. 김진황 씨 역시 이 책 『죽고 싶어질 때』를 통해 본인의 세 번의 자살시도 이야기를 전합니다. 모두가 지금 살아있기에 들려줄 수 있는 이야기입니다. 어렵고 힘들더라도 김진황 씨처럼 다시 일어나보십시오. 언젠가는 웃으면서 그 고통의 순간을 이야기하게 될 것입니다.

3번의 죽을 고비, 4번의 새로운 삶

첫 번째 자살시도, 그리고 두 번째 자살시도. 마지막 병마와의 싸움…. 저는 3번의 죽을 고비를 넘기고 4번째 태어나 새로운 삶을 살고 있습니다. 남들은 한 번 태어나 한 번의 삶도 순탄치 않았겠지만 저는 3번의 죽을 고비를 넘기는 역경의 세월을 보냈습니다. 예수 그리스도는 인간의 모든 죄를 다 뒤집어쓰고 십자가에 못 박혀 돌아가셨습니다. 저 역시 이 세상에 태어나 수많은 죄를 짓고 살아왔습니다. 남을 죽인 죄도 아니고, 무엇을 훔친 죄도 아닙니다. 그것보다 더 중죄인, 원죄보다 더 무거운 죄인 스스로의 삶을 포기하려는 죄를 지었습니다. 어쩌면 저는 십자가의 형벌보다 더 무서운 벌을 받고 세상을 하직해야 할지도 모릅니다. 그 중한 죄인이 지금 스스로를 용서하며 다시 살아가고 있습니다.

죽을 고비를 넘긴 인생은 더욱 소중하게 느껴집니다. 비가 내려 세상을 씻어 내려가면 도시의 야경은 깨끗하고 달은 더욱 밝게 보이듯 제 삶 역시 더 밝고 빛난 희망으로 가득 차 살고 있습니다.

"아, 미치겠다. 아, 죽고 싶다. 내가 죽으면 누가 알아주기나 할까. 외롭다. 고독하다. 돌겠다." 등 우리는 살면서 수많은 푸념을 늘어놓습니다. 인생의 고비를 겪을 때마다 부정적인 생각이 앞서기 일쑤입니다. 한숨을 늘어놓으면 놓을수록 인생의 짐이 무겁다는 것을 알면서도 습관처럼 반복합니다. 우리가 살면서 쌓은 추억을 일기장에 담아 놓고 꺼내어 보면 좋은 일보다는 대부분 안 좋은 일이 더 많이 적혀 있습니다. 하지만 10년의 시간이 흐른 뒤에 당시의 일기장을 보면 웃음밖에 나오지 않습니다. '대체 내가 왜 저런 고민을 했지'라며 웃어 넘겨 버립니다.

그렇습니다. 인생의 시련도 고통도 세월이 지나면 무뎌지고 닳고 닳아 웃기는 추억이 되어 버립니다. 우리는 이미 그 사실을 알면서 당시에는 사춘기 시절처럼 빡빡하게 굴고 생각합니다. 저 역시 두 번의 자살을 시도를 했지만 귀인의 도움으로 살아났습니다. 여러분도 고민이 많았겠지만 저 또한 두 번의 자살을 시도할 만큼 큰 고민이 있었습니다. 하지만 20년이 흐른 예순의 나이에 접어들고 그때를 생각하면 웃음밖에 나오지 않습니다.

'그까짓 일로 죽을 생각을 하다니…' 기가 찰 일입니다. 헛웃음밖에 나오지 않습니다. 이제는 다 지나간 엽서 한 장의 시간이며, 자식들에게 농담처럼 들려주는 가십거리밖에 안됩니다.

죽고 싶어질 때

죽음의 고비를 넘기고 우연히 종이쪽지를 발견했는데 위와 같은 말이 적혀 있었습니다. 미국의 시인인 헨리 데이비드 서로우가 한 말이 제 심장에 콕 박혀 버렸습니다. 나는 죽으려고 했을 때 단한 번도 의식적인 노력을 하지 않았습니다. 삶과 세상과 나를 제외한 모든 인간만을 탓하고 비난했습니다. 어떠한 말도 귀를 기울이지 않았고 결국 죽음을 택하려고 했던 것입니다.

이상하게도 저는 두 번을 죽으려고 했고, 마지막엔 병마와 싸우기도 했지만 죽지 못했습니다. 누군가 내 목숨을 쉽게 거두지 않았습니다. 쉽게 뺏을 수 없는 더욱 강한 의지가 생겼습니다. 이제는 오히려 죽지 말라고 세상의 모든 사람들에게 인생을 고백하고 훈계하며 인생강의를 설파하고 있습니다. 참 아이러니한 일입니다. 인생의 마지막 장을 세상 사람들과 소통하며 살고자 이 책을 냅니다. 3전 4기 김진황의 롤러코스터 같은 삶이 여러분의 인생을 개척하는데 미약하나마 도움이 되었으면 합니다. 끝으로 전 여러분에게 용서를 구합니다. 그것은 쉽게 목숨을 포기하려 했던 제 자신에 대한 용서입니다.

"여러분 잘못했습니다. 다시는 죽으려고 마음먹지 않겠습니다.

이제는 제 자신을 용서하고 웃으며 살겠습니다."

제 용서를 받아주셨길 바라며 마지막으로 당부의 말씀을 드립니다.

"여러분도 꼭 자신을 용서하십시오. 어떤 잘못을 저질러 어떤 자책을 한다 해도 스스로를 용서하십시오. 그러면 당신의 삶은 달라질 것입니다."

겨울의 초입에서 용서를 구하는 남자
김진황 올림

죽고 싶어질 때

제1부

다시 인생강의를
시작하며

나의 스승,
영원한 나의 벗 최윤희 선생님의 죽음

다음은 행복전도사 고 최윤희 선생님의 유서 내용입니다.

「떠나는 글…
저희는 행복하게 살았습니다. 작은 일에도 감사하고 열심히 최선을
다해서 살았습니다. 그런데 2년 전부터 여기저기 몸에서 경계경보가
울렸습니다. 능력에 비해서 너무 많은 일을 하다 보니 배터리가 방전
된 거래요. 2년 동안 입원과 퇴원을 반복하면서 많이 지쳤습니다.
그래도 감사하고 희망을 붙잡으려 노력했습니다. 그런데 추석 전
주에 숨쉬기가 힘들어 응급실에 실려갔고 폐에 물이 찼다는 또 한
번의 절망적인 선고를 받았습니다. 그리고 또다시 이번엔 심장에

이상이 생겼어요. 더 이상 입원해서 링거를 주렁주렁 매달고 살고 싶지는 않았습니다.

혼자 떠나려고 해남 땅끝 마을에 가서 수면제를 먹었는데 남편이 119에 신고하고 추적해서 찾아왔습니다. 저는 통증이 너무 심해서 견딜 수가 없고 남편은 그런 저를 혼자 보낼 수 없고…. 그래서 동반 떠남을 하게 되었습니다.

호텔에는 정말 죄송합니다. 용서 또 용서를 구합니다. 너무 착한 남편, 미안하고 또 미안할 뿐입니다. 그동안 저를 신뢰해 주고 사랑해 주신 많은 분들께 죄송 또 죄송합니다. 그러나 700가지 통증에 시달려본 분이라면 저의 마음을 조금은 이해해주시리라 생각합니다. 모든 분들께 다시 한 번 죄송합니다.」

- 고 최윤희 선생님의 유서 중

2010년 10월 8일 아침, 스승 최윤희 선생님의 부부 동반자살 소식을 듣고 저는 모든 일을 놓아야 했습니다. 강의를 하려고 밤새 준비를 하고 아침을 먹으며 TV를 켠 순간 선생님이 돌아가셨다는 뉴스를 듣다니…. 엊그제만 해도 잘 산다고, 병 잘 치료하고 이제는 건강하다며 오히려 우리 부부를 걱정하던 스승님의 부음을 뉴스를 통해 듣게 되다니 믿기지 않았습니다. 그 후로 인생강의를 하며 전국을 돌아다니던 제 열정도 꺾였습니다. 아내 다음으로 마음을 의지했던 스승님…. 인생의 행복을 전파하러 전국을 돌아다니던 선생님이 이렇게 허망하게 돌아가시다니…. 10년 가까이 대한민국의 삶

죽고 싶어질 때

에 지친 이들에게 행복의 의미를 설파하고 용기를 북돋워주었던 그녀는 장례절차 하나도 없이 그녀의 열정만큼 뜨거운 불꽃 속에 들어가 생의 마지막을 연기와 함께 마감했습니다.

"진황 씨, 나 정혜 씨가 해준 갓김치 잘 먹었어. 또 해줘."
"뭐 동탄으로 이사 간다고? 나랑 같이 일산 가서 살자."
"나 지금 강의 끝나고 동탄 지나다가 전화했어요. 밥 먹었어?"
"나 아픈데 혼자 가기가 무서워 진황 씨네 부부랑 같이 병원 갔으면 하는데 태워줄 거지?"

선생님은 우리 부부를 무척 아끼셨습니다. 입에 담기 조심스럽지만 선생님과 남편 사이만큼 우리 부부와 깊은 인연을 주고받았으며, 강의가 없는 날에는 거의 붙어있다시피 삶의 소소한 행복을 나누었습니다. 덕분에 우리 부부 또한 사이가 좋아지고 행복의 의미를 새기며 인생의 종착역을 향해 나아갈 수 있었습니다.

저는 누구보다 선생님 옆에서 많은 것을 함께한 렌터카 대표이사임과 동시에 최윤희 선생님의 행복강의를 위해 전국으로 모셔다드리는 '행복전도사의 운전수'로 살아왔습니다. 그렇기 때문에 누구보다 그분의 모습 하나하나를 잘 기억하고 있습니다. 한번은 선생님을 모시고 지방으로 출장 가는 중이었습니다. 우두커니 창밖을 내다보는 선생님은 시름이 깊어 보였습니다. 저는 용기를 내어 제 인생을 선생님께 고백했습니다. 두 번의 자살시도와 아내와의 만남. 선생님은 눈물을 한창 흘리시며 제 어깨를 잡아주었습니다. 누구의 이야기도 허튼소리로 듣지 않는 미소가 아름다웠던 선생님. 지금도 제 핸드폰에는 선생님의 번호가 아내 다음으로 자리하고 있습니다. 선생님은 세상과 작별을 하셨지만 아직 나는 그분을 보내드리지 못하는가 봅니다.

예순이 넘었지만 사십 대보다 젊음을 누리고자 했던 선생님은 전라도 말투로 웃음과 희망을 이야기하셨습니다. '행복 디자이너'란 별명처럼 낮에는 최소 3차례의 인생강의를 통해 대한민국의 많은 사람들의 손을 잡아주셨고 진정한 행복의 의미를 설파하신 분입니다. 저는 그분을 스승님이라 부릅니다. 제 인생을 듣고 강단에 서게 하여 제2의 인생길을 개척하게 해주셨고, 배운 것 없는 무식한 제가 많은 사람들에게 인생 교육을 하고 그들이 흘리는 뜨거운 눈물을 볼 수 있는 행복을 주셨습니다.

그렇게 스승님은 강산도 변할 10년 가까운 시간 동안 행복의 의미를 설파하고 많은 사람들에게 용기를 북돋워주셨고, 가장 극적인 방법으로 생을 마감하며 조용히 먼 길을 떠났습니다.

스승님 부부의 동반자살소식이 전해지던 날 많은 사람들이 손가락질했습니다.

"행복전도사란 사람이 자살을 했대. 우리 보고는 자살하지 말라고 해놓고서는 참 황당하네."

죽고 싶어질 때

그분의 강의를 듣던 사람들과 또 자살 소식을 접한 대한민국 국민들에게 그녀 스스로 목숨을 끊었다는 사실은 좀처럼 믿기 힘든 이야기입니다. 각종 매스컴은 자극적인 기사로 그녀의 죽음을 알렸습니다. 첫 화두로 그분의 이야기를 꺼내는 게 무척 조심스럽지만 스승님을 욕되게 하는 세상에 다시금 스승님의 죽음의 의미를 깨우칠 필요가 있다는 생각에서 이 글을 전합니다.

언제나 씩씩한 목소리로 잘 살아보자고 말씀하시던, 절망 따위는 가볍게 무시해주고 1초라도 더 웃고 살자며 세상사에 지치고 힘든 이들을 다독이던 그녀였습니다. 저는 그분을 모신 5년의 세월 동안 죽음의 병마가 드리우는 모습을 수도 없이 봐왔습니다.

"선생님 강의 좀 그만하고 쉬세요."

선생님은 아픈 몸을 이끌고 낮에는 강의를 했고 밤에는 책을 썼습니다. 그런 몸으로 너무 빡빡한 스케줄을 소화하시니 저는 감히 혼도 내보고 타일러도 보았지만 강단에 서서 인생의 행복을 전하는 일만큼 행복한 일은 없다고 하셨습니다. 적은 돈을 번 것도 아니지만 그녀는 번 돈조차 잘 쓰지 않을 만큼 검소한 분이셨습니다. 오로지 자신이 겪었던 삶의 고통만큼 다른 사람의 고통을 어루만지는 일을 자신의 사명이라고 여기며 사신 분입니다.

"그동안 너무 몸을 혹사시켰어. 재충전의 시간이 필요하다."라고 몇 번인가 반복해서 말씀하시던 것을 이제 와 생각해 보니 이미 그때부터 그녀 몸속에 병이 자라고 있었나 봅니다. 몇 번이고 위급한 상황에서 좋다는 병원을 수소문해서 데려다 드렸지만 그녀는 치료를 받고 와서는 "아이고, 인자 살 날이 얼마 안 남았나 보네."란 천연덕스러운 농담으로 오히려 저를 안심시키는 분이셨습니다.

그녀의 병명은 '낭창'으로 불리는 '홍반성 루푸스'로 알려졌습니다. 항체가 자기 몸을 항원으로 오인해 면역반응을 일으켜 면역복합체를 형성하는 병입니다. 피부와 관절, 신장, 폐, 신경 등 전신에 염증반응을 일으키는 자가면역질환으로 약 185명 중 1명꼴로 발생하는데 환자의 90%가 여자인 것이 특징입니다. 그녀는 유서를 통해 "2년 전부터 여기저기 몸에서 경계경보가 울렸습니다. 2년 동안 입원과 퇴원을 반복하며 많이 지쳤지만 그래도 감사하고 희망을 붙잡으려 노력했습니다. 하지만 추석 전 주에 폐에 물이 차 응급실에 실려 갔고 또 한 번의 절망적인 선고를 받았습니다. 이번엔 심장이었습니다."라고 전했습니다. "더 이상 링거를 주렁주렁 매달고 살고 싶지 않았습니다."라고 밝히며 이미 한 차례 해남 땅끝 마을에 가 수면제를 먹고 자살을 시도했던 사실도 고백했습니다. 병마와 싸우며 그녀가 느낀 통증이 700여 가지라고 하니 투병생활이 얼마나 힘들었을지 여러분은 가히 짐작도 하실 수 없을 겁니다.

저 또한 스승님의 병을 치료하고자 좋다는 약재는 죄다 찾아 드리고 좋다는 병원을 다 모시고 다니며 병마를 고치고자 노력했지만 소용이 없었습니다. 마지막까지 책을 쓴다고 좋아하는 선생님을 말릴 수가 없었고, 책을 쓰고 강의를 하며 기운이 빠진 몸엔 병마가 더욱 크게 자리 잡아가고 있었습니다.

극심한 고통에 시달리면서 좀처럼 내색을 하지 않는 그녀였지만 저희 부부에겐 아프다고 많이 의지하셨습니다.

"진황 씨네 부부가 내게 얼마나 많은 의지가 되는지 알지?"

이사 가는 날 선생님이 흘리는 눈물을 외면한 저와 아내가 참 미워집니다. 2010년 초 우리 부부는 동탄으로 이사를 하게 되었습니다. 복잡한 도시를 벗어나 인생의 마지막을 좀 더 여유로운 곳에서 자연의 냄새를 맡으며 살려는 작은 소망 때문이었습니다. 일산에 사는 스승님과는 자연스레 거리가 멀어질 수밖에 없었고 그분의 건강을 돌봐드리지 못하게 된 게 지금 생각하면 한으로 남습니다.

언젠가는 과로로 쓰러져 병원 신세를 졌지만 금세 건강을 회복한 듯 웃으며 안부전화를 받아주셨고, 폐수종으로 응급실에 실려 갔을 땐 안부를 묻는 지인들에게 별일 아니라는 듯 웃어넘기셨습니다. 제 앞에서는 고통이 몰려오면 약을 먹었지만 지인이 있는 경우에는 다시 제 차나 화장실에 가서 몰래 약을 먹었습니다.

"선생님 왜 몰래 약을 드세요."라고 물으면 "행복전도사 체면이 있지." 하고 대수롭지 않은 듯 웃으며 말했습니다. 때문에 친한 지인들조차 그녀의 병세를 눈치채지 못했을 겁니다. 언제나 그랬듯 오뚝이처럼 일어나 다시 행복을 전파하리라고 믿었을 겁니다. 자신의 넘치는 에너지를 세상에 내보이면서 정작 자신은 그 소모한 에너지를 채우지 못해 병마와 싸우신 스승님. 마지막 죽음의 선택마저도 세상의 허락을 구하고 미안함을 전하는 그분의 죽음을 욕되게 하지 않았으면 합니다. 가장 가까이서 그분의 모습을 보았고 하루 일과를 그분과 가장 오래 보낸 저로서는 세상에 그분의 죽음을 해명할 필요가 있기에 서두에 이렇게 그분과의 추억을 새깁니다.

　　행복전도사 최윤희 선생님은 죽는 순간에도 여러분의 행복을 걱정하셨습니다. 자신의 자살로 많은 분들이 실망하는 것을 더욱 걱정하셨습니다. 자신의 죽음이 용기 있었다고 말하지 못하는 이유도 선생님의 강의를 듣던 많은 분들의 초롱초롱한 눈빛 때문입니다.
　　선생님은 비록 자살로 생을 마감하셨지만 가장 행복하게 세상을 살다 가신 분입니다.

　　이제는 선생님의 죽음을 안타깝게 바라보지 않았으면 합니다. 그 시선마저 걱정하신 선생님의 모습을 떠올리며 그분이 전한 행복에너지를 기억하며 더 행복하게 사시는 게 그분이 바라는 삶입니다.

최윤희 선생님이 세상에 남긴 것

　　밟은 굶어도 희망은 굶지 마라.
　　스승님이 살아생전에 보여줬던 무한 긍정은 단순한 삶의 설파가 아닌 자신의 삶과 체험에서 벌어진 숱한 고비와 절망에서 얻어진 것이었습니다.

죽고 싶어질 때

어릴 적 최 선생님의 어머니는 매일 집에 누워 있었고, 알콜중독자였던 아버지는 술을 마시고 어머니를 때렸다고 합니다. 불행한 환경 탓에 죽고 싶어 매일 수면제를 가지고 다녔고 우울함을 달래려 매일같이 책을 읽고 글을 썼다고 전합니다. 그 수면제와 우울증이 그녀의 면역력을 빼앗아버리고 공포의 그림자가 대신했을지도 모릅니다. 자신은 그토록 힘들면서 남들에게는 희망을 전하는 웃음 헤픈 행복전도사.

그녀는 수다쟁이였습니다. 기자나 누가 취재를 와 사진촬영을 할 때 그녀는 더없이 유쾌한 사람이 되었습니다. 재미있는 일이 없어도 미친 사람처럼 웃다 보면 스스로 그 모습이 너무 웃겨 결국 정말 웃게 된다며 현장에 있던 사람들을 미친 사람처럼 웃게 만들어버리는 마술사 같은 분입니다.

그녀의 인생 터닝 포인트는 아이러니하게도 남편의 사업실패였습니다. 잘 다니던 회사를 때려치우고 사업을 하겠다고 함께 시작한 동업은 참담한 실패로 끝나 전 재산이었던 10평 아파트가 순식간에 날아갔습니다.

매일같이 눈물로 세상을 보내며 인생이 끝났다고 생각한 어느 날 그녀는 친구의 편지를 받았다고 합니다. 그리고 그 편지엔 이런 문구가 적혀 있었습니다.

죽고 싶어질 때

최윤희 선생님은 그 당시 '1번 이혼, 2번 가족 동반자살, 3번 묻지 마 인생, 4번 새 출발'이라는 4지선다형의 답 중 4번을 선택했고 그 길로 부산으로 떠나 단칸방 생활부터 새로 시작했다고 합니다. 그 1년 후 '폐업하려 했던 식당을 재단장해서 개업하자' 마음먹고 다시 서울로 올라와 성당에서 주보 만드는 일을 하던 중, 현대그룹의 주부 경력사원 모집에 응시하여 1330:1의 경쟁률을 뚫고 금강기획 카피라이터가 됐습니다. 늙은 여직원의 출현을 반기는 이는 없었고 언제 사표를 낼지 내기가 돌고 따돌림까지 당했지만 그녀는 금강기획을 거쳐 현대방송 홍보국장으로 승승장구하게 됩니다.

50이 넘은 나이에 "틀니 해줄 테니 정년퇴직하고도 다녀라."라며 붙잡는 회사에 사표를 던진 그녀는 프리랜서 강사가 되어 동분서주하며 인생강의를 설파하기 시작했습니다. 대한민국 최고 인기 강사로 눈코 뜰 새 없이 바쁜 나날을 보내면서도 1년에 한두 권씩 책을 펴냈고 자신을 인생역전의 주인공으로 소개하는 데 주저함이 없었습니다. 그리고 그 중심에는 언제나 남편에 대한 고마움이 있었습니다.

"귀하는 사업에 실패해 거지가 됨으로써 인간 최윤희의 인생을 뒤집어놓을 기회를 줬으므로 그 공을 높이 사 이 상장을 수여함."

이라며 공로패를 주고 사회생활을 하게 해준 남편에게 고마워했던 선생님은 결국 떠나는 마지막까지 남편에게 고마움을 전했다고 합니다.

"완전 건강한 남편은 저 때문에 동반 여행을 떠납니다. 평생을 진실했고 준수했고 성실했던 최고의 남편, 정말 미안하고 고마워요!!"

그녀는 대한민국의 수많은 사람에게 행복의 의미를 설파하고 하늘의 별이 되어 올라갔습니다. 막걸리 한 잔 걸치면 저 별들 중 어느 하나에서 웃고 계실 선생님의 미소가 느껴집니다. 나를 지켜볼 생각을 하니 '그립고 보고 싶다' 외쳐보고 싶지만 이제는 그녀를 놓아주렵니다. 이 세상에는 이미 그녀의 강의를 듣고 용기를 내 사는 사람들이 많기 때문입니다. 그 사람들과 부대끼며 다시금 인생을 개척할 내 모습을 상상하며 씩 웃고 맙니다. 행복의 전도사님과 함께 세상을 누빈 시간을 기억하며 인생의 의미를 되새겨볼까 합니다.

우리가 외면했던
그녀의 아픔

끊임없이 행복을 강조하던 그녀가 자살이라는 극단적인 방법을 선택한 데 대해 많은 이들이 실망과 허탈감을 감추지 못하고 있습니다. "자살이라는 말을 거꾸로 읽으면 '살자'가 돼요. 절망 속에 희망을 찾으세요."라며 사람들을 격려하던 그녀는 왜 자신의 말대로 살지 못했을까. 여러 방송과 상담활동을 함께하며 7년 가까이 그녀를 지척에서 지켜본 심리학자 최창호 박사는 내면과 외면의 극심한 불일치로 생기는 '가면우울증'을 들었습니다.

"사람들은 누구나 가면, 즉 페르소나를 가지고 있어요. 환경에 적응하기 위해, 외부 상황으로부터 자신을 보호하기 위해, 원만한 인간관계를 위해, 적당히 자신을 꾸미고 포장하죠. 그런데 내면과 외면의 불일치가 커질 때 문제가 발생합니다. 사회생활을 하면서 나타나는 자신의 모습과 본래 본인이 가지고 있는 내면의 세계가 불일치될 때 가면우울증이 나타날 수 있어요. 최윤희 선생님은 심리 상태와 건강 상태의 괴리 때문에 힘들어하지 않았나 싶어요. 약한 모습은 감추려고 할 때 더 강하게 나타나요. 자신이 우울하다는 것 자체가 부정적인 이미지가 될 수 있기 때문에 더더욱 숨기게 되는 거죠."

'행복을 이야기하는 사람으로서 나는 행복해야 해'라는 식의 자기암시를 했지만 정작 내면 깊숙한 곳의 행복감은 부족했다는 것입니다. 약 먹는 것도 숨겨가며 주변 사람들에게 아픈 내색하지 않았던 것도 아마 이런 이유이지 않았을까. 그녀와 함께 중독자들을 위한 상담기관 설립을 준비하던 최창호 박사 역시 그녀가 자살을 생각할 정도로 심리적으로 불안한 상태라는 것을 눈치 채지 못했습니다.

"얼마 전 통화할 때 전보다 목소리가 좋아지셨더라고요. 건강은 좀 어떠냐고 물었더니 완전히 나아지지는 않았지만 많이 좋아졌다고 말씀하셨어요. 워낙 남들에게 약한 모습 보이는 걸 꺼리셨기 때문에 항상 좋은 쪽으로 보이려고 노력하셨고 그게 더 병을 키운 게 아닌가 싶어요."

생각해보면 아무도 그녀의 행복을 의심하지 않았습니다. 행복을 이야기하는 사람이라고 하여 언제나 행복할 수만은 없을 텐데… 우리는 너무나 당연하게도 그녀에게는 슬픔과 우울 따윈 없을 거라 생각했습니다. 모두가 지치고 힘든 세상, 어쩌면 우리는 그 모든 시름에도 끄떡없을 누군가가 필요했을지도 모르겠습니다. 그렇게 그녀에게 짐을 지운 것 같아 미안하고 안타까운 마음이 듭니다. 그녀의 유서 전문으로 이 페이지를 마무리 하려고 했습니다. 하지만 그건 그녀의 이름을 건 기사에 어울리지도, 또 그녀가 바라는 것도 아닐 거라는 생각이 듭니다. 그녀의 최근 저서 『밥은 굶어도 희망은 굶지 마라』의 에필로그로 마무리하려 합니다. 언제나처럼 에너지 가득한, 그녀가 남긴 말을 전하며 행복 전도사 최윤희에게 작별의 인사를 보냅니다. 누구나 행복 발명가가 될 수 있다. 누구나 행복한 삶으로 역전할 수 있다!

죽고 싶어질 때

내가 다시 인생강의를
시작하는 이유

　최윤희 선생님이 돌아가신 지 2년의 세월이 지났습니다. 스승님이 돌아가신 후 인생강의를 멈추었습니다. 여기저기 섭외 연락이 왔지만 더는 강의를 하는 일에 흥미가 느껴지지 않았고 인생의 버팀목이 되어준 분이 돌아가시자 의욕도 떨어졌습니다. 남다른 인생 역정을 살아왔기에 강의를 듣고자 하는 사람이 많았지만 아직은 때가 아니라는 생각이 들었습니다. 2년의 세월이 흐르면서 지나간 추억이 무뎌짐을 느낍니다. 이제와 인생을 곱씹어 보면 스승님과 함께한 희로애락은 제 인생의 전성기와 같은 시간이었습니다.

　약 10년 전이었습니다. 스승님은 차를 타고 서울로 오는 도중 눈시울을 붉히셨습니다.

"선생님 좀 쉬었다 갈까요?"

"…"

선생님은 잠시 후 제게 이런 말을 하셨습니다.

"노을이 참 예쁘네요. 앞으로 이렇게 아름다운 모습을 또 볼 수 있을까요?"

　선생님의 말씀처럼 돌아오는 길은 서해안을 따라 평지가 넓게 펼쳐진 곡창지대에 노을이 젖어있어 사람의 감성을 자극시키기에 충분한 광경이었습니다.

"내가 죽더라도 선생님은 인생강의를 멈추지 마세요. 선생님같이 인생의 우여곡절을 겪으신 분이 또 어딨어요?"

"무슨 말씀이세요. 전 선생님에 비하면 애송이에 불과합니다. 선생님과 이렇게 운전을 하며 돌아가는 길에 대화하는 게 제 인생의 낙입니다. 선생님."

선생님은 어쩌면 스스로의 죽음을 예견했는지도 모릅니다. 너무나 거대한 고통과 싸우고 있는 자신의 나약함을. 자연 앞에 인간은 하찮은 존재이며 병마 앞에 자유로울 인간은 없다는 사실을 알고 있었는지도 모릅니다.

최윤희 선생님을 모시고 전국으로 여행을 다니는 것은 행운이었습니다. 강사님을 목적지까지 모셔다 드리는 일은 레이스를 방불케 합니다. 약속 시간을 지켜 강연장에 도착하려면 자잘한 국도까지 꿰고 있어야 하고 시간대별로 교통량도 예상할 수 있어야 합니다. 선생님이 저를 아끼셨던 이유는 천지개벽이 있더라도 강의 시간에 정확히 도착하는 신비한 재주 때문입니다.

"아이고, 정신없어요. 꼭 롤러코스터 타는 기분이야."

그분은 솔직 담백한 성격의 소유자입니다. 말을 할 때는 직설적이고, 판단을 내릴 때는 단호하고 강직합니다.

서울로 돌아올 때는 다음에도 부탁한다는 말을 꼭 건네주셨습니다. 배짱이 맞아서인지 인연인지 이후로도 지방에 갈 때면 늘 동행

죽고 싶어질 때

했습니다. 주말이면 저는 결혼식 주례 역할을 하였는데 그 얘기를 들더니 선생님은 대뜸 제게 말하셨습니다.

"주례도 하는데 강의라고 못 해요. 강의도 한 번 해 보세요."

난데없는 추천을 받아 첫 강의를 나간 곳이 영등포 교도소였습니다. 선생님이 꽤 유명한 분이셔서 자신도 함께 강의를 하게 해달라고 부탁하는 강사들과 유명인들이 많았습니다. 하지만 선생님은 정중하고 단호하게 거절하는 경우가 많았습니다. 거절당하신 분들의 면면을 보면 다들 배 따뜻하고 행복하게 지낸 분들이 많았습니다. 선생님 스스로 육체와 정신적으로 힘든 지난날을 보냈기에 강사 또한 그런 역경을 이겨낸 사람들을 많이 추천해 주셨던 것으로 기억합니다. 선생님의 추천을 받았지만 처음엔 인생강의 하는 것을 부끄럽게 여겼습니다. 제가 할 수 없는 영역이란 생각에 식은땀이 벌벌 났으니까요.

또 다른 도전으로 시작한 인생강의. 제 인생의 아픔을 나누는 게 한 없이 부끄러울 줄만 알았는데 사람들이 제 아픔을 딛고 자신의 아픔에서 벗어나려고 노력하는 모습을 보며 인생살이 중 최고의 뿌듯함을 느꼈습니다. 그 후 저는 저를 필요로 하는 곳이면 전국 방방곡곡 수십 수백의 강의를 하러 다녔습니다.

우리가 '저 놈 싹수가 노랗군' 이라고 외면하면 어떻게 될까요?

불씨는 증오로 활활 타오르며 세상을 파괴하게 됩니다. 우리가 그 불씨를 '사람답게 살려는 의지'로 보면 어떻게 될까요? 불씨는 캄캄한 어둠을 밝히는 등불이 됩니다. 아직까지는 불빛이 희미해서 먼 곳까지 비추지 못합니다. 몇 년 동안 출강하면서 소명 의식을 갖게 되었습니다.

'내가 저 불씨를 본 이상 지나칠 수는 없다. 세상을 환하게 비추는 등불이 될 때까지 기꺼이 촉매 역할을 해야겠다!'

이렇게 시작한 인생강의는 최윤희 선생님의 죽음과 함께 멈춰버렸습니다. 강의를 다신 하지 않겠다고 마음을 먹었지만 계속된 강의 요청에 저는 다시 강의를 하고 싶은 마음이 들었습니다. 특히 제게 찾아오는 젊은이들이 너무나 많습니다.

"배운 것도 없는 놈한테 뭣 허러 먼 길을 찾아와."

젊은 사람들의 이야기를 들으며 저는 죄인이 되었습니다. 그들을 위해 할 수 있는 사회의 역할이 무엇이 있는지 우리 사회가 힘들어하는 청년들을 잘 보듬고 있는지 의구심에 잠을 이룰 수 없었습니다. 어느 날 꿈에 최 선생님이 나와 크게 호통을 쳤습니다.

"김진황 씨, 나하고 다짐했던 거 잊었어요? 인생강의 멈추지 말랬잖아요!"

2012년 저는 강의를 다시 시작했습니다. 조그만 곳에서부터 큰

죽고 싶어질 때

기업까지 저를 필요로 하는 곳에 다니며 다시금 청소년과 청년들에게 인생의 불꽃을 타오르게 하는 촉매제가 되겠다는 다짐을 다져봅니다. 제 인생은 지금의 청년들과 너무나도 다르지만 틀리지는 않습니다. 인생을 사는 방법의 차이는 있지만 어차피 똑같은 인생이지 않겠습니까. 강의를 시작하며 스승님처럼 죽는 순간까지 사람들에게 비전을 심어주는 강사가 되어야겠다고 다짐합니다.

죽고 싶을 만큼 힘든 젊은이들이여! 힘들어하지 말고 저를 찾아오십시오. 당신의 벗이 되어드리겠습니다. 용기 내어 젊음을 불태웁시다.

国民일報 조대형 2004.1
늘 평안 하십시요 !!!

제2부

내 인생의
최고 수난기

베트남전 참전

베트남에 도착한 지 열흘째 되는 날이었습니다.

"김진황 일병. 오늘 장교들을 태우고 전선으로 나간다."

비포장도로에 햇볕이 쨍쨍 쬐는 어느 날 끈적끈적 습한 날씨와 싸워가며 전선으로 향했습니다. 덜덜덜 비포장도로를 달리고 있던 때였습니다.

"꽝!"

"으아악!"

베트남의 공기는 축축했습니다. 지난밤부터 산 너머에서 포성이 울렸습니다. 습한 바람 사이로 매캐한 화약 냄새가 났습니다. 군복은 금세 땀으로 젖었습니다. 이동 명령을 받고 운전석에 올랐습니다. 부채처럼 생긴 야자수 잎과, 순백의 아오자이를 입은 베트남

여자들이 눈에 들어왔습니다. 시동을 걸고 먼지가 일어나는 흙길을 달렸습니다. 부대를 벗어나자 길은 금세 들판으로 이어졌습니다. 파인 곳을 지날 때마다 차체는 덜컹거렸습니다. 계단식 논이 길가로 펼쳐졌습니다. 물오른 벼들이 고개를 숙이고 있었고, 삿갓모자 농라(Non La)를 쓴 농부들이 허리를 굽힌 채 일하고 있었습니다. 논이 끝날 무렵, 말로만 듣던 베트남의 수풀이 이어졌습니다. ‘베트콩이 등 뒤에서 불쑥 나타나는 곳’으로 불리기에 자동차의 속력을 높였습니다.

수풀을 끼고 달리는 동안 포성이 한층 가까워진 느낌이었습니다. ‘웅, 웅’ 울리던 소리가 ‘쿵, 쿵’으로 바뀌었습니다. 그리고 재난은 소리 없이 다가왔습니다. “무슨 휘파람 소리지?” 군용차에 올라 탄 사람들이 서로 얼굴을 둘러보는 순간, 휘파람 소리는 더욱 커지고 이어 번쩍하는 빛과 함께 차가 붕 떴습니다. 귀가 먹먹해지고 윙윙 소리만 들렸습니다. 눈앞이 어지러웠습니다. 자동차와 함께 몸이 어딘가에 처박혔습니다. 연기가 피어오르고, 시뻘건 불길이 솟아올랐습니다.

‘내 목숨은 여기가 끝이로구나. 어머니, 아버지 저를 용서하세요. 당신들을 돌보기는커녕 이렇게 허망하게 죽습니다. 삶이 이렇게 허망하게 끝날 줄 알았으면 고향집에서 농사나 짓고 살 것을 뭣 헌다고 여까지 와서 이렇게 쓸쓸히 죽음을 맞이했을까요.’

흙바닥에 처박힌 고개를 들려고 애를 썼지만 고개가 돌아가지 않았습니다. 먹먹하던 귀가 조금 뚫렸는지 헬기의 프로펠러 소리와

   죽고 싶어질 때

아우성이 뒤범벅되어 들렸습니다. 차가 폭발할지도 모른다는 두려움이 일었습니다. 악착같이 기었습니다. 자동차에서 멀어져야겠다는 마음뿐이었습니다. 두 팔을 쭉 뻗고 당기기를 되풀이하며 몸을 질질 끌었습니다. 평소보다 무겁게 느껴지는 두 다리를 질질 끌며 기었습니다. 그리고 정신을 잃었습니다.

혼수상태에 빠져 있는 동안, 군의관이 다리를 잘랐습니다. 너덜너덜해진 다리를 다시 붙일 방도가 없었기 때문입니다.

1969년 가을, 베트남에 도착했습니다. 전봇대나 벽보에는 월남에 참여할 지원자를 뽑고 있었습니다. 너도 나도 걱정 반 기대 반 벽보를 보고 지나칩니다.

"저기 가면 우리 월급 몇 배의 돈을 번다네."

서울에 올라와서 갖은 고생을 다했습니다. 카센터에서 일하며 겨우 자리를 잡을 무렵 카센터 사장은 회사를 정리한다고 했습니다. 졸지에 저는 실업자가 되었습니다. 단 한순간도 등 따숩고 배부른 기억이 없기에 군대에 가면 배는 곯지 않겠지, 잠자리는 걱정 없겠지 싶었습니다. 열여덟 꽃다운 나이에 저는 베트남행 배에 몸을 싣고 한몫 단단히 벌어 가족을 먹여 살릴 것을 꿈꾸었습니다. 삶에 큰 변화가 다가올지도 모른 채….

당시 박정희 대통령은 우리나라 젊은이들을 베트남에 파병시키는 것에 관해 눈물로 송별식을 했습니다.

"젊은이 여러분. 우리나라가, 제가 아직 힘이 없습니다. 꼭 살아서 돌아오십시오. 돌아와서 이 나라의 주역이 되어주십시오."

부산항에는 수많은 학생들과 시민들이 몰려왔습니다. 그들이 흔드는 태극기 환송을 받으며 장병들은 배에 올라탔습니다. 저도 어깻죽지가 아리도록 군모를 흔들었습니다. 가족은 마중 나오지 않았지만 저 수많은 인파들이 나를 환송해주러 왔다고 생각하자 가슴이 뭉클해졌습니다.

'한몫 단단히 챙겨 꼭 돌아온다. 기다려라!'

배에 오르는 순간 헤어짐을 아쉬워하는 연인들과 가족들의 생이별을 보며 눈물이 비 오듯이 흐릅니다. 옆에서 서성거리자 한 사람이 배에 오르는 저의 팔목을 잡습니다.

"아저씨도 참전합니까. 가족 없습니까?"

말하기를 주저하자 그녀와 가족들이 한 번씩 저를 포근히 안아줍니다. 가족의 따뜻함을 느끼는 동시에 그들의 염려와 감정들이 가슴에 뜨겁게 전해집니다.

"아저씨, 뉜지는 몰라도 꼭 살아 돌아와야 합니다."

파병을 시작한 1965년 이후, 8년 5개월이라는 기나긴 시간을 전쟁터에서 보내기 위해 32만 명의 장병이 월남으로 향했습니다. 말이 파병이지 실제로는 죽음을 두려워한 미군을 대신해 우리가 총알받이가 되는 일이었습니다. 미군으로부터 받은 월급은 우리나라에서 반 년 가까이 일해야 만질 수 있는 목돈입니다. 월급의 몇 %는 나라에서 떼어 갔습니다. 국가는 베트남 전쟁에서 우리를 볼모로 국가

죽고 싶어질 때

근대화에 필요한 목돈을 마련하였고 우리나라 산업화의 시초가 되었습니다.

"어머니, 아버지, 형, 동생들아 기다려라. 진황이가 갔다 오면 이제 고생 절대 안 시킬게."

시골에 계신 부모님과 어린 동생들이 떠올랐습니다. 남의 땅을 부쳐 먹느라 뼈가 으스러지도록 일하는 부모님. 밥숟갈 하나 줄이기 위해 뿔뿔이 흩어진 형, 누나. 나 홀로 이 험한 외길을 다녀오면 해결될 문제였습니다. 젊은 피가 끓어오르던 열여덟. 이성적으로 판단하기보다는 뜨거운 가슴 하나만 있으면 세상 살아가는 데 두려움이 없을 듯했습니다.

한탕을 잡으려고 뛰어든 사람은 저뿐만이 아니었습니다. 가난하디 가난한 시절, 모르긴 몰라도 베트남으로 떠난 32만 명의 장병들 대다수가 생활고를 해결하려고 갔을 겁니다. 멀어지는 부산항을 보며 각오를 다집니다.

'내 결코 언젠가 흩어진 가족들과 한 상에 둘러앉아 밥 먹을끼다.'

다짐하고 다짐하였습니다. 미군의 총알받이로 떠난 슬픈 영혼들은 멀어지는 부산항을 보고 짜디짠 눈물을 바다에 뿌리고 있었습니다. 벅차오르는 가슴을 부둥켜안고 떠나는 머나먼 길을 갈매기만이 동행하고 있었습니다.

'너처럼 하늘을 날 수만 있다면 금방 고향에 계신 어머니를 한 번만 뵙고 이 먼 길 떠나도 아쉬움이 없을 텐데.'

당시 베트남전쟁 참여에 대한 생각은 필수불가결한 것이었습니다. 취업한 카센터는 망했고, 일자리를 잃은 채 밥술 하나 덜며 돈을 번다는 생각으로 간 베트남. 그 전쟁터가 내 인생을 송두리째 바꿀 줄은 그때는 알 수 없었습니다.

"진황아, 눈을 떠야한다. 아무리 최악의 순간에도 눈을 떠야한다."
악몽에 시달리는 날의 연속이었습니다. 눈을 아무리 뜨고 세상의 빛을 보려 노력해도 잘 떠지지 않았습니다. 하루는 강을 건너려고 아무리 노력해도 강을 건널 수 없었습니다. 내 뒤로 베트콩인 적군이 계속 뒤를 밟고 옵니다. 살려달라고 외치는 찰나 절벽에서 떨어졌고, 그 순간 눈을 떴습니다.

"김진황 일병. 정신이 듭니까?"
하얀 복장을 한 간호사들과 다른 전우들이 저를 둘러쌌습니다.

"다행입니다. 살았습니다. 살았어. 기적입니다."
이내 그들의 눈빛을 봄과 동시에 말 못할 고통이 아래에서부터 전해졌습니다.

"간호사님. 아악! 아래가 너무 고통스럽습니다."
"아프다는 것은 살아있다는 증거입니다. 20일간 혼수상태였어요. 기적입니다."
사고가 난 지 20일이 지나 있었습니다. 그토록 혼수상태였다는 게 믿기질 않았습니다. 사고 후 몇 명의 장병이 죽었지만 저는 삶을 살려 노력했는지 팔로 계속 기어서 2차 폭발로부터 안전했다고 합니다.

"근데 뭐가 허전하죠? 아래 감각이 없습니다."

"…."

간호사는 말을 잃었습니다. 순간 잘못되었다는 예감에 아래를 내려다보았습니다.

"내 다리 어딨습니까? 선생님? 내 다리요?"

어처구니가 없었습니다. 가진 것이라고는 멀쩡한 사지밖에 없었는데 그마저 빼앗겨버렸습니다. 튼튼한 두 다리를 땅에 딛고도 살기 힘든 세상입니다. 그런데 다리병신이라니요?

가진 재산도, 받을 유산도 없습니다. 앞으로도 다리 없는 병신으로 살면서 일을 구하기란 더욱 어렵습니다. 사람들은 저를 병신으로 여길 것이고 지나갈 때마다 따가운 시선 속에서 고립감은 커질 것입니다. 절망감보다 더 깊이 다가온 심정은 세상에 다시 맛볼 수 없을 좌절감이었습니다. 베트남 전쟁터로 향하며 큰돈을 벌겠다고 했는데 10일 만에 다리 불구가 되어 돌아왔습니다. 참으로 어이가 없었습니다.

"나란 인생은 온전한 다리마저도 복에 겨운가?"

허공에 주먹을 휘두르며 을러댔습니다.

'내가 무엇을 잘못했는가? 신이 있다면 나에게 이럴 수는 없다. 차라리 죽여라!'

베트남전에서 잃은 것은 다리가 아니라 생의 의지와 희망이었습니다. 다시금 살아야 할 이유도 목적도 용기도 희망도 송두리째 날아갔습니다.

　베트남전쟁에서 다리를 잃는 것은 단순히 돈을 벌겠다는 인생의 좇음이 낳은 비극입니다. 젊은 시절 돈보다 중요한 것은 많습니다. 젊은이는 경험이 부족합니다. 경험이 부족하면 두려움도 사라집니다. 총알이 빗발치듯 쏟아져도 나만은 피해가겠지, 안이하게 생각했습니다.

돈 vs 명예

　사회에 나온 순간 부모님에게 받은 용돈은 없어집니다. 심지어 돈을 준다 해도 받을 청년들은 많지 않습니다. 주면 받겠지만 마음의 빚은 더욱 쌓여만 갑니다. 좋은 대학을 나오고 집안이 빵빵하면 선택의 폭은 넓어지겠지만 저처럼 돈도 없고 학력도 변변치 못하면 쪽박 나기 쉬운 게 인생입니다. '밥벌이는 하겠지' 하고 여기저기 회사를 기웃거립니다. 허송세월한 이력서에는 그동안 지나친 회사만 쌓여가지 실속은 없습니다. 밀려오는 학자금에 적금에 보험금에 다달이 벌어야 할 돈만 늘어나는 게 사회생활의 시작입니다. 많은 사람들이 돈의 유혹에 이기지 못하고 무작정 취업전선에 뛰어듭니다. 대학생들을 조사한 결과 보통 약 20개의 회사에 이력서를 넣고 결과를 기다린다고 합니다. 일부는 약 40개의 회사에 맞는 자기

　　　　　　　　　　　　　　　죽고 싶어질 때

소개서를 쓴다고 하니 도대체 정체성에 의심이 들 정도입니다. 예나 지금이나 '먹고 살아야 해서'란 이유로 우리는 중요한 것을 잃고 삽니다. 저 또한 베트남전쟁에 나가 돈을 벌겠다는 부푼 꿈에 다리를 잃었습니다. 제가 겪은 베트남전쟁은 돈을 벌어주는 곳이 아닌 총알이 머리 위로 쏟아지는 참혹한 현장입니다. 돈을 좇다 다리를 잃었던 것은 제 인생 최악의 실수였습니다. 그 후 제 인생을 돌려놓기까지 얼마나 오랜 시간이 걸렸는지 여러분은 모를 겁니다.

공부를 하고 인생의 철학을 배우는 대학 4년이란 황금의 시기에 여러분은 중요한 고민을 할 것입니다. 다수는 돈을 좇는 인생의 진로를 택해 돈의 노예가 되는 삶을 택합니다. 그나마 소수는 인생이 주는 소박함을 깨달아 돈도 돈이지만 명예를 좇는 직업을 택하기도 합니다. 돈과 명예를 좇는 세상의 1%들의 모습을 여러분은 알고 있습니다. 그들 대부분은 결코 쉬운 선택을 하지도 않았고, 오래 공들인 물건처럼 긴 세월 자신의 내공을 쌓아왔기에 두 가지를 한 번에 얻을 수 있었습니다. 제가 돈을 벌겠다고 베트남전에 참여한 실수처럼 여러분도 중요한 청년 시기에 돈을 좇다가는 인생의 큰 낭패를 볼지도 모릅니다.

"곧 죽게 된다는 생각은 인생에서 중요한 선택을 할 때마다 큰 도움이 된다. 사람들의 기대, 자존심, 실패에 대한 두려움 등 거의 모든 것들은 죽음 앞에서 무의미해지고 정말 중요한 것만 남기 때문이다. 죽을 것이라는 사실을 기억한다면 무언가 잃을 게 있다는 생각의 함정을 피할 수 있다. 당신은 잃을 게 없으니 가슴이 시키는 대로 따르지 않을 이유도 없다."

- 스티브 잡스의 스탠퍼드대학교 졸업식 연설(2005)

2011년 타계한 스티브 잡스는 2005년 스탠퍼드대학교 졸업식에서 죽음에 대한 고찰을 통해 언젠가 인간은 죽을 수도 있으므로 가슴이 시키는 대로 하라고 하였습니다. 문제는 가슴이 시키는 의미를 '돈을 많이 벌자'로 정당화하고 해석하는 젊은이들입니다. 그의 생애를 돌이켜보면 결코 돈을 먼저 좇은 인생이 아니었습니다.

입양으로 시작된 인생

스티브 잡스(Steve Jobs, 1955.2.24~2011.10.5)는 1955년 미국 캘리포니아 주 샌프란시스코에서 태어났다. 보수적인 미국인 집안이었던 생모 조앤 심슨의 가족은 생부 압둘파타 존 잔달리가 시리아 인이라는 이유로 결혼을 반대했고, 결국 조앤 심슨은 미혼모의 신분으로 잡스를 낳은 후 입양을 선택했다. 심슨은 잡스의 새 부모로 대학을 졸업한 고학력 부부를 원했다. 그리고 실제로 변호사 부부가 잡스를 입양할 예정이었다. 하지만 그들은 마지막 순간에 잡스 대신 여자아이를 택했고, 잡스는 대기자 명단에 있던 폴 잡스와 클라라 잡스 부부에게 돌아갔다. 심슨은 폴 잡스가 고등학교조차 졸업하지 못했고 클라라 잡스도 대학을 졸업하지 못했다는 사실 때문에 입양 서류에 서명하길 거부했고, 잡스 부부에게 "스티브를 꼭 대학에 보내겠다."는 약속을 받고 나서야 비로소 입양을 허락했다.

당시 북캘리포니아는 급격한 변화의 기로에 놓여 있었다. 한편으로는 기술이 급격히 발달하고 다른 한편으로는 영국에서 넘어온 사이키델릭 음악과 신비주의가 크게 유행했다. 이 두 가지 문화는 잡스에게 큰 영향을 미쳤다. 잡스는 비틀즈의 팬이자 자유주의의 신봉자였다. 이는 잡스의 트레이드마크라고 할 수 있는 검정 터틀넥과 청바지 복장만 봐도 잘 알 수 있다.

워즈니악과의 만남, 애플 창업, 그리고 좌절

고등학교 졸업 후 잡스는 오리건주 포틀랜드에 있는 리드칼리지(Reed Collrge)에 의학 및 문학을 공부하기 위해 입학했다. 하지만 자신에게 가치가 없어 보이는 과목들을 필수로 이수해야 한다는 점, 그리고 이를 위해 비싼 등록금을 내야 한다는 점 등의 이유로 한 학기 후 자퇴를 결심한다. 친구의 집 바닥에서 잠을 자고 콜라병을 판 돈과 무료 급식으로 끼니를 해결하는 생활 속에서도 그는 청강을 통해 배움의 끈을 놓지 않았다. 특히 이때 그가 들었던 서예 수업은 나중에 매킨토시의 서체에 큰 영향을 미치기도 했다.

잡스는 몇 년 후 캘리포니아로 돌아와 스티브 워즈니악(Steve Wozniak, 1950.8.11~)과 홈브루 컴퓨터클럽(Homebrew Computer Club)에 가입했다. 자신이 정말 좋아하는 일을 찾은 것이다. 곧이어 워즈니악과 협력해 잡스 부모의 차고 안에서 애플을 설립하고 최초의 개인용 컴퓨터인 '애플 I'을 내놓았다. 이후 후속작인 '애플 II'가 뜻밖의 성공을 거두게 되면서 잡스와 애플은 승승장구하는 것처럼 보였다. 하지만 이후 몇 차례 부진을 겪었고 잡스가 30살이 되던 해 애플의 이사회는 그를 해고했다.

애플에 돌아와 세계 최고의 IT 기업가로

몇 달간 공황상태에 빠졌던 잡스는 다시 넥스트를 설립하고 픽사Pixar를 인수하며 재기의 발판을 다졌다(이후 픽사는 세계에서 가장 성공한 애니메이션으로 꼽히는 [토이 스토리]를 만들어냈고 디즈니에 인수됐다. 조지 루카스로부터 1,000만 달러에 인수한 픽사를 디즈니에 74억 달러에 팔았으니 실로 대단한 성공이라고 할 수 있다). 비슷한 시기에 로렌 파월과 연인이 되었고 1991년 결혼하게 된다. 잡스와 파월은 1남 2녀의 자녀를 두었지만, 사실 오래 전 잡스에게는 여자친구가 낳은 리사라는 딸이 또 있었다. 하지만 잡스는 리사를 딸로 인정하지 않았다. 나중에야 자신이 리사의 아버지임을 깨달은 잡스는 미안함의 의미로 새 컴퓨터에 딸 이름을 붙여 내놓기도 했다. 이것이 바로 첫 마우스 기반 컴퓨터 '리사 컴퓨터'다.

1996년, 애플은 넥스트 사를 인수했다. 그리고 잡스는 애플의 최고경영자로 복귀했다. 복귀 후 그는 1997년 10억 달러의 적자를 한 해만에 4억 달러의 흑자로 전환하는 신화를 만들어냈다. 아이맥, 아이팟, 아이폰, 아이패드 등 그가 내놓은 제품은 연달아 성공했고 애플은 세계 최고의 IT기업으로 우뚝 올라서게 된다.

'친구의 집 바닥에서 잠을 자고 콜라병을 판 돈과 무료 급식으로 끼니를 해결하는 생활 속에서도 그는 청강을 통해 배움의 끈을

죽고 싶어질 때

놓지 않았다' 그의 생애 중 이 문장을 여러분은 어떻게 판단합니까? 그는 최고의 컴퓨터를 생산하기 위해 꿈을 놓지 않았습니다. 단순히 돈을 좇았다면 영업 샐러리맨으로 지냈어도 그의 두뇌라면 충분히 성공했겠지만 그는 좋은 제품을 만들겠다는 생각으로 시련과 좌절을 뛰어넘어 먼 길을 돌아갔습니다.

시간이 지나고 젊은이들은 점점 마이크로소프트사의 컴퓨터 제품보다 애플사에서 나온 더 비싼 컴퓨터가 감각적인 디자인이나 품질 면에서 상품의 가치가 높다고 평가합니다. 새로운 아이폰이 출시되면 불타나게 팔리는 것도 잡스의 열정이 고스란히 담겨 있기 때문은 아닐까요?

잡스는 비록 돈과 명예를 다 얻은 케이스지만 죽는 순간에 자신의 재산을 사회에 기부하며 빈손으로 세상을 떠났습니다. 젊은이들이 가장 사랑하는 이 시대의 에디슨, 잡스. 여러분은 왜 잡스에 열광합니까? 바로 그와 같은 삶을 살고 싶어 하기 때문입니다. 그러면 어떻게 하면 잡스와 같은 삶을 살 수 있을까요?

제 경험과 잡스의 생애를 비추어 볼 때 결코 처음부터 돈만을 좇는 노예가 되지 않기를 바랍니다. 돈이 아닌 자신의 길을 포기하지 않고 찾아간다면 언젠가 돈은 따르기 마련입니다. 결혼도 또 사회의 명예도 언젠가는 뒤따르게 될 겁니다. 우리나라에는 재주꾼들이 참 많습니다. 손기술 좋고 그림에 뛰어난 민족이 대한민국 국민입니다. 각종 오디션 프로그램에 수만 명의 사람들이 참가해 실력을 겨룹니다. 한 중견인 A씨는 사적인 자리에서 제게 술잔을 건네며 말합니다.

"선생님 제 전공은 미술입니다. 결국 보험 영업맨으로 살아가지만 언젠가 다시 그림을 꼭 그리고 싶습니다."

다시 그림을 그린다는 그의 꿈을 응원하기는 하겠지만 그가 짊어진 삶은 결코 만만치 않아 보입니다. 아내와 두 명의 자식이 월급날만을 기다리고 있기 때문입니다. 그가 다시 그림을 그린다면 취미로 하는 게 맞지 않을까 싶습니다. 인생에는 적절한 시기가 있습니다. 뒤늦은 나이에 자신의 인생을 후회하며 새로운 길을 찾는 것도 나쁘지 않지만 되도록 어떤 분야든 도전을 위한 최적의 시기는 바로 젊음이라고 생각합니다.

여러분은 결코 저처럼 베트남전쟁과 같은 돈의 잔치를 좇아가지 않길 바랍니다. 돈보다 명예를 좇기 바랍니다. 아니 어쩌면 명예보다 중요한 건강일지도 모릅니다. 저처럼 다리를 잃지 않으려면 자신의 몸을 학대해가며 돈을 버는 것은 대단히 위험한 짓입니다. 대부분의 부모들이 얼른 돈 벌어서 장가가라고 말하겠지만 제 생각은 다릅니다.

"돈의 노예가 되느니 자신의 길을 가며 명예를 좇으세요."

명예를 좇는다는 것은 자신의 길을 꾸준히 간다는 의미로 언젠가 그 분야의 전문가가 되면 돈은 쏟아지게 많이 벌 것입니다.

다리병신

"본국으로 후송됩니다. 김진황 일병."

다시 부산으로 돌아오는 바닷길은 황혼에 젖은 슬픈 눈물의 손수건처럼 눈시울을 따갑게 만들었습니다. 본국으로 후송되어 국군수도통합병원에서 절단수술을 받았습니다. 명예훈장도 고위급 간부들의 격려도 제겐 필요 없는 칭찬입니다. 앞으로 다리 없는 병신으로 살아갈 제 삶에 대한 걱정에 눈물이 앞을 가로막습니다. 집에는 이 사실을 어떻게 알릴까요?

부산 3육군병원으로 옮겨져 재활치료를 받기 시작했습니다. 의족을 착용하고 열심히 노력하면 금세 잘 걸을 수 있다고 격려하는 사람들이 많았지만 이미 저는 5살 아기처럼 걸음마부터 다시 시작해야 했습니다. 빨리 걷지 않으면 저희 식구들은 누가 돌보고 저 또한 의식주를 해결하기 위해서는 방법이 없었습니다.

"선생님 한 걸음씩 차분히 하세요."

간호사의 부축을 받으며 한 걸음씩 뗐습니다. 재활 속도는 나지 않고 마음만 바빠집니다. 의족이라는 것이 모형 틀만 제공되지 몸에 딱 맞는 옷이 없듯 제 발에도 정확히 맞지는 않습니다. 제 의족을 아니 제 발을 다시 만들기 위해서는 그 고통마저 감수해야 합니다. 새로운 사람과 친해지려면 시간이 걸리듯 의족을 신체 일부로 받아들이는 일은 쉽지 않았습니다.. 의족 한쪽에 몸무게가 실릴 때면 욱신거리고 쓰라리기 시작했습니다. 맞닿는 부분은 벌겋게 부어오르고 까지면서 진물이 뚝뚝 떨어졌습니다.

날마다 절단 부위를 닦는 순간은 다리가 없는 사실을 확인하는 시간밖에 되지 않았습니다. 다리가 하나 없다는 사실을 받아들이기가 이렇게 힘들 줄은 몰랐습니다. 하루는 간호사 몰래 계단을 걸어 보기로 했습니다. 답답해서 잠시 산책을 나가고픈 마음에 한 걸음 한 걸음 내딛는 순간 무게중심이 쏠려 계단을 나뒹굴었습니다.

"어이쿠!"

계단 모서리에 얼굴을 찧고 팔꿈치가 죄다 까졌습니다. 몸의 통증보다 짜증이 치밀어 올랐습니다. 주먹을 들어 의족을 탕 내리쳤습니다. 아무리 시간이 흘러도 의족을 내 다리로 받아들이기는 어려울 것 같습니다.

"이건 내 다리가 아니야. 이따위, 딱딱한 나무 따위가 어떻게 내 다리란 말이야!"

나무다리는 고통을 느끼지 못했습니다. 손만 아플 뿐이었습니다. 주먹에서 피가 튈 때까지 나무다리를 내리쳤습니다. 나무다리가 고통을 느낄 때까지 때리고 또 때렸습니다.

의족이 지탱하고 있는 것은 잘린 왼다리가 아니었습니다. 현실을 인정하지 않으려는 완고한 제 마음이었습니다. 과거에 집착하여 끊임없이 현재의 저를 괴롭혔던 시절입니다.

사람이든 물건이든 자신의 것으로 받아들이기는 힘든 일입니다. 너무 급하게 친해지는 사람은 금방 헤어지고 너무 쉽게 정을 준 물건은 더 빨리 버려지기 마련입니다. 인내를 가지고 천천히 제 것으로 받아들이십시오.

틈틈이 걷기훈련을 한 덕분에 의족이 익숙해질 무렵 낯익은 얼굴이 제 앞에 서 있었습니다. 바로 어머니와 누나들. 그토록 애달프게 보고픈 가족이 있지 않습니까.

"아이고 내 새끼 진황아! 진황이 맞나!"

어머니한테는 다리가 없다는 소식을 전하지 못했습니다. 그저 조금 다쳐서 수술 받으러 한국에 돌아왔다고 금방 고향에 간다고 말했지만 자식 걱정이 앞선 어머니는 손수 음식을 해와 아들의 성한 곳을 보고 있었습니다. 어머니는 울부짖으며 저의 가슴을 때렸습니다.

"불쌍한 내 자슥. 나 땜에 이리 됐다. 나 땜에…. 내 다리 띠어다 니한테 붙이자. 아이고."

전 그때 알았습니다. 자신의 몸이 상한다면 부모의 몸도 상합니다. 부모와 자식의 관계는 태어난 순간부터 이미 한 배를 탄 몸입니다. 자신의 몸을 학대한 순간 어미의 몸과 마음도 학대당할 것입니다.

엄마와 누나 그리고 나는 병원 복도에서 한참 울었습니다. 하늘은 오늘따라 푸르렀지만 엄마의 마음은 검게 타들어 가버렸습니다. 죽지 못해 살아 돌아온 아들의 모습은 죄인보다 더한 죄인이었습니다.

나약한 생각들

어른이 되어가면서 버리지 못할 것들이 몇 가지 있습니다. 돈, 성격 그리고 습관. 아마 이 세 가지는 정말 바꾸기 힘들 겁니다.

산업화되고 경제가 발전한 대국이 되었지만 우리는 항상 초조해 합니다. 무엇인가에 쫓기는 삶을 살고 있습니다. 강박관념처럼 집착하는 것이 늘었습니다. 사람과 사람과의 관계는 일처럼 딱딱해져만 갑니다. 우울증의 원인은 아마 이 세상에 자신이 혼자라고 느끼는 외로움과 박탈감일 것입니다. 우리는 우리에게 얽매여 있는 것들을 잠시 내려놓고 자기만의 시간을 가져야 합니다. 무엇인가 계속 쪼들리기 시작한다면 인간은 한없이 나약해지고 정체될 수밖에 없습니다.

앞서 말한 어른이 되어가며 버리지 못하는 돈, 성격, 습관을 바꿀 수는 없지만 보다 발전적인 방향으로 변화시킬 수 있습니다. 그러면 나약함은 사라지고 어느새 자신에게 이 불변의 것들이 긍정의 자산으로 돌아올 수 있을 것입니다.

몸이 상한 사람과 마음이 다친 사람은 더 나약한 생각을 품을 수밖에 없습니다. 강박관념에 둘러싸이게 되고 사람과 만남에 있어 자신이 한없이 약한 존재로 인식되어 한마디도 못하고 오는 경우가 많습니다. 많은 젊은이들이 스펙은 화려합니다. 영어점수, 학점, 해외경험, 봉사활동 등 그들은 제가 겪었던 젊은 시절의 스펙보다 훨씬 화려합니다. 하지만 이상하게 자기 자신을 소개해보라 하면 아무 말도 못하고 주절대다 멈춥니다. 화려한 스펙이 있어도 자신을 표현할 수 없다면 나약한 인간으로 밖에 보일 수 없습니다. 저 또한 몸과 마음의 병을 안고 산 40년의 세월 동안 한없이 초라한 존재로 인식될 때가 참 많았습니다. 그 세월이 아마 젊은이들보다 더하면 더했지 덜하지는 않을 것입니다.

A군은 오늘도 회사 면접을 보러 갑니다. 수도 없이 자신을 소개할 문구를 다 표현하려고 외우고 또 외우고 갔지만 예상 못한 질문에는 한마디도 꺼내지 못합니다. A군은 점차 나약해지는 자신을 극복하고 싶습니다. 자신의 잠재력을 세상에 끄집어낼 기회조차 없어 좌절감에 빠져 있었습니다. 그 후 많은 회사 면접에서 떨어지자 더 이상 면접을 보고 싶지도 않았습니다.

A군의 사례는 그만의 이야기가 아닙니다. 대학가를 가보면 수많은 면접스터디와 그와 관련된 코칭수업을 받는 대학생들이 참 많습니다. 기업의 인사들에게 물어보면 면접에서 전문적인 지식을 요구하지 않는다고 말합니다. 그저 자신만 잘 표현하고 비전이 있는지를 살피는데 많은 대학생들이 외워온 양 똑같은 말들을 주저리주저리 댄다고 합니다. 어색하기 짝이 없는 대학생들을 회사에서 원하지 않습니다. 그들은 눈빛에서 '나는 약하다'라는 모습이 다 보이기 때문입니다.

자신이 아무리 강해 보이려 노력해도 약한 사람은 눈빛이 흔들

죽고 싶어질 때

립니다. 눈은 그 사람의 모든 것을 대변하기 때문입니다. 자신을 잘 표현하지 못하는 이유는 자기에게 자신이 없기 때문입니다. '어떻게 하지' 하는 불안감을 갖는 사람은 나약한 사람으로 인식되기 십상입니다. 나약함은 어떻게 극복할 수 있을까요?

『인간 계발』 작가 한지훈 씨는 다음과 같이 말합니다.

「당신은 "나약하다."는 말을 들어본 적이 있는가. 나약한 사람들은 자기 것도 찾아먹지 못하면서 슬프게 인생을 살아가야 한다. 나약하다면 자신의 감정대로 인생을 살 수 없고 늘 우울하게 살아야 하며 남들이 웃으면 억지로 웃어야 하는 끌려 다니는 삶을 살아야 한다.

나약한 사람들은 늘 억울한 마음으로 눈치만 보며 살기 때문에 마음이 늘 공허하다. 그러므로 나약한 사람들은 이기적일 수밖에 없다. 나약한 사람들은 봉사나 나눔을 생각할 만큼 정신적 여유가 없다. 늘 패배자의 눈으로 세상을 바라본다. 항상 닫쳐진 마음으로 세상을 바라보게 되고 그런 시각에서 보이는 세상은 모두 패배의 기억으로 남게 된다.

나약한 마음을 버려야 한다.

나약한 마음을 버리기 위해 운동을 배우거나 강한 군대체험을 할 필요는 없다. 강함과 나약함은 겉으로 드러나는 것이 아니라 한 가지 일을 집요하게 포기하지 않고 끝까지 해나갈 때 생겨나는 마음이다.

성공한 사람들은 엄청난 고난 앞에서 담대하게 대응한다. 나약한 사람들은 작은 고난 앞에서도 무릎을 꿇는다.

나약한 마음을 버리기 위해서는 한 가지를 포기하지 말고 꾸준히 추진해 나가야 한다. 덩치가 크고 목소리가 크다고 강한 사람은 아니다. 목소리가 작고 덩치가 작다고 나약한 사람이 되는 것도 아니다.

강하고, 약함의 기준은 자신이 현재 하는 일을 포기하지 않고 위기를 잘 극복하면서 끝까지 밀고 나가는 힘이다.

나약한 사람일수록 자신의 나약함을 감추기 위해 강한 척을 한다. 하지만 나약한지 강한지를 알아보는 기준은 결국 위기 상황이다. 위기 상황 앞에서 강한 사람들은 이성을 지키고 끝까지 문제해결을 위해 지혜와 논리를 유지한다.

나약한 사람들은 작은 위기 앞에서 부화뇌동하며 화를 내거나 일어나지 않은 불행한 미래를 생각하며 두려워한다.

나약한 사람들은 늘 일희일비 한다. 20만 원 손에 더 쥐면 기분 좋아서 날뛰게 되고, 20만 원 손에서 사라지면 기분이 축 쳐지는 것이 나약한 사람들의 행동 방법이다.

나약한 자는 늘 한 가지 일에 집중하지 못하고 항상 자신이 불우하다고 생각한다. 그러므로 결과는 늘 최악의 상황만을 만나게 되는 것이다.

이제 지긋지긋한 나약함에서 벗어나자.

나약함은 평생을 따라 다니며 당신의 성공을 방해할 것이다. 나약함은 충분히 몰아낼 수 있는 바이러스(entropy)다. 나약함을 벗어나기 위해 두 가지 방법을 제시하면 아래와 같다.

첫 번째, 나약함을 벗어나기 위해 남들과 비교하는 바보 같은 생각을 버려야 한다. 나약한 사람들은 항상 자신을 잃어버리고 살아간다. 그래서 늘 남들과 비교해서 나를 판단하게 된다. 남들이 좋은 직장 들어가면 부러워하고 남들이 좋은 이성과 결혼하면 또 부러워한다. 자신이 나쁜 대학 나왔으면 부끄러워하고 좋지 못한 차를 타고 다니면 그 역시 창피해 한다. 부러움이 결국 나약함으로 연결된다. 부러워하지 말아야 한다. 그리고 남들과 비교하지 말아야 한다. 남들과 비교하는 순간 결국 나의 나약함은 더욱 극대화된다.

성공한 사람들은 모두 내면 수련을 한다. 남들과 비교되는 나를 보지 않으려고 늘 나의 내면의 힘을 강하게 수련한다. 당신도 나약함에서 벗어나려면 남들과 비교당하지 않을 만큼 강인한 수련을 경험해야 한다.

남들이 만들어내는 부러움의 에너지를 흡수하지 말아야 한다. 부러움 에너지(entropy)에 정신이 팔려버리면 당신은 나약해진다. 한 번 부러움에 노출되면 당신 입에서는 혼이 빠진 불평불만 소리만 내뱉게 된다. 이때부터 당신은 불안, 초조, 긴장과 부끄러움을 경험하게 된다. 남들과 비교되는 나를 생각하지 말아야 한다. 나는 순수한 열정과 이성을 가진 멋진 인간일 뿐이다. 절대 비교하지 말아야 한다. 무질서에너지(entropy)는 항상 도사리고 있다.

두 번째 나약함을 벗어나기 위해서는 당신이 가진 모든 에너지를 긍정적으로 소진해야 한다. 나약한 사람들은 솜털처럼 편안한 삶을 살기를 원한다. 나약한 사람들은 몸을 쓰거나 머리 쓰는 일을 싫어한다. 머리를 쓰거나 몸을 많이 쓰면 에너지가 소모되므로 피로해지거나, 스트레스 상태로 빠질 것이라고 상상한다.

우리 몸의 에너지는 긍정적으로 쓰면 쓸수록 더 강한 긍정 에너지(netropy)가 공급된다. 에너지를 긍정적으로 활용해야 한다. 에너지는 사용하지 않고 가만히 아껴두면 소진되지 않은 에너지가 모두 부정적 에너지(entropy)로 돌변해서 쓸데없는 걱정거리를 당신에게 안겨 줄 것이다.

남들보다 더 부지런하게 남들보다 더 많이 일해도 당신은 지치지 않는다. 단 긍정하면서 일해야 한다. 그러면 당신에게는 긍정 에너지(netropy)가 무서울 정도로 쌓이게 된다. 당신이 나약하게 살아왔다면 돈 받은 만큼만 일했을 것이고, 머리 쓰는 일을 귀찮아했을 것이다. 에너지를 보전하기 위해 일과 공부를 대충 처리했을 것이다. 당신이 가진 모든 에너지를 긍정적 소진해야 새로운 긍정의 에너지를 공급받을 수 있다.

미친 듯이 긍정하며 열심히 일과 공부를 해보자. 그러면 당신은 네트로피(질서 잡힌 긍정의 에너지) 에너지를 받아들일 수 있게 된다. 나약함을 벗어나기 위해서는 당신의 몸과 정신세계를 흐르는 잉여 에너지를 열심히 소진해야 한다. 정신과 몸에 남아 있는 잉여 에너지를 지금 해야 할 일에 바쳐야 한다. 그러면 더 큰 에너지(netropy)를 받게 된다.

나약하다는 것은 결국 내 속에 나 아닌 다른 나가 자리 잡고 있다는 증거다. 나약하다는 것은 뜨거운 삶도 아니고 차가운 삶도 아니다. 그저 솜털 같은 달콤함만 추구하는 의미 없는 삶일 뿐이다. 이런 삶은 재미없고 답답할 뿐이다.

나약함을 벗어나고 싶다면 자신의 몸과 정신에 흐르는 잉여 에너지를 긍정적으로 모두 소진하는 습관을 가져야 할 것이다.」

죽고 싶어질 때

저 또한 다리를 잃었을 때 한없이 나약했습니다. 아니 제 자신이 나약해졌습니다. '마약이라도 있어야 견딜 수 있을까. 한 번 해볼까' 하는 생각까지 가졌습니다. 결국 제가 제 자신과의 싸움에서 이길 수 있었던 것은 긍정을 통한 습관의 변화였습니다. 자신의 얼굴이 못생겼다고 성형을 할 게 아니라 자신의 생각을 긍정으로 변화시켜 보십시오. 얼굴의 인상은 금세 바뀔 것입니다.

"긍정은 자신이 생각하는 것보다 훨씬 강한 기적을 만들어 줍니다. 자신의 약점마저도 즐기듯 바라보세요. '언젠가 좋아지겠지 괜찮아지겠지' 하고. 여러분은 꼭 해낼 수 있습니다. 저 다리 없는 김진황이 깨우친 강한 긍정의 습관처럼 여러분도 긍정에 중독되어 보세요. 사랑합니다. 젊은이 여러분. 사랑합니다. 내 자신을. 주문을 외워보세요."

자살시도 I

다리병신이 된 지 몇 달이 지났습니다. 세월이 약이란 말처럼 몸과 마음의 병도 조금 무뎌졌습니다. 틈틈이 걷기 훈련을 한 덕분에 의족에 익숙해졌습니다.

"김진황 씨, 휴가 나왔습니다."

　병원에서의 삶은 고통의 연속이었습니다. 날마다 짜인 프로그램대로 의족을 끼고 걷기를 반복하는 사이 계절은 계속 변해갔고 만물이 옷을 갈아입는 모습을 병원에서만 봐야했기에 첫 휴가는 달콤한 듯 설레었습니다. '바깥세상은 또 어떻게 변해 있을까' 하는 기대감으로 병원을 벗어나보기로 마음을 먹었습니다.

　'다리 하나 없다고 사람들이 죽이기야 하겠어.'

　저처럼 베트남에서 사고로 불구가 된 친구와 동행했습니다. 그 친구 역시 지뢰로 인해 넓적다리 부근까지 잘려 나간 친구였습니다. 막상 병원 밖을 나오니 저도 모르게 어깨가 움츠러들었습니다. 병원에서야 모두 어딘가가 잘려 나갔거나 내상을 입은 환자들뿐입니다. 그래서 '보통 사람들과 다르다'라는 이질감을 느끼지 못했습니다. 군대에서는 상이용사라고 훈장까지 받았지만, 사회에서는 다리 하나가 잘려 나간 병신이었습니다.

　더군다나 두 명의 다리병신이 길가를 걷고 있으니 길을 떡하니 막고 서 있는 기분이 들었고, 내 뒤에 몇몇 사람들이 짜증을 내는 듯했습니다. 말은 안했지만 '아저씨들 좀 비켜요' 하는 눈빛입니다.

　저는 수치심이 몰려왔습니다. 낯선 서울에 상경했을 때 저를 바라보는 시선이 차가웠다면 지금 내 모습을 보는 시선은 훨씬 더 복잡 미묘합니다. 호기심, 혐오, 징그러움, 두려움이 섞인 사람들의 표정에 겁이 나기 시작했습니다.

　'나라를 지키다 이리 됐다. 부끄러울 거 하나도 없어.'

　지금이야 장애를 가진 사람들도 많고 인권적인 법 마련으로 평

　　　　　　　　　　　　　　　　　　　　　죽고 싶어질 때

범한 사람과 다를 바 없이 살지만 60~70년대 시절에는 경멸의 시선
들이 노골적으로 내 눈을 스쳐갔습니다.

"병신 지랄하고 자빠졌네."

마음속으로 자기 긍정의 주문을 외웠지만 소용이 없었습니다.
낯이 뜨겁고 사람들의 시선을 무시하려고 할수록 다리가 헛돌았습
니다. 건널목을 건널 때면 빵빵거리는 차와 욕하는 사람들뿐. 누구
하나 온정의 눈빛과 손길은 없었습니다. 사람들의 시선에서 도망치
고 싶다는 생각에 빠른 걸음을 재촉했습니다. 의족과 맞닿는 면이
엇갈리더니 쿵 길바닥에 나동그라졌습니다.

"좀 도와드릴까요?"

보기 안쓰러웠는지 한 남학생이 손을 내밀었습니다.

"됐네. 가던 길이나 가게나."

고개를 돌리며 퉁명스럽게 대답했습니다. 일말의 자존심이 도움
조차 거부했습니다. 이 정도도 혼자 힘으로 일어서지 못하면 안 된
다는 오기가 생겼습니다. 학생은 도와주지도 못하고, 엉거주춤 서서
제가 하는 양을 지켜보았습니다. 일어서야 한다. 이마에서 땀이 줄
줄 흘러내렸습니다. 눈에 힘을 꽉 주었습니다. 몸보다 힘든 게 마음
이라고 했습니다. 세상엔 나와 단 하나뿐인 친구 둘뿐이었습니다.

"친구야 그냥 우리 죽자."

"그래 이대로 살 바엔…"

근처에서 소주 한 병을 사 벤치에 앉아 친구와 나눠 마셨습니
다. 술기운이 올라오니 의족과 맞닿은 부분이 더욱 가려워 미칠 지

경입니다. 밤이 되면 우리는 이 세상에 존재하지 않는 사람이 될 테고 사망신고서가 접수되어 내 주민번호는 사라질 것입니다. 술을 다 들이키자 기분은 한결 나아졌습니다.

"영도다리로 가자."

친구는 고개를 끄덕였습니다. 둘 다 살아봐야 더 이어갈 희망이 존재하지 않아 보였습니다. 어스름이 깔리고 가로등이 하나 켜질 무렵 영도다리 부근에는 인적이 드물어 딱 죽기 좋아보였습니다.

영도다리는 슬픈 사연을 가진 곳입니다. 6·25 당시 피난 열차에 오르다가 가족과 헤어지면 '영도다리에서 보자'고 약속했다 합니다. 부모형제와 생이별하고 굶주림에 시달리던 피난민들이 이곳에서 목숨을 끊었습니다. 우리는 비록 이산가족은 없지만 전쟁터에서 잃은 다리가 있으니 여기서 삶을 다하면 수많은 영혼들과 만나 위로라도 할까 싶어 영도다리를 택했습니다. 등 뒤로 난간을 쥐고 바다를 내려다보았습니다. 아득히 멀어 보이는 물이 아니라 절벽으로 느껴집니다. 같이 죽기로 한 친구 놈은 어느새 사라졌습니다.

'뭐 혼자가 더 좋지. 내 몫까지 더 살다가렴.'

풀썩 몸을 날렸습니다. 허공에 잠시 뜨는 듯하더니 그대로 물속에 처박혔습니다. 코로 물이 들어와 미칠 지경입니다. 더 무서운 것은 어둠의 공포가 엄습해오자 두려움에 떨게 되었습니다. 어디서 솟았는지 격렬한 몸부림이 시작되었습니다. 그때 의족이 떠 있었습니다.

죽고 싶어질 때

'저걸 잡으면 안돼! 니는 여기서 죽어야 해.'

숨이 턱까지 차오르고 몸부림을 포기하고 죽으려는 순간 저는 이미 의족을 붙잡고 있었습니다. 나무의족이라 물에 떠올라 부표 같은 역할을 하였습니다. 용기 없게도 의족을 놓지 못했습니다. 바보처럼 의족을 붙잡고 생명을 연장해달라고 애원하는 것처럼 육지로 헤엄쳤습니다. 간신히 물 밖으로 고개를 내밀어 가슴이 뻥 뚫리도록 숨을 크게 들이쉬었습니다. 의식이 또렷해졌습니다. 죽고 싶은 마음이 씻은 듯 사라졌습니다.

'죽겠다고 뛰어내릴 때는 언제고, 이게 무슨 꼴이냐?'

의족이 비웃는 듯했습니다. 다리를 절단하고 쇠할 대로 쇠한 체력인데 어디서 이런 힘이 났을까요?

"이 빌어먹을 녀석아. 왜 달려 가지고 또 나를 살리냐?"

전 의족이 없으면 이 세상에 없을 사람입니다. 죽기를 각오하고 거친 파도에 뛰어든 순간 잊고 있었습니다. 나무의족을 하고 있다는 사실을요. 죽으려고 뛰어들었지만 의족 때문에 살고 나니 허망하기 짝이 없었습니다. 헤엄쳐 나올 때 정신을 생각하니 웃음만 나옵니다. 살려고 발버둥치는 그 정신만 있으면 입에 풀칠은 하고 살지 않을까 싶었습니다. 그래서 전 더욱 살아야 했는지도 모릅니다.

삶의 의지가 다해 죽고 싶은 순간 내게 희망의 한 줄기 빛은 의족이었습니다. 저는 의족에 대고 앞으로 살아야 할 인생의 각오를 다졌습니다. 죽고 싶을 만큼 힘들어도 포기하지 말아야 할 이유가 생겼습니다. 의족은 죽음이란 낯선 곳에서 나를 만나게 해준 위대한 기적이었습니다.

절망의 순간 속에서
당신은 혼자가 아닙니다

죽음과 삶 안에서 3전 4기의 목숨 부지를 하고 살다 보니 죽으려고 고민하는 사람들이 가끔 찾아옵니다. 그들의 사연은 참 다양합니다. 돈의 부채로, 인생의 낙이 없어, 우울증에 시달리면서, 또 취업이 안 되는 사람들, 사기를 당한 이들. 그들의 사연 하나만 들어봐도 영화 10편은 나올 인생입니다.

저는 이 사람들에게 다음과 같은 사연을 들려줍니다.

「JAS(판문점 공동경비구역) 경비대대 소속 장병들이 26일 오전 10시 40분께 경계작전 근무를 펴다, 급류에 휩쓸린 동료를 구하기 위해 잇따라 강에 뛰어들었다가 중위 한 명과 사병 2명 등 4명이 실종되는 안타까운 사건이 발생했다.

이날 사고는 경기도 파주시 파평면 두포리 전진교 바로 윗편 장깨도하훈련장에서 경계작전 훈련을 펼치던 이 부대 소속 장병 25명이 적 포탄 투하 등의 상황을 가정한 소대전술훈련에 나섰다가 안학동 병장(23)이 미끄러지면서 발생했다.

안 병장은 10시 40분께 중대장으로부터 적 포탄 낙하 상황이 떨어지자 도하훈련장 끝부분 45도 우측으로 대피하는 순간 실족하며 순식간에 급류에 휩쓸렸다. 이를 지켜보던 변국도 중대장(육사 55기)과 박승규 중위(육사 59기) 김희철 일병(22·수원대) 강지원 병장(22·목원대) 오진관 일병 등 5명이 물에 뛰어들어 필사적으로 안 병장을 구하려 했으나, 변 중대장과 오진관 일병만이 구출되고 나머지는 실종되고 말았다.

당시 임진강물은 하류에서 상류 쪽으로 역류하는 밀물 대사리 때여서 물살이 매우 빠르고 수심도 5m 가까이 불어났던 것으로 밝혀졌다.」

병사 한 명을 위해 뛰어든 5명의 장병들은 급류에 휩싸인 순간 무슨 생각으로 뛰어들었을까요? 그들은 자신이 죽을 것을 알면서 그 급류에 뛰어들었습니다. 4명의 장병은 다시 돌아오지 못하고 죽음을 맞이했지만 이 일화는 우리에게 많은 교훈을 안겨줍니다. 하찮은 목숨 하나에 뛰어든 5명의 남자들은 한 명의 목숨이 더 소중했기 때문에 뛰어든 것입니다. 그들이 이성적으로 판단했으면 그러한 행동을 과연 했을까요? 생사가 왔다 갔다 하는 상황에서 자신보다 남의 생명의 위급을 판단하고 뛰어든 이들. 돌아올 수 없는 강을 건넜지만 그들의 영혼과 정신은 지금도 JSA 근무자들에게 살아있습니다.

한 명의 목숨을 구하기 위해 자신을 희생한 사람들이 있습니다. 일본 지하철에서 자살하는 사람을 구하다 죽은 고 김수현 군은 또 어떻습니까? 그에게 일본 사람은 그저 모르는 행인과 다를 바 없습니다. 그 사람을 구하고 죽은 후 어떻습니까? 얼어붙은 한일관계는 풀어졌고, 아직도 많은 일본인들이 그를 기억하고 추모하고 있지 않습니까? 이상에서 우리는 자살할 권리가 없습니다. 영도다리에서 뛰어들었던 제 행동도 잘못된 선택입니다. 우리의 목숨 하나하나는 스스로 판단하고 단명케 하는 존재가 아닙니다. 보이지 않지만 우리의 목숨을 붙잡는 많은 이들이 등 뒤에서 목덜미를 붙잡고 있습니다.

그렇기 때문에 우리는 삶이 죽는 순간을 판단하지 말고 자연이 선택한 죽음을 맞이하기까지 열심히 살아야합니다.

영화 '가디언' 처럼 우리나라에는 대한민국 항공구조사란 직업을 가진 사람들이 있습니다. 폭염과 집중호우, 강풍 등 악조건 속에서도 공군 전투력의 핵심인 조종사를 안전하게 구조할 수 있도록 강도 높은 훈련을 실시하는 사람들은 전쟁이 나면 추락한 조종사를 구출해야 하는 임무를 가지고 있습니다. 자신들의 목숨은 버린 채 조종사 한 명을 구하기 위해 엄청난 훈련을 견뎌대는 사람들. 자신의 목숨보다 다른 사람의 목숨을 소중히 여기며 죽을지도 모르는 곳에서 악전고투를 벌이는 사람들의 인생은 얼마나 힘들겠습니까?

남의 인생을 구하지는 못할망정 우리의 삶을 포기하는 것은 어리석은 일입니다. 어떠한 삶의 고단함이 있어도 우리의 건강 하나만 잘 돌봐도 박수 받는 인생을 살 수 있습니다. 기억하십시오. 아무리 고단한 목숨 부지라도 당신이 죽기로 할 때 당신을 위해 뛰어

죽고 싶어질 때

들 사람도 있다는 사실을 말입니다. 당신은 절대 혼자가 아닙니다. 하찮은 목숨일지라도 당신은 이 세상에 꼭 필요한 존재입니다.

제3부

지지리도
배고프던 시절

슈퍼우먼, 어머니

"워매, 어쩌노. 여보, 먹을 게 없어요. 저것들 또 굶기게 생겼소."

문틈으로 보이는 어머니는 앞치마로 눈물을 닦으며 아버지에게 하소연하였습니다. 1960년대 초 대한민국은 무척 가난했습니다. 국가에서 배급되던 한 바가지 쌀로 일주일을 먹기엔 턱없이 모자랐고 그마저 죽을 끓여 허기를 달래기 일쑤였습니다. 너무 배고파 잠이라도 청하면 배에서 '꼬르륵' 소리가 연달아 났고 한참을 뜬눈으로 지새우다 잠이 들면 꿈에서조차 배고픈 악몽에 시달려야 했습니다. 나의 일과에서 학교는 찾아볼 수 없었습니다. 낫과 칼자루를 쥐고 산으로 향해 소나무 껍질을 벗겨내면 흰 속살이 나오는 앙상한 형태가 드러났습니다.

'소나무야 미안하다. 하지만 네 몸뚱아리로 우리 식구 허기라도

달래야겠구나.'

소나무 흰 속살을 긁어다 죽을 끓여먹던 시절, 지금의 나이 드신 분들은 그때를 잘 알 것입니다. 저 또한 다르지 않았습니다. 밥 먹듯이 끼니를 거르는 날이 이어지자 아버지는 손바닥만 한 밭마저 쌀 몇 알에 팔아 넘겨 식구를 먹여야 했습니다. 그나마 그 쌀도 다 떨어지고 나면 아끼고 아껴 풀을 섞어 죽을 끓여 먹습니다. 배고픔이 몰려와 정체를 알 수 없는 죽마저도 달게 느껴졌습니다. 아버지는 남의 집 머슴살이를 해서 먹을 것을 구해왔고, 어머니는 부엌일에 삯바느질, 품팔이 등 가리지 않고 일을 했습니다. 그래도 가난은 벗어날 길이 없었습니다. 어머니는 부엌에서 몰래 눈물을 훔쳤습니다. 자신이 할 수 없는 가난과 끼니 걱정에 눈물이 앞을 가렸던 모양입니다.

"엄마 웁니까?"

"울긴 이놈아. 장작 땜에 매워서 근다."

나는 어릴 시절 몰래 우는 어머니의 모습을 잊지 못합니다. 스스로는 안 운다며 눈물을 감추셨지만 흰 앞치마엔 눈물 자국 같은 얼룩이 누렇게 베었으니까요.

이제 예순이 다 되어 노년을 바라보는 나는 그 시절 어머니가 보고 싶어 자식들과 마누라 몰래 울 때가 있습니다. 그럴 때면 어머니처럼 강인한 제 아내가 귀신같이 옆으로 와서는 "또 어머니 생각합니까?" 하고 묻습니다. 집안에 경사가 있을 때면 웃음보다 눈물이 더 납니다. 어머니가 지켜보고 있으면 참 좋을 일들인데. 평생을

죽고 싶어질 때

가난을 달고 살던 어머니는 오래 전 조용히 숨을 거두셨습니다.

　첫째 아들 내외가 결혼한 날이었습니다. 신혼여행을 가고 마누라와 단 둘이 남자 허한 기분마저 들었습니다. 마누라는 지난날이 힘들었는지 결혼식 후에 집에 와서 밥도 챙겨주지 않은 채 눈물만 흘리고 있었습니다.
　"경사인데 재수 없이 눈물만 흘리나."
　"그러니까요. 좋은 날인데 왜 이리 눈물만 흐를까요."
　"맨날 나보고 운다고 난리치더니만."
　"여보 우리 노래방 갈까요?"
　아내는 노래방에 가서 신나는 트로트를 부르며 애써 울지 않으려고 노력하고 있었습니다. 분위기가 어느 정도 무르익고 제가 곡을 신청하자 아내는
　"또 그 곡입니까. 안 지겹소."
　"안 지겹고말고. 백 번을 불러도 지겹지 않아."

「콩밭 매는 아낙네야 배적삼이 흠뻑 젖는다.

무슨 설움 그리 많아 포기마다 눈물 심누나

홀어머니 두고 시집가던 날 칠갑산 산마루에

울어주던 산새 소리만 어린 가슴을 태웠소.」

나는 이 노래만 부르면 감정을 주체하기 힘듭니다. 어릴 적 힘들게 버틴 삶의 한이 묻어있는 곡이라 할까요. 이제는 먹고살만 하다 싶지만 노래 속에 아낙네는 내 어머니 같아 눈물이 한 움큼 쏟아집니다. 하늘에 계신 어머니가 들을 수 있도록 크게 크게 부릅니다. 울려 퍼지는 한스런 목소리가 어머니한테까지 전달될 수 있도록.

'어머니, 저 김진황. 요렇게 잘 살고 있소.'

어머니는 철의 여인입니다. 가난한 집에서 태어나 가난한 아버지에게 시집오면서 궁핍한 생활이 계속 되었습니다. 신혼살림은커녕 냉수 한 사발 떠놓고 혼례를 치렀을 모습을 상상하면 애달프기까지 합니다. 시집와서는 허리 한 번 펼 날이 없을 만큼 소처럼 일만 했습니다. 밭일은 사시사철 끝나지 않는 중노동이고 땡볕에 앉아 조그만 손으로 호미질하는 어머니의 손은 할머니의 손과 같았습니다. 시름이 많았을 어머니는 내일 먹을 양식 걱정마저도 호미질을 하며 잊으려합니다. "내일이면 더 좋아지겠지."라며 땀방울과 눈물을 동시에 쏟아내는 모습은 죽을 날까지 잊지 못할 겁니다. 그렇습니다. 이 세상 모든 대한민국의 어머니는 제 어머니처럼 강한 사람입니다.

당신이 무슨 잘못을 하든 죽을 죄를 지었든 어머니는 소나무처럼 한결같이 당신의 어머니입니다. 죽고 싶을 만큼 힘들 땐 어머니를 생각하십시오. 아마 어머니는 당신이 힘든 지금의 상황보다 수

죽고 싶어질 때

천 번 수만 번 힘든 일을 다 겪어 오신 분입니다.

　"철수야 그만 들어와 밥 먹으라."

　친구 어머니의 목소리가 또렷이 들립니다. 어릴 적 집근처 공터에서 놀 때면 '밥 먹자' 외치던 친구 어머니. 친구들과 자치기를 하며 놀다가 해질녘이면 연기 나는 자신의 집으로 달려갔습니다. 나는 홀로 공터를 배회하다 연기가 피어오르지 않는 굴뚝, 막대기로 땅바닥에 끄적끄적 낙서를 했습니다.

　'배고파 죽겠다.'

　생전에 어머니는 슈퍼우먼과 같은 삶을 살았습니다. 낮에는 밭을 일구며 몹쓸 놈의 피를 뽑고 농약 주고 밭 갈고, 밤에는 삯바느질에 남의 바느질까지 도맡는, 요새 말하는 부업을 하셨습니다. 어머니가 한 번도 저보다 먼저 주무시는 걸 본적이 없다고 기억합니다. 생전에 어머니는 자식들 배 곯린 것을 서러워하셨습니다. 끼니 걱정 없이 먹고살 만한 때에도 옛날 이야기만 나오면 눈물을 보이셨습니다. 앞서 보낸 자식을 떠올리실 때면 가슴을 치며 통곡하셨습니다.

　"오메, 내 새끼. 따순 밥도 한 그릇 못 멕이고…. 내가 죽일 년이여, 내가 죽일 년이여. 내가 죽고 니가 살아야 하는디, 내가 죽고 니가 살아야 하는디…. 이년이 죄인이여, 천하에 몹쓸 년이 바로 나여…."

　영양 과다로 배가 나와 심각하게 다이어트를 생각할 때도 어머니는 늘 자식 밥 걱정이었습니다.

"진황아, 밥은 묵고 다니냐? 굶으면 못 쓴다."

사회에 나오면 어느 누구도 밥그릇 걱정을 해주는 사람이 없습니다. 하지만 이 세상에 단 한 사람 바로 어머니만이 당신의 몸과 끼니를 걱정해 주는 사람입니다.

세상에 태어나면서 이미 당신의 몸은 당신 스스로의 그릇이 아닙니다. 최소한 우리에게 있어 가장 강하신 슈퍼우먼 어머니만이 당신의 몸을 다스릴 수 있습니다. 어머니 몸속에서 자랐고 태어났기 때문입니다.

자살의 결심? :
먼저 어머니께 허락 받으세요!

경남의 한 주택 원룸에서 남녀 4명이 동반 자살하는 사건이 발생했다.

13일 오후 4시48분께 경남 창원시 성산구 중앙동 이모(29) 씨의 1층 원룸에서 이 씨와 30대 초반 남자 1명, 또 다른 이모(30·여·서울), 김모(29·여·충남) 씨 등 남녀 4명이 숨진 채 쓰러져 있는 것을 이 씨의 삼촌(48)이 발견해 112에 신고했다.

이 씨의 삼촌은 "전화 연락이 되지 않아 거주하고 있는 원룸에 찾아왔을 때 출입문이 잠겨있고 가스 냄새가 많이 나 열쇠공을 불러 출입문을 열어보니 4명이 나란히 누워 있었다."고 경찰에 진술했다.

경찰은 방안에서 '죄송해요. 더 이상 가족들에게 실망시켜 드리기 싫습니다.'라는 글귀가 적힌 유서를 발견했다.

방에는 출입문과 창문이 청테이프로 밀폐돼 있었으며 가스레인지에 연탄이 피워져 있었던 점으로 미뤄 가스가 새 나갈 것에 대비한 것으로 판단된다고 경찰은 전했다.

경찰 관계자는 "신원이 파악된 이들의 주소지가 모두 다른 것으로 미뤄 자살사이트에서 만나 동반 자살한 것으로 추정된다."며 "신원을 알 수 없는 남자에 대해서도 현재 신원 파악 중."이라고 말했다.

경찰은 숨진 여자 2명이 가출신고된 것을 확인한 한편 유족 등을 상대로 이들이 만나게 된 경위와 이들의 관계 등을 조사하고 있다.

"어머니, 저 자살할까 합니다."

"그래 뒤져라."

위와 같이 대답하는 부모님은 이 세상에 없습니다. 있다고 해도 진심이 아닐 것입니다. 최근 인터넷 자살카페에서 만난 회원들이 단체로 모여 자살을 시도하는 안타까운 일이 발생하고 있습니다. 같은 부모로서 무척 안타깝지 않을 수 없습니다. 전 기사를 읽고 그날 하루 동안 도저히 일이 잡히지 않았습니다. 요즘 청년들은 나약함을 떠나서 죽는 것도 혼자의 선택이 아닌 단체로 죽는다는 사실에 허탈감에 젖어들었습니다. 우리 사회가 경쟁시대로 넘어오면서 진짜 중요한 인성은 나 몰라라 하지 않나 하는 생각에 절망스럽기까지 하였습니다. 분명한 것은 스스로 죽음을 택하는 것은 잘못된 행동입니다. 특히 자식이 죽은 후 살아갈 어미의 가슴은 평생 한으로 남을 겁니다.

"여러분은 결코 혼자서 태어난 것이 아닙니다."

여러분은 엄연히 엄마의 뱃속에서 태어났습니다. 삶을 시작하는 순간 어머니로부터 태어났으므로 삶을 마치는 순간도 어머니께 허락을 구해야 합니다. 만약 어머니보다 먼저 죽는다면 당신은 죄인입니다. 어머니께 씻지 못할 죄를 짓고 마는 것입니다. 만약 지금 자살하고 싶다면 어머니께 허락을 맡으십시오. 당신을 태어나게 한 어머니만이 당신의 숨을 거두게 할 자격이 있다는 사실을 명심하십시오.

가장 소중한 당신의 목숨을 연탄가스로 쉽게 버릴 것입니까? 만약 당신이 얼마나 이 세상에 힘들게 태어났는지 알게 되면 여러분의 목숨을 쉽게 끊지는 못할 것입니다. 역사가 시작한 이래 수많은 생명이 태어났지만 그 생명이 태어난 순간이 얼마나 신비롭고 놀라운지 여러분은 잘 모를 것입니다. 당신은 무척 소중한 생명이고 어머니의 삶의 한 부분입니다.

저는 가까이서 아기가 태어나는 순간을 보았습니다. 일단 아기의 머리가 음부 밖으로 나오면 의사는 아기의 어깨를 하나씩 꺼냅니다. 아기는 콧구멍이 벌어지고 주름이 잡혔으며 가슴이 들려 있

죽고 싶어질 때

고 입이 살짝 벌려져 있습니다. 갓 태어난 아기의 울음소리를 듣는 느낌은 뭐라 설명하기 힘듭니다. 아내의 고통이 끝남과 동시에 생명탄생의 축복이 이루어지는 축제는 진한 감동이 있는 영화의 한 장면입니다. 그것은 진한 감동과 자부심이 뒤섞인 강렬한 만족의 순간입니다. 어미의 배 안에 열 달 동안 들어 있던 아기가 이제 옆에 있다는 것이 실감이 잘 나지 않습니다. 지치지만 풍요롭고 복합적이고 주체할 수 없는 느낌이 듭니다. 아기를 안은 어미는 눈물로 대신 대답합니다. 막 세상에 내놓은 아기가 태어나자마자 엄마와 아기의 접촉이 이루어지고 아기의 몸을 실제로 확인할 수 있는 순간 새로운 생명에 대한 기쁨이 느껴집니다. 초산의 경우 보통 8~9시간이 걸린다고 합니다. 그 긴 시간을 산모는 고통의 순간에서 보냅니다. 1분이 1년 같은 시간을 견뎌내며 말할 수 없는 고통이 찾아오는 순간 아이가 태어납니다.

여러분은 쉽게 태어난 존재들이 아닙니다. 작은 숨 하나를 위해 어머니는 수많은 인내와 고통을 참아내며 생명을 만들었습니다. 어머니는 평생 당신의 처음 모습을 기억하며 살아가는 고마운 분입니다. 그런 어머니께 장례식을 안겨드릴 것입니까? 아무리 힘들고 지쳐도 산모의 고통보다는 덜합니다.

자식 이기는 부모는 없습니다. 말할 수 없는 고민이 있거나 장래문제로 부모님과 대립이 있다면 설득하십시오. 부모는 자식이 가고자 하는 길을 언제나 응원해 줄 수밖에 없습니다. 힘들게 태어난 고통으로 자식에 대한 기대치는 어느 정도 있기 마련입니다. 그렇다고 결코 당신의 목숨을 버려서까지 부모의 말을 들으라는 것이 아닙니다. 힘든 일을 어머니께 털어놓고 하소연하면 어머니는 들어줄 것입니다. 그 고통을 너무 잘 알기 때문입니다. 어느 순간 분명 당신이 가고자 하는 길을 응원할 것입니다.

"당신과 어머니는 탯줄로 연결된 공동 생명체입니다."

상경기
– 질풍노도의 시기

어리광 부릴 나이 10살도 채 안된 시절 좀 사는 아이들과 달리 저는 코흘리개 시절부터 돈을 벌어야겠다고 결심했습니다. 집이 가난했기 때문에 10남매는 밥벌이를 찾아 뿔뿔이 흩어졌습니다.

'내 언젠가 큰돈을 벌어 흩어진 가족을 모으겠다.'

열 살 무렵, 하루는 동네에 돼지 장사꾼이 찾아왔습니다. 이장 집 담 너머로 돈 세는 장사꾼을 훔쳐보았습니다. 마루에 걸터앉아 침을 퉤퉤 뱉어가며 돈 다발을 넘기고 있었습니다. 한 장 한 장 넘길 때마다 저도 모르게 침을 꼴깍 삼켰습니다. 난생 처음 팔랑팔랑 넘어가는 돈 다발을 보았습니다. 심장이 쿵쾅쿵쾅 뛰었습니다. 훔치고 싶은 마음이 일었는지도 모르겠습니다.

'우리 아버지가 저 돈을 세고 있다면 형, 누나와 같이 살 수 있을 텐데….'

누나는 식모살이 하러 떠나 소식이 깜깜했습니다. 큰 형님은 머슴살이 가서는 돌아올 기미조차 보이지 않았습니다. 남들은 보자기에 책을 둘러싸고 학교를 갈 시절 저는 동네를 배회하다 소나무 껍질 벗겨오는 일이 하루의 일과였습니다.

'돈만 있으면 다 해결될 문제인데.'

열 살배기 어린 제가 독기를 품었습니다. 돈을 벌어 가족을 먹여 살리겠노라고. 하지만 무슨 수로 돈을 벌겠습니까? 어린 나이에 품삯을 벌려 해도 받아주는 곳은 없었습니다. 신문지를 돈의 크기에 맞춰 잘랐습니다. 퍽퍽한 느낌이 그나마 돈 같다는 생각이 들었습니다. 하루 종일 천 장을 넘게 만들었습니다.

'언젠가는 큰돈을 벌 날이 올 거야. 그때를 대비해서 미리 연습해 두자.'

바닥에 쪼그리고 앉아 엄지와 검지에 침을 퉤퉤 뱉어가며 지전(紙錢)을 넘겼습니다. 손가락이 붓고, 살갗이 벗겨져 쓰라렸지만 멈추지 않았습니다. 길을 걸으면서도, 자면서도 손가락을 비비며 돈을 세었습니다. 돈 세는 연습을 열심히 해야만 형과 누나가 돌아올 것 같았습니다. 지금도 저는 은행원들보다 더 돈을 빨리 셉니다. 그 시절 오로지 돈을 벌어 가난을 해결해야겠다는 간절함이 제 손을 기계만큼 빨리 만들었습니다. 하지만 제게 시골에서의 삶은 답이 나오지 않았습니다. 우리집 소유의 논밭이 없는 시절 품팔이로 팔려나가거나 아니면 논을 사도 평생 겨우 끼니를 연명할 정도의 농부의 삶밖에 되지 않을 듯했습니다. 당시 농촌에서는 도시로의 이촌향도 현상이 벌어지고 있었습니다. 마을의 젊은이들은 하나 둘 도시로 나가 돈을 벌겠다며 떠나기 시작했습니다. 겨우 열 살배기, 전 서울로 상경해야겠다는 결심이 섰습니다.

"어머니 아버지 드릴 말씀이 있습니다."

부모님에게 상경 계획을 밝혔습니다. 아버지는 어린 저를 쳐다보지 않고 암묵적으로 떠날 것을 동조했습니다. 식구 하나 줄면 아버지는 짐을 하나 벗는 것이기에. 하지만 저 어린 녀석이 떠나 잘못될까 봐 눈을 마주치지 못하셨습니다.

"어머니, 떠나게 허락해 주이소."

"절대 안된다! 네마저 가면 우리 집은 누가 돌보냐잉."

"제가 가야 밥술 하나 덥니다. 차비만 좀 마련해 주소."

저는 가난을 벗어나야겠다는 결심을 했습니다. 이미 첫째 형님은 서울로 떠났고, 저 또한 서울에 대한 남다른 로망이 있었습니다.

'서울에 가면 최소한 굶어 죽진 않겠지.'

지독한 가난에서 벗어나 돈을 벌고 싶은 욕망이 꿈틀대기 시작했습니다. 제가 떠나면 그나마 동생들은 밥숟가락 하나 덜어내니 좋을 것이고, 서울에 가서 푼돈이라도 벌어 시골로 보내주면 그나마 쌀이라도 사서 식구들이 연명할 것으로 보였기 때문입니다.

"네가 서울 거가 얼마나 험한 곳인 줄 아노. 여보 가만있지 말고 뭐라고 말 좀 해봐요?"

아버지는 담뱃대 하나를 물고 조용히 문을 열고 나갔습니다. 어머니의 걱정도 이해는 갑니다. 이미 떠난 형님은 돈을 벌어 집에 부쳐주겠다고 호언장담했지만 돈은커녕 소식조차 뜸했습니다. 당연히 부모님은 큰아들이 잘못되지 않았나 걱정이 앞서기 시작했고 당연지사 저를 놓아줄 리 없었습니다.

"보소, 엄마. 내 그동안 돈다발이라고 생각하고 오려 모은 종이요. 딱 요만큼 벌겠습니다. 욕심 안 부리고 제가 돈 착실히 모아 집에 보내겠습니다."

제 고집을 꺾기 힘들단 걸 어머니는 잘 알고 있었습니다. 어린 시절부터 승부욕이 유난히 강했습니다. 동네에서 싸우면 지는 일이 없었습니다. 부당하다고 생각되면 오기를 부리며 옷깃을 잡고 놓지 않았습니다. 저보다 덩치 큰 녀석은 "진득이 같은 자슥."이라고 질려 했습니다.

지금 서울에 와서 당시 쥐었던 신문지전보다 더 많은 돈을 쥐었습니다. 그 시절 내가 겪고 있는 상황을 변화시켜야겠단 결심이 없었다면 불가능한 일이었습니다.

사춘기도 아닌 시절 열세 살 무렵 서울로 떠났습니다. 먹고 살기 힘든 시절 그 길만이 제 삶과 가족을 변화시킬 수 있다는 확신이 들었기 때문입니다. 인생을 살면서 현실이 스스로의 발전을 저해시킨다면 현실을 벗어나 새로운 삶을 개척해보는 것도 한 방법입니다.

죽고 싶어질 때

정체된 삶을 사는
젊은이들에게

　　노량진에서 공무원 시험 준비생들의 잇따른 자살이 일어나 충격을 주고 있다.

　　28일 서울 동작경찰서에 따르면 27일 오후 9시쯤 동작구 노량진 A 고시원에서 최 모(28) 씨가 고시원 내에서 목을 매 숨져있는 것을 고시원 동료 수험생이 발견했다.

　　경찰에 따르면 최 씨는 26일 실시한 순경 공채 필기시험에서 결과가 나오기도 전에 성적을 비관해 자살한 것으로 추정하고 있다.

　　한편 같은 날 오전 11시경 노량진 B고시원에서 서 모(29) 씨가 여자친구와의 문제로 고시원 화장실에 목을 매 숨졌다.

　　2012년도 7급 공무원 공채시험 평균 경쟁률이 108.2대 1을 기록했습니다. 한 지방직 공무원은 300대 1을 넘는 경쟁률을 기록하는 등 행정안전부가 주관하는 공무원의 인기가 하늘을 찌르는 듯합니다. 나는 초등학교를 나오지 않았다가 늦게 공부를 시작해 교수님, 강사님 소리를 듣지만 공무원 시험을 봤다면 분명 수십 번도 낙방할 것입니다. 물론 공무원이란 직업은 안정적인 직장으로 인식되고 특히 여성 공무원은 신부감 순위 1, 2위를 다투는 고급 직업이 되었습니다. 하지만 앞서 보도자료에서 보듯 수많은 공무원 준비생들

중 한 명의 로또만이 인생의 대박을 누리고 다수의 인원들은 또 다른 내년을 기약하며 술을 마시고 심지어 많은 인원들이 자살 충동을 느낀다고 합니다.

이 땅의 젊은 친구들. 나보다 훨씬 많이 배우고 공부한 분들이 자살이란 의미를 정당화시킨 채 세상을 하직하는 일은 정말 어처구니없는 현실입니다. 88만 원 세대인 여러분들의 고충을 모르는 바는 아닙니다. 기성세대가 젊은이들의 일자리 확충과 좀 더 나은 취업 환경조성에 대한 노력이 부족했던 것 또한 큰 잘못임을 압니다. 하지만 이 땅의 수많은 젊은이들이여. 그대들의 인생에 턱없이 높은 경쟁률 때문에 좌절하고 실망하고 우울증에 빠지고 또 자살할 필요는 없다고 생각합니다. 젊은이들에게 강의를 시작하며 내가 드리고 싶은 간곡한 부탁은 자신의 인생을 더욱 꼼꼼히 살펴보고 자신의 쓰임새를 위해 '희망의 통로를 개척' 하라고 말하고 싶습니다.

나 김진황은 13살의 나이에 조그만 시골마을을 터나 서울로 향하는 기차에 과감히 몸을 실었습니다. 부모님도 형제자매도 또한 의지할 지인조차 없이 떠난 무모한 여행이었다. 지금 예순이 다 된 나이에까지 나는 꿋꿋이 살고 있습니다. 교수님 소리도 듣고 강의도 하며 내 삶의 기운을 지탱하며 훌륭한 사회인으로 보란 듯이 살고 있지 않습니까?

공무원 준비를 4년째 하던 A군은 내 강연을 듣고 직접 전화를 걸어 상담을 받고 싶다고 했습니다. 나는 그의 용기에 감탄하여 직

   죽고 싶어질 때

접 대면하고 그의 고민을 들어 봤습니다.

"선생님 저는 벌써 4번째 공무원 시험에 떨어졌습니다. 제가 다시 일 년을 더 공부해 시험에 응시해야겠습니까?"

나는 그 젊은이의 고충을 잘 알고 있습니다. 무엇보다 내 장남이 힘들게 공무원 시험을 준비하던 과정을 봐왔기에 그의 애환은 무척 깊었으리라 짐작합니다. 하지만 나는 단호하게 그에게 말했습니다.

"자네는 대체 무엇 때문에 공무원에 목숨을 걸고 또 도전하려 하는가?"

"우선은 안정적이고 부모님이 원하는 길이고 또 결혼도…."

"그럼 공무원 시험 자격은 고졸이상으로 들었는데 자네는 대학을 가지 말고 공무원을 준비하지 그랬어?"

"…"

그 친구는 잠시 고민을 하더니 말을 못하고 내 눈을 지그시 바라보았습니다. 많은 대학생들이 착각하는 점이 있습니다. 힘들게 대학을 가고 비싼 등록금을 내는 것은 사회의 경쟁력에서 도태되지 않기 위한 자신만의 총을 들고 가기 위해서입니다. 많은 젊은이들이 대학을 나오면서까지 공무원 준비를 하는 현실이 참 안타깝습니다. 대학은 사회에 나가는 통로이자 자신의 꿈을 위해 준비하는 마지막 시간입니다. '나는 누구인지' 또 '내가 앞으로 무엇을 하고 살 것인지' 삶의 비전을 스스로 정하고 그 목표를 향해 달려가는 시간이라는 것이죠. 삶의 목표를 도외시한 채 대학까지 나와 공무

원에 목말라하는 젊은이들의 모습은 미래의 대한민국 주역의 모습
이 결코 아닙니다.

"자네의 꿈은 무엇이었나."

"그런 것 없습니다. 그저 돈 벌고 편히 살고 싶습니다."

나는 그 젊은이를 따끔하게 혼냈습니다. 30살을 바라보는 나이
에 꿈도 없이 물 흘러가듯 세월만 보내며 자신의 삶을 방관하며 살
아온 것이 좋아 보이지 않았기 때문입니다. 차라리 공무원이 꿈이
라면 의지를 가지고 더 열심히 공부해서 어떻게 해서든 합격했을
것입니다. 공무원은 그의 꿈이 아니며 그렇다고 다른 비전도 가지
고 있지 않는 그를 보니 한심하기 짝이 없었습니다. 돈 벌고 편히
살려는 축 처진 인생을 응원할 사람은 아무도 없습니다.

B군은 지방대 출신으로 이미 수많은 원서를 썼지만 떨어지고
마음의 상처를 입은 사람입니다. 그는 영어가 부족해서 아르바이트
를 해가며 학원을 다녀 영어를 정복했고, 또 스펙이 부족해서 기업
에 떨어지자 자신의 스펙란을 채우기 위해 끊임없이 도전하고 열정
을 쏟았습니다. 결국 그의 열정을 안 한 기업이 그를 채용했습니다.

나는 B군을 응원할 것입니다. 자신의 운명을 스스로 개척했고
부족한 점을 홀로 채워나갔으며, 빈약한 학력과 출신을 극복하고
수십 개의 기업에 원서를 썼을 그의 눈물을 잘 알기 때문입니다. 5
년의 세월 동안 공무원을 준비하는 A같은 젊은이들의 고충도 모르
는 바는 아닙니다. 하지만 잠시 들고 있는 문제집을 내려놓고 자신

                                          죽고 싶어질 때

을 살펴보기 바랍니다. 자신의 쓰임새가 과연 공무원인지 아니면 더 넓은 기회와 세상에 있는 수백, 수천 개의 직업군 속에 자신의 특기를 발휘할 공간이 있을지.

정체된 삶을 살며 남들이 가는 길과 자신의 길이 같을 거란 생각을 하지 말기 바랍니다. 13살 어린 김진황이 스스로의 삶을 개척하기 위해 홀로 떠난 여행처럼 자신의 삶에 더욱 도전하고 열정을 갖고 살기 바랍니다. 하지만 공무원을 준비하는 또 정체된 삶을 사는 모든 젊은이들 역시 난 응원할 것입니다. 당신의 재능을 아직 써보지도 않았기 때문입니다. 얼마나 훌륭하고 위대한 지혜를 가지고 있을지 전 잘 압니다. 용기 내어 새장에서 벗어나 자신만의 위대한 상경을 해보기 바랍니다.

싱경기2

서울로 향하는 보따리 하나에는 두 벌의 옷과 얼마 되지 않는 돈, 어머니가 써준 편지 한 장이 전부였습니다. 열세 살. 한 아이가 야생에 들어가 프레데터(포식자)를 상대할 준비는 전혀 되어있지 않았습니다. 서울역 시계탑 아래 우두커니 앉아 오가는 사람들을 보았습니다. 저 멀리 박스 하나, 옷가지들을 이불 삼아 앉아 있는 사람들. 동냥하는 어린아이와 어머니. 그리고 또 한편에는 고운 한

복 입고 차를 타고 가는 부유한 사람들. 부와 빈곤이 공존하는 세계
는 참 낯설기 짝이 없었습니다.

'이제 어디로 가지.'

서울에만 가면 무슨 뾰족한 수가 생길 줄 알았습니다. 서울에
온 지 3일째 아직 서울역에서 서성거리는 내 자신이 한심스럽습니
다. 오자마자 형님을 만나러 겨우 물어물어 집에 찾아갔습니다. 한
아가씨와 아니 형수님이라 불러야 하는 분과 사는 형의 모습은 고
향에서의 여유롭고 동생들을 돌보는 형의 모습이 아니었습니다. 시
멘트 가루를 옷에 뒤엎고 퇴근하던 형은 나를 보자마자 반가움과
동시에 당황했습니다. 형수님과 잠시 이야기하겠다던 형.

"누구야!"

"내 동생. 며칠만 묵을 거다. 좀 봐줘."

"미쳤어! 방 한 칸에 셋이서 자자고?"

연고라고는 오로지 형 하나 믿고 온 서울. 울컥 눈물이 쏟아지
려 했지만 참았습니다. 형이 뒷머리를 긁적이며 나옵니다.

"미안하게 됐다. 나도 사정이 여의치 않아서."

"…."

엄마 아빠는 잘 계시냐? 어떻게 왔냐? 고생하지 않았냐? 밥은
먹었냐? 형은 우리의 소식을 물을 여유조차 없는 듯 보였습니다.

"형님 저 갈게요."

"왜? 밥이라도 묵고 가지."

"에고 됐습니다. 형님 얼굴 봤으니 됐습니다."

죽고 싶어질 때

그 길로 저는 돌아서서 골목을 따라 내려옵니다. 눈에는 눈물이 코에는 콧물이 한꺼번에 쏟아져서 복받쳐 오르는 감정을 추스를 수 없었나 봅니다. 형님은 아무 말 없이 저를 그렇게 놓아줍니다. 형님이 보이지 않는 골목 전봇대 언저리에 앉아 봅니다. 전봇대를 기둥 삼아 펑펑 웁니다. 이제 저는 정말 혼자가 되었습니다. 다시 집에 내려가면 최소한 외로움은 없을 겁니다. 다시 내려갈까 고민이 되었습니다. 30분여를 흐느끼자 정신이 바짝 들었습니다.

'인제부터 나 혼자 사는 거다.'

제 갈 길만 재촉하는 서울의 모습은 무척 바빠 보였습니다. 걸음걸이도 저보다 2~3배는 빨라 가면 갈수록 사람들 발에 채였습니다. 황금을 찾아 서부로 몰려들었던 사람들처럼 올라오면 돈이 하늘에서 거저 떨어지는 줄 알았나 봅니다. 기술 하나 없고, 배울 능력도 나이도 안 되는 내게 남는 것은 한숨뿐이었습니다.

이대로 주저앉을 수 없었던 나는 남산으로 향했습니다. 넓은 서울 전경을 보며 콕 하나 집어 내가 정착할 곳을 찾아야했던가 봅니다. 한참을 오른 끝에 남산에서 서울 시내를 내려다보았습니다. 숨을 한껏 들이쉬며 온 기운을 다 모아 큰 소리로 외칩니다.

"김진황이 돈 벌러 서울에 왔다!"

들려오는 대답은 메아리뿐 아무도 응답해주지 않았습니다. 공원 벤치에서 신문지를 덮고 잤습니다. 추위와 허기가 동시에 몰려오다 보니 정신이 혼미해지고 입술은 굳어갑니다.

'이제 어찌하지.'

다음 날 아침에 일어나 무작정 걷다가 신설동 버스 종점에 이르렀습니다. 뱃가죽은 달라붙고 맥이 풀려 걸음을 떼기조차 힘들었습니다. 길바닥에 털썩 주저앉았습니다. 이마에 배인 땀을 훔치고 고개를 들었습니다. 맞은편에 구두닦이들이 콧노래를 흥얼거리며 구두를 닦고 있었습니다. 행색은 초라하지만 기운차게 일하고 있었습니다. 앞에 대여섯 켤레의 구두가 놓여 있었습니다.

'밥은 굶지 않겠구나.'

별 도구나 기술이 필요 없어 어린 저도 해볼 만하다 싶었습니다. 물끄러미 한참을 쳐다보았습니다. 구두 닦던 더벅머리 형이 저를 불렀습니다.

"야, 꼬맹이 구두 하나 물어 와라."

물어 오라니? 무슨 뜻인지도 몰랐습니다. 일어서서 냅다 뛰었습니다.

'아마도 닦을 구두를 가져오라는 말일 거야.'

벤치에 앉아 신문을 보던 아저씨 앞에 가 섰습니다. 어린 녀석이 코를 질질 흘리며 쭈뼛대는 게 안쓰러웠는지 선뜻 구두를 벗어 주었습니다. 오후 내내 뛰어다니며 열 켤레의 구두를 물어 왔습니다. 해가 지자 더벅머리 형이 저를 식당으로 데려갔습니다. 밥이 입으로 들어가는지 코로 들어가는지도 몰랐습니다. 밥알 한 톨 남기지 않고 그릇을 싹싹 비웠습니다. 제 정신이 돌아와 보니 빈 밥그릇을 달그락달그락 긁고 있었습니다. 더벅머리 형이 한 숟가락을 덜어 주었습니다. 서울에 올라온 다음 날부터 구두를 물러 다녔습니

죽고 싶어질 때

다. 적어도 하루에 한 끼는 때울 수 있었습니다.

"구두 딱—으, 구두 딱—으."

딱새(구두를 닦는 사람)가 될 날을 기다리며 발에 불이 나도록 찍새(구두를 찍어오는 사람)를 했습니다. 찍새 생활을 6개월가량 했습니다. 하루는 시외버스 기사 아저씨가 저를 불렀습니다. 저보고 야무지고 똘똘하다며 머리를 쓰다듬어 주시던 분입니다.

"에끼, 이 녀석! 앞날이 구만리 같은 놈이 구두나 닦아서 뭐가 되겠냐? 기술을 배워야지. 이리 와서 조수나 해라."

흔히 자동차 앞좌석 왼편에 있는 것을 운전석, 오른편에 있는 것을 조수석이라고 부릅니다. 운전수는 조수를 태우고 다녔습니다. 차가 멈추면, 조수는 냉큼 뛰어내려 차 밑으로 기어들어가 정비를 했습니다. 저는 조수의 조수, 흔히 새끼 조수라고 불리는 일을 맡았습니다. 구두닦이를 할 때보다 힘들었지만 당시만 해도 운전은 평생을 보장받을 수 있는 기술이었습니다. 운전기사가 시키는 허드렛일과 잔심부름을 하면서 눈치코치로 일을 배웠습니다. 난생처음 삼시 세 끼를 먹었습니다.

이후로 자동차 부품가게의 점원, 정비사, 운전기사까지 한 계단 한 계단씩 밟아 올라갔습니다. 이제 끼니를 거르지는 않았습니다. 뼈마디가 드러나 보이던 몸은 살이 올랐고, 근육도 잡혔습니다. 무엇보다 배운 것 하나 없던 제가 자동차에 대해서는 제법 알게 되었습니다.

인생은 처음부터 정해져있지 않습니다. 포기하고 절망한다면 누가 손을 내밀어주지 않지만 살려고 발버둥치면 세상의 모든 사람들이 당신 편이 되어줄 것입니다. 한 줄기 빛을 찾아보지 않고 포기하는 것은 어리석은 짓입니다.

우울증 NO!

"뭐라고요? 27살밖에 안 먹은 놈이 우울증에 빠졌다구요?"

대학을 졸업하고 사회에 처음 나온 청년들이 백수로 시작한다는 것은 우울한 일입니다. 그도 그럴 것이 졸업식에 가면 청년들은 두 가지의 모습으로 나뉩니다. 한쪽은 취업할 곳을 정해 놓고 학교의 여러 곳을 누비며 자신이 모델인양 여러 사람들과 졸업식의 축복을 누립니다. 반면 취업을 못하고 사회에 첫발을 백수로 시작하는 졸업생들은 졸업식에 나와 졸업장을 찾아가지 않습니다. 설사 졸업식에 나온다하더라도 주변의 시선이 참 따갑게 느껴질 것입니다.

"선배 어디 취업하셨어요?"

"어 지금 몇 군데 붙어서 고민 중이야."

거짓말 아닌 거짓말을 하는 것이 부끄러운 선배는 죽어도 되기 싫은가 봅니다. 내게 청년 취업에 관해 고민을 털어놓는 학부모들이 참 많습니다. 초등학교도 나오지 않은 내게 취업상담을 하다니.

　　　　　　　　　　　죽고 싶어질 때

세상이 뒤집어질 일입니다. 학부모들이 제게 취업을 시켜달라고 부탁하러 오지 않습니다. 그저 자식들이 인생에 의지를 갖고 살도록 훈계해주길 원합니다. 나는 사회에 첫발을 백수로 내딛는 우울한 청년들에게 취업은 시켜주지 못하지만 인생의 의지를 심어줄 수는 있습니다.

흔히 인생의 감정은 희로애락으로 점철된 인생을 살아가면서 경험하는데 이러한 감정 상태는 무척 건강하고 자연스럽습니다. 하지만 취업을 못한 데서 오는 스트레스가 잠시 울적한 기분 상태를 넘어 하루 종일 무력감에 빠져 들어 "내가 살아서 뭐하나." 하는 자격지심으로까지 증상이 악화된다면 이야기는 달라집니다.

신경외과 전문의들이 말하길 대뇌 속 신경전달물질(노르아드레날린, 세로토닌 등)을 분비하는 뇌 신경시스템이 망가져서 우울증이란 늪에 빠진다고 합니다. 최근 서울 강북에 위치한 한 대학병원의 외부인 출입이 제한된 중환자 병동에서 기업체 입사 면접을 연상케 하는 질문과 답변을 혼자서 쉴 새 없이 중얼거리는 20대 여성이 있어 주변의 안타까움을 자아내고 있다고 합니다. 삶에 부정적인 생각이 깊게 파고들어 삶이 무기력해지는 것을 우울증이라고 하는데 특히 젊은이들에게 이런 증세가 빠르게 증가하고 있다니 참 안타까운 현실이 아닐 수 없습니다.

내게 상담을 받으러 온 한 청년은 부모와의 잦은 말다툼, 외출 기피, 스펙 부족으로부터 오는 극도의 무력감에 죽고 싶단 생각을 한다고 전합니다. 이런 우울증으로 식욕부진, 불면증, 소화불량, 피해망상, 환각 등 다양한 증상이 동반된다고 하니 참으로 무섭기 짝이 없습니다. 우울증이 오면 자신감이 떨어지고 극심한 무력감으로 손가락 하나 까닥하기도 힘들어집니다. 속 터지는 일부 부모들은 나가서 친구라도 만나라며 등을 떠미는데 이는 무거운 짐에 짓눌린 자녀에게 돌을 하나 더 얹는 것과 같습니다. 우울증은 부모와 자식 둘 다 겪는 만병의 근원이자 전염병이 될 가능성이 큽니다.

아들뻘 되는 청년들이여! 자신의 현실을 좌절하고 우울해있기보다 무엇이든 하길 바랍니다. 춤을 추는 동호회를 들거나 산을 가거나 해서 마음속의 화병을 다스려야 합니다. 그래야 다음 순서가 기다리고 있습니다. 외부환경을 크게 받아들이지 말고 천천히 성장통이라 여기며 의연하게 대처했으면 좋겠습니다. 꿈, 취업, 스펙 이 모든 것이 중요하긴 하지만 무엇보다 중요한 것은 자기 자신을 사랑하는 마음입니다. 이런 자애는 힘들고 좌절할수록 내성이 강해져 더 힘든 일이 닥쳐도 극복하는 지혜가 될 것이라 확신합니다.

구두닦이로 시작한 서울생활에서 버스 조수노릇까지 내 스펙은 미약하기 짝이 없으나 혼자 만들어진 게 아닙니다. 죽고 싶은 만큼 힘들어 포기할 때마다 누군가 손을 내밀어줌을 깨달았습니다. 여러분도 우울증에 빠져 좌절하기보다는 무엇이든 스트레스를 날릴 방법을 찾아보기 바랍니다. 춤을 추는 동호회에서 원하는 직종의 선배를 만날 수도 있고 등산을 가는 지인이 은행의 지점장이어서 당

죽고 싶어질 때

신을 잘 봐 취업에 도움을 줄 수도 있습니다.

"우울증에 걸려 신음하는 것보다 우울증에 걸려도 그것을 감기라 여기며 이겨내는 당신을 세상은 더 돕고 응원하겠지요."

상경기3

1963년은 끔직한 한 해였습니다. 보리 흉년이 들어 넘겨야 할 보릿고개마저 사라져버렸고, 태풍이 몰아치고 곳곳에는 강물이 넘쳐흘러 농토가 쑥밭이 되었습니다.

'가족들은 지금 어찌 살고 있을까?'

저 역시 매우 배고팠던 시절입니다. 서울사람들마저 많이들 굶어죽을 것이라고 몸서리치던 시절 남은 자들은 살아남기 위해 별별 짓을 다해야 했습니다. 일자리도 귀했고 인심도 각박할 때 이틀을 굶다가 '쪼록'에 손을 댔습니다.

'쪼록'을 아십니까? 예전에는 헌혈하는 사람이 없었습니다. '피는 곧 생명' '신체발부 수지부모(身體髮膚受之父母, 이 몸은 작은 터럭 하나까지 부모께 받은 것)'였기에 피를 뽑는 행위는 불효막심한 일이었습니다. 당시에는 수혈을 사람이 할 짓이 아니라고 여기는 풍조였습니다. 더구나 먹고 살 양식마저 없는 마당에 피를 뽑는 일은 상상조차 할 수 없었습니다. 1974년 적십자에서 매혈을 없애기 전까지 적십자와 녹십자는 피를 샀습니다. 요즘에는 헌혈할 때 위생적인 비닐 팩을 쓰지만, 예전에는 매혈할 때 멸균 처리된 유리병을 썼습니다. 손을 쥐었다 폈다 하면 진공 처리된 유리병으로 피가 '쪼록쪼록' 흘러 들어갔습니다. 그래서 '매혈'을 '쪼록'이라고 불렀습니다.

수소문 끝에 적십자 혈액원을 찾았습니다. 다음 날이 채혈하는 날이라고 방이 붙어 있었습니다. 주위를 돌며 하룻밤 지낼 곳을 찾았습니다. 해가 뜨기도 전에 득달같이 달려갔습니다. 병원 앞에 사람들이 줄을 서 있었습니다. 3시간을 기다린 끝에 날이 밝았습니다. 병원 직원이 팔뚝을 검사한 후 딱지(표)를 나눠줬습니다. 순번에서 잘린 사람이 애걸복걸하는 소리가 들렸습니다.

"집에 애들이 아파서 누워 있는데….."

직원은 들은 척도 않고 횡하니 병원으로 들어갔습니다.

당시 가장 인기가 높은 곳은 '적십자'였습니다. 한 번에 380㎖를 뽑으면 1,000원을 받았습니다. 하루 채혈양이 정해져 있기 때문에 새벽부터 사람들이 줄을 섰습니다. 병원 구내에서 밤을 새우는 사람들도 있었습니다. 병원 직원이 사람들에게 표를 나눠줬습니다. 돈이 궁하기는 깡패들도 마찬가지였습니다. 아무리 늦게 와도 깡패들은 제일 앞자리였습니다.

매혈 표를 받을 때는 팔뚝 검사를 받았습니다. 지금도 헌혈은 건강을 위해 한 달에 한 번만 가능합니다. 시기가 안 된 상습 매혈

죽고 싶어질 때

꾼들(10~15일에 한 번씩 피를 뽑는 사람들로, 귀신이라고 불렸다.)
이 줄을 서서 받은 표를 200~300원에 되팔기도 했습니다. 팔뚝에
주사 자국이 있는 사람 가운데는 병원 직원들에게 돈을 찔러주는
사람들도 있었습니다. 상습 매혈꾼들에게도 '운수 좋은 날'이 있었
습니다. 간혹 부잣집 노인네가 젊은이의 피를 사겠다는 소문이 돌
았고, 이렇게 피를 팔면 5,000원을 받았습니다.

"쪼록."

피가 빠져나가면 끝없는 나락으로 떨어지는 느낌입니다. 피는
나가는데 돈은 들어옵니다. 손을 폈다, 쥐었다 반복하면서 1,000원
을 채웁니다.

"내 새끼 피 빨아가는 놈."

엄마한테 참 미안한 짓입니다. 매일 밤 자식들을 위해 먹여 살
리려고 발버둥치며 엄마가 키운 몸을 희생하는 기분이 들어 숙연해
지기까지 합니다.

"차라리 날 죽여라. 빌어먹는 한이 있더라도 피는 안 된다!"

"일단 입에 풀칠은 해야 할 것 아닙니까?"

고단했던 세월이 한참 지난 뒤에도 엄마 가슴에 피멍 들일 수는
없었습니다. 어머니가 돌아가시기 전까지 매혈했던 이야기는 입도
뻥긋하지 않았습니다.

서울의 뒷골목을 전전긍긍하며 떠돌던 사람들 가운데 누구 하
나 매혈에 손 안 댄 이가 없습니다. 누렇게 뜬 얼굴로 휘청거리며
꿀꿀이죽을 먹으러 갔던 사람들. 돌아갈 집이 있던 사람들은 떳떳

하지 않은 돈이나마 손에 꾹 쥐고 발길을 재촉했습니다. 한 번 벌면 금세 동이 나는 게 돈입니다. 1,000원을 벌면 금세 물처럼 손에서 빠져나갈 것 같아 오후 내내 침만 꼴깍 삼키며 물배를 채웠습니다. 꼬깃꼬깃 접은 돈을 뒷골목에서 몰래 펴보다 깡패들에게 걸렸습니다. 1,000원을 가슴에 품고 버티다가 흠씬 두들겨 맞고 뺏겼습니다. 그들이 발길질을 하면서 던진 말이 아직까지도 귓가에 쟁쟁합니다.

"이 새꺄! 어디서 훔쳤어?"

저는 땅바닥에 구겨진 채 그들의 뒷모습을 노려보았습니다. 깡패들이 빠져나간 골목길은 캄캄했습니다. 길 끝이 보이지 않았습니다. 쓰레기통에서 심한 악취가 풍겼습니다. 사방에서 피 냄새가 훅 끼쳐왔습니다.

"내 돈 내놔. 이 새끼들아."

울고 불며 바닥을 기며 살기 위해 몸부림치는데 돈까지 뺏기니 억울하기 짝이 없었습니다.

'엄마. 엄마! 저 너무 힘이 듭니다. 내가 할 수 있는 게 없습니다.'

서울에 와서 꿈이 생겼습니다. 아니 어쩌면 어릴 적부터 엔지니어가 되는 꿈을 꿨는지도 모릅니다. 당시 서울의 카센터 같은 자동차 정비 업체는 흔하지 않았는데 그런 곳을 지나칠 때면 걸음을 멈춰 서서 한참을 소풍 온 마냥 기웃거립니다.

"야 이 새끼야. 재수 없어. 꺼져."

그들의 눈에 거지 행색을 한 제 모습이 달가울 리 없습니다. 손

                    죽고 싶어질 때

님 떨어진다고 찬물을 얻어맞는 일도 수십 번이었습니다. 제가 우두커니 서서 보는 것은 차 밑에 들어간 엔지니어의 모습이었습니다. 차만 봐도 신기하던 그 시절 고장난 차를 1시간 만에 뚝딱 새 차처럼 고치는 장인의 손길을 보며 참 배우고 싶단 생각뿐이었습니다. 그렇게 종로 3가에 있는 자동차 부품 가게에서 배달 일을 했습니다. 봉급은 없었지만 먹여주고 재워주기만 해도 감지덕지했습니다. 부품을 배달하는 일이지만 열심히 하면 언젠가 나도 멋진 엔지니어가 될 수 있으리란 희망을 품고 살았습니다. 15살 소년이 페달이 높은 자전거를 구르면서 배달 일을 하는 것은 쉽지 않은 일입니다. 안장이 높아 페달을 구르려면 서서 타야 했습니다. 짐받이에 육중한 쇳덩어리를 얹고 골목골목을 누볐습니다. 혼잡한 거리에서는 내려서 낑낑거리며 자전거를 끌었습니다. 힘에 부쳐서인지 자주 넘어졌습니다. 넘어지는 자전거를 막으려다가 함께 자빠졌습니다. 온몸에 멍 자국과 할퀸 자국이 가실 날이 없었습니다.

"너 데우(차동기어장치) 좀 배달하고 와라."

장치가 무거워서인지 그날따라 자전거 균형 잡기가 더더욱 힘들었습니다. 결국 미국 대사관 앞에서 넘어지고 말았습니다. 등받이와 안장을 붙들고 겨우 일으켜 세웠는데 한 아저씨가 다가왔습니다. 대사관 정문에서 경비를 서는 분이었습니다.

"너, 이거 어디서 났니?"

경비 아저씨의 목소리에서 순간적으로 일이 잘못되었다는 사실을 알았습니다.

"저는 몰라요. 주인아저씨가 배달 가라고 시켰어요."

"너 이게 어떤 물건인지 알아? 이건 밀수품이야, 밀수품!"

경비 아저씨는 물건을 뺏었습니다.

"신고하지 않는 것만도 다행인 줄 알아라. 꺼져, 이 도둑놈의 새끼야!"

한동안 그 자리에서 움직이지 못했습니다. 저걸 그대로 뺏기고 나면 저는 뒤지게 맞을 팔자입니다. 자전거만 끌고 이리저리 눈치를 보고 있으려니 경비 아저씨가 빽 하고 소리를 질렀습니다. 경비실 문이 닫히고 나서도 한동안 멀뚱히 경비실만 쳐다보았습니다. 문은 더 이상 열리지 않았습니다. 빈 자전거를 끌고 가게로 돌아가 자초지종을 이야기했습니다.

"뭐? 이런 개 같은 새끼야, 그게 얼마짜린 줄 알아?"

주인아저씨의 손바닥이 날아왔습니다. 찰싹! 귀싸대기가 얼얼했습니다.

"너 이 새끼 그거 어디다 팔아먹고 이제와 발뺌이야! 바른 대로 말 안해?"

깡패한테 돈을 빼앗길 때도 이렇게 억울하지는 않았습니다. 인정 없이 날아드는 발길질과 주먹질에 저는 나뒹굴어졌습니다.

"당장 나가! 썩 꺼져 버려. 다시는 이곳에 얼씬거리지도 마. 에이, 재수에 옴 붙었다."

주인아저씨는 제 옷가지를 휙 집어던졌습니다. 주섬주섬 챙겨서 보자기에 싸고 가게를 빠져 나왔습니다. 선 채로 닭똥 같은 눈물을 떨구었습니다. 분한 마음도 들었지만 '넘어지지 말았어야 했는데….' 오히려 자신을 원망했습니다. 눈앞이 캄캄했습니다. 분노가 가라앉자 묘한 자신감이 들었습니다. 어디에 가든지 잠자리 하나 못 마련하겠냐는 배짱이었습니다. 그때 굳게 결심했습니다. 앞으로는 절대 이런 수모를 당하지 않겠다.

"반드시 기술을 익히고 말겠다."

부품가게에서의 쓰라린 경험은 한 번으로 끝나지 않았습니다. 눈코 뜰 새 없이 죽어라고 일했지만 돈 한 푼 못 받고 쫓겨났습니다. 기술이 없었고 나이가 어렸기 때문에 이용만 당하고 버림받기 일쑤였습니다. 그러나 한 번 혼날 때마다, 한 번 쫓겨날 때마다 저는 그만큼씩 강해졌습니다. 다행인 것은 그처럼 욕먹고 혼이 났어도 사람에 대한 원한을 품지는 않았습니다. 오기로 버텼습니다. 어른으로 취급받지 못하는 분함과 기술 없는 서러움을 실컷 맛보았습니다.

'반드시 기술을 익혀야 한다. 그러면 먹고 살 수 있다. 언젠가 저들 앞에 당당히 설날이 올 것이야.'

공장, 정비소를 오가며 기회가 닿는 대로 하나씩 배웠습니다. 악착 같이 매달렸습니다. 아는 것이 곧 힘이었습니다. 제가 남보다 하나를 더 알면, 그만큼 더 떳떳해질 수 있었습니다. 핀잔을 받더라도 스패너와 몽키(멍키 스패너)에 이마가 깨져도 묻고 또 물었습니다.

"기술을 배우기 위해 저는 귀찮을 정도로 정비사들을 괴롭혔습니다. 싫은 내색을 보이던 정비사들도 반 농담 삼아 해보라고 스패너와 몽키를 건넸습니다. 쓰라린 인생을 경험하고 핀잔 속에 기술을 배우면서 나는 더욱 강해짐을 느꼈습니다. 포기하고 싶고 주저앉고 싶어도 일어서야 합니다. 제겐 희망과 꿈이 있었기 때문입니다."

"눈물 젖은 빵을 먹어보지 않은 사람과는 인생을 논하지 말라."고 합니다. 삶의 쓰라린 경험 이후에 우리는 인생살이가 무엇인지 깨달을 수 있습니다. 흙바닥에 눈물인지 땀인지 모르는 어떤 것이 방울방울 떨어져 봐야 인생을 느낄 수 있습니다.

당신의 꿈은
무엇입니까?

"교수님 좀 상담 좀 받고 싶습니다."
"무슨 상담이 필요한가?"
"저는 꿈이 없습니다. 도대체 꿈은 어떻게 찾는 겁니까?"
꿈. 나에게도 참 어려운 문제입니다. 서울에 상경해서 온갖 잡일을 다한 끝에 지금의 위치까지 오를 수 있었지만 지금의 세대와

죽고 싶어질 때

내 세대는 다릅니다. 우리 세대야 어려운 시절 좀 잘살아보겠다고 또 먹고살겠다고 상경하여 힘들게 꿈을 좇아 지금에 이르렀지만 지금의 젊은이들 세대는 우리와 참 다릅니다. 먹는 문제가 어느 정도 해결된 대한민국은 이제는 단순히 배고픔의 문제가 아니라 어떠한 음식을 어떻게 잘 먹을까 하는 고민의 단계로 접어듭니다. 즉 꿈 역시 내 세대 때는 무엇이든 하려고 마음만 먹으면 기회는 찾아왔지만 지금의 세대는 꿈을 꾸고 싶어도 기존의 틀에서 비집고 갈 틈이 없습니다. 스펙을 쌓고, 어학연수를 다니고, 많은 공부를 하는 청년들의 짐은 항상 무거워 보입니다. 자신을 돌볼 여유도 부족하고 주위의 소소한 일상을 잘 즐기지 못할 만큼 바쁜 사람들. 한 가지 묻겠습니다.

여러분의 꿈은 무엇입니까? 꿈이 있기에 그렇게 열심히 사는 겁니까? 당신들에게 당신이 살아있음을 느끼는 순간이 있다고 믿으십니까? 엘링카케 저술의 『생각만큼 어렵지 않다』에서 보면 꿈에 대해 이렇게 표현합니다.

꿈을 꿀 수 있으면 누구나 젊은이다. 사람은 늙고 나이 들어서 새로운 도전에 대한 꿈을 중단하는 것이 아니라 새로운 도전에 대한 꿈을 접을 때 늙는다. 만약 꿈이 없다면 나는 나도 모르는 사이에 천천히, 그러나 확실히 시들어 버릴 것이다.

참 무서운 글귀입니다. 꿈이 없다면 과연 확 시들어 버릴 만큼 늙는 게 보인다는 말인가? 불행히도 이 말은 인생을 살면서 누구나 겪는 현상입니다. 인생을 살면서 수많은 사람을 만나왔습니다. 꿈을 좇고 도전하는 사람은 얼굴에 생기가 넘치고 하루를 무척 바쁘게 경영합니다. 반면에 꿈이 없는 사람은 돈을 벌어도 그저 먹고살 궁리로 돈을 벌다 보니 일의 효율성은 급감하고 자연히 회사에서도 인정받지 못해 도태돼 버립니다. 꿈이 있는 사람과 꿈이 없는 사람의 격차는 시간이 갈수록, 세월이 갈수록 더욱 커질 것입니다.

쉽게 보이지 않는 답이 바로 꿈입니다. 한 가지 분명한 것은 바로 지금 당신이 꿈이 없다 해도 당신 스스로를 탓하지 않길 바랍니다. 당신이 잘못한 일이 아닙니다. 못 먹고 못 배우던 시절을 겪은 우리 부모 세대가 기회의 장을 마련해주지 않은 잘못이 큽니다. 부모들이 자식들에게 밥 먹어라 소리보다 많이 하는 잔소리가 있습니다.

"공부해라."

지겹도록 듣는 공부, 또 공부. 도대체 왜 공부를 해야 하는지 알려주지 않으면서 공부를 하라고만 하는 겁니까? 공부 없이는 살 수 없는 것입니까? 대한민국의 한 부모로서 나 역시 무릎 꿇고 반성합니다. 미안하고 또 미안합니다. 우리가 가진 생각이 잘못되었습니다. 먹고 살 생각에 무작정 공부만 시키면 자식이 더 나은 대우를 받을 줄 알았습니다. 공돌이, 공순이 세대가 낳은 비극을 우리는 지켜봤습니다.

결론부터 말하자면 공부를 하지 않아도 먹고 살 수 있습니다.
또 공부해야 할 시기에 다른 관심사를 가져 거기에 심취하면 충분
히 자신의 꿈을 이룰 수 있습니다. 2011년 나는 잠이 안와 TV를 틀
었는데 〈슈퍼스타 k3〉란 프로그램이 방영되고 있었습니다. 울랄라
세션이란 그룹이 부르는 〈서쪽하늘〉이란 노래를 듣다가 그만 그 자
리에서 한참을 울어버렸습니다. 임윤택이란 그룹의 리더는 아픈 와
중에 자신의 마음을 담은 노래를 부르자고 제안했고 무대에서 가장
애달프게 노래를 불러 최고 점수를 받습니다. 계속 그 음악이 머릿
속에 맴돌아 몇 날 며칠을 〈서쪽하늘〉이란 곡만 들었습니다. 그러
다 우연히 인터넷 검색을 하다 울랄라세션의 전 맴버인 군조가 쓴
글을 보며 울랄라세션과 리더 임윤택의 진실됨을 보게 되었습니다.
다음은 군조가 쓴 블로그의 전문입니다.

『나는 2011년 1월 15일에 결혼을 했다. 당연히 같은 팀 멤버였던 윤택
이가 사회를 봤고 승일이와 명훈이가 같이 축가도 불러주었다. 그렇게 몇
주가 지나고 낮에 한통에 전화가 왔다. 윤택이였다. 많이 다운된 목소리로
윤택이는 나에게 말했다.

"영진아. 나 아퍼."

"미친놈."

"진짜루 많이 아퍼."

"어디가??"

"그냥 쫌 많이 아퍼. 영진아. 나한테 잘해."

나는 전화를 끊고 뭔가 안 좋은 기분이 들어, 바로 승일이한테 전화를
했다. 아니나 다를까. 승일이가 울먹거리며 전화를 받았다. 무슨 일이냐고
묻자 승일이는 나에게 말했다.

"윤택이 형이 암이라고."

승일이도 윤택이와 함께 동행하며 최종진단을 의사에게 처음 접한 것
이었다. 승일이는 마음에 준비를 해야 한다는 의사에 말에 많이 당황하고
있었다. 암세포가 이미 많이 전이된 상태였던지라 의사는 절망적인 얘기
들만 늘어놓았다.

윤택이가 처음 위암이라는 진단을 받은 건 1월 14일.

내 결혼식 바로 전 날이다.

윤택이는 혼자만 알고 있었고, 아무에게도 말하지 않던 것이다. 돌이
켜 생각해 보니 결혼식 15일 당일 윤택이 표정이 매우 어두워보였고 어디
안 좋냐는 나의 물음에 윤택이는

"아. 배가 아퍼."

"많이 아퍼?"

"아니. 그냥 조금."

"아픈데 사회 봐줄 수 있겠어?"

"그럼~ 당연히 볼 수 있지."

그리고 밥을 먹는 시간에도 윤택이가 야채만 먹었던 기억이 머릿속에
스쳐 지나갔다. 위암 소식을 들은 나는 참을 수 없이 윤택이한테 미안하고
부끄러웠다. 요 며칠 급격하게 변화된 윤택이의 행동에 말도 안 되는 유치
한 오해를 하고 있었기 때문이다. 그 어느 누가 위암 선고를 받고 바로 다음

죽고 싶어질 때

날 친구의 결혼식 사회와 축가를 해줄 수 있을까. 나라면 못했을 것 같다.

우리 멤버들은 슬퍼하고만 있을 것이 아니라, 무언가 현실적으로 도움이 되야겠다는 생각을 했다. 우리가 병을 고칠 순 없지만, 어마어마한 병원비에 조금이나마 보탬이 되야겠단 결론을 내렸다. 그래서 라이브무대에 서기로 마음을 먹고 그곳에서 번 돈을 윤택이 치료비에 보태기로 했다.

동생들이나 멤버들을 힘들게 하는 걸 싫어하는 윤택이 성격을 너무나도 잘 알고 있었기 때문에 우리는 윤택이한테 비밀로 하고 일을 시작했지만 끝내 윤택이는 이 사실을 알고, 할 거면 자신도 하겠다고 아픈 몸을 이끌고 무대에 올라서게 됐다. 괜찮겠냐고, 그냥 쉬라는 멤버들의 말에도 굴하지 않고, 거의 한 번도 빠짐없이 무대에서 같이 땀을 흘렸다.

그렇게 한참 동안을 라이브무대에서 공연을 하였다. 그러나 최근 울랄라세션이 주목을 받으면서 여러 가지 과거의 활동영역들이 노출이 되면서, 미사리 라이브카페에서 노래하던 팀이라며 색안경을 끼고 보시는 분들이 가끔 있는데 나로서는 속상하기만 하다.

위암 선고를 받은 다음에도 윤택이는 매우 활발하고 펑키했다. 의사도 그런 윤택이를 보며 감탄을 금치 못했고 이런 식으로 가면 위암 정도야 문제없다며 좋은 얘기를 하기 시작했다. 우리는 즐겁게 공연도 하고 여행도 다니면서 항상 해왔던 대로 음악을 즐겼고 함께 지냈다.

그러던 어느 날인가. 윤택이가 나와 둘이 있을 때, 살며시 꺼낸 얘기가 있었다.

"영진아. 동생들 이번 〈슈퍼스타K〉에 내보내자."

"웬 〈슈퍼스타K〉??????"

평소 우리가 방송프로그램에 그것도 오디션 프로그램에 나갈 거라는 상상을 안 했던 나로서는 놀랄 수밖에 없었다. 그러자 윤택이는 나에게 이렇게 얘기했다.

"내가 만약에 내일 당장 잘못될 수도 있는데 그럼 동생들은 어떻게 사냐. 혹시 내가 잘못되더라도 동생들 길은 만들어놓아야 될 거 같아."

"아 그래. 그렇지."

나는 언제나 윤택이의 선택을 존중해왔고, 동생들을 위해 좋을 수 있겠다는 생각을 했다. 나와 윤택이는 동생들의 실력을 믿었고. 울랄라세션이라는 팀이 있다는 것을 세상에 알리고 싶었다. 그때까지만 해도 슈퍼스타K는 동생들 3명만 나갈 계획이었고, 윤택이와 나는 이런저런 이유로 나갈 수 없는 상황이었다. 더군다나 윤택이는 몸도 안 좋고 나는 당시 의류 사업을 준비 중이었기 때문에 우리 둘 다 한 걸음 물러난 상태였다.

〈슈퍼스타K3〉 예선 준비를 도와주면서 윤택이는 생각이 바뀌었다. 사실 당시 윤택이는 절대적으로 오디션을 준비할 수 없는 몸 상태였는데 나에게 자신도 팀에 합류하겠다고 말해왔다. 나는 당연히 말렸다. 하지만 윤택이의 생각은 확고했다.

그렇다. 사실 나도 알고 있었다. 윤택이가 팀에 있고 없고는 분명하게 차이가 난다. 윤택이가 팀에 합류한다면 분명 훨씬 더 좋은 결과를 얻을 게 분명했다. 방송에 나가게 된다면 자신의 암 얘기도 나올 텐데 그것도 감수하겠다는 윤택이를 보면서 더 이상 말릴 수가 없었다. 윤택이는 아마도 동생들을 위해 어쩌면 마지막으로 자신이 해줄 수 있는 것이 그것뿐이

죽고 싶어질 때

라고 생각했던 것 같다.

그리고 며칠 후 〈슈퍼스타K3〉 예선에 참가했고 우수한 심사평과 점수로 합격을 했다. 윤택이의 건강도 조금씩 좋아지고 있다는 의사소견도 점차 늘어가고 조만간 수술도 한 번 생각해 볼 수 있겠다는 너무나도 기쁜 소식도 들리기 시작했다.

윤택이는 나와 단둘이 있을 때 많은 이야기를 한다. 친구로서 그리고 멤버로서 동생들에게는 하지 않는 이야기를 나와는 종종 하곤 한다.

예전에 댄서 시절 밑바닥 이야기부터 앞으로의 방향과 진로에 대해서. 뭐 그냥 32살 먹은 남자 두 명의 일상적인 이야기들이다.

한번은 내가 이런 얘기를 한 적이 있다.

"윤택아 진짜 우리가 원하는 음악을 하면서 행복하게 살 순 없을까? 나중에 라이브펍을 차려서 정말 아담하고 좁지만 진정 음악을 즐기는 사람들과 함께 힐링하면서. 우리가 원하는 음악도 라이브로 보여주고. 그러면 완전 행복할거 같다. 그치?"

"좋지~!! 나중에 돈 벌면 꼭 우리가 그런 걸 만들어서, 우리같이 음악을 좋아하는데 설 무대가 마땅히 없는 동생들도 도와주고, 그래서 완전 멋진 공연도 같이 하고."

생각만 해도 우리는 행복했고, 마냥 즐겁기만 했다.

3차 예선이 끝나고 얼마 후.

윤택이가 수술이 가능하겠다고, 수술 스케줄이 잡혔다는 기쁜 소식이 들렸다. 하지만 위암수술이 막상 수술을 시도했다가 포기하는 경우도 많고, 수술 중에 더 안 좋은 상황이 생길 수도 있는 위험한 상황이었기 때문에 마냥 즐겁지만은 않았다. 수술실에 들어가 의사가 직접 그 속을 보기 전까진 아무도 그 결과를 예측할 수 없기 때문이었다.

수술에 들어가기 며칠 전에 윤택이한테 전화가 왔다.

"영진아 수술하는 날은 꼭 와서 나 수술실 들어가는 거 봐야 된다?"

"그래 알았어. 꼭 갈께."

이런 통화를 하고 나는 수술 날 병원을 갔다.

윤택이 어머니와 아버님, 형님, 울랄라세션 멤버들 모두 긴장감 속에 수술 시간을 기다렸다. 근데 막상 윤택이는 아무렇지 않아 보였다. 그냥 우리가 늘상 하는 얘기들을 늘어놓았다. 퍼포먼스를 어떻게 짜고 어떻게 화음이 들어가고 너무나도 즐겁게 음악 얘기들을 나눴다.

그런데 요 며칠 전부터 윤택이가 나한테 은근슬쩍 매번 얘기하는 게 있었다. 멤버 동생들의 성격과 단점들. 그러니까 동생들과의 사이가 나보다 더 오래된 윤택이로서의 속 깊은 얘기들이다.

승일이는 일이 있어도 항상 30분 이상씩 늦게 오고, 그걸 맨날 혼내는데도 잘 안 고쳐진다. 그리고 외골수적인 면이 있어서 발전이 더디고, 그게 항상 아쉽다며.

명훈이는 여자친구에게 한 번 빠지면 주위의 일들에 너무 무뎌지고, 자신을 컨트롤 하지 못하는, 어떻게 보면 순진하지만 남자에겐 치명적인 단점이 있다고.

혹시라도 내가 잘못되면 제일 큰 형인 영진이 니가 동생들 잘 좀 부탁한다고. 그날 병원에서도 이런 얘기들을 아무렇지 않게 하고선 "갔다 올께~~!!!" 하고 밝고 멋있게 수술실로 들어갔다.

다행히 수술은 성공적으로 끝났고, 가장 중요한 핵심 암세포를 절단했으니 앞으로도 투병생활은 계속 되겠지만 충분히 좋아질 수 있다는 의사 소견이 나왔고, 윤택이는 재활 후 예정대로 〈슈퍼스타K3〉 슈퍼위크에 계속 참가할 수 있게 되었다.

방송에서 윤택이가 많이 주목받고 사랑을 받고 있는데 그게 그냥 윤택이의 있는 그대로의 모습이다. 항상 배려하고 양보하고 나보다 멤버들, 나보다 동생들을 챙기고. 친구로 봤을 땐 의리도 있고 생각도 깊은 멋진 놈이다.

내가 윤택이에게 배운 말이 있다.

"나는 너한테 많이 배워."

윤택이는 상대방을 존중해주는 방법을 잘 아는 친구다. 그래서 나는 윤택이가 좋다. 그리고 멋지다.

울랄라세션은 꼭 우승을 해야 한다. 왜냐하면 윤택이가 아픈 몸까지 이끌고, 그토록 싫어하는 투병 얘기까지 하면서 합류한 이상, 무조건 우승해야 한다. 그것이 15년 동안 음악만을 위해 살아온 우리의 자존심이고 가장 힘든 순간에 택한 윤택이의 진심이 통했다는 증거이기 때문이다.

윤택이는 내가 빠진 울랄라세션 4명만이 주목받고 있는 것에 굉장히 미안해하고 있다. 난 그런 것은 전혀 상관없다. 〈슈퍼스타 K3〉가 끝나고 모두가 함께 할 수 있을지도 의문이지만 이 또한 나는 아무 상관없다. 이미 우리 울랄라세션을 모두가 인정해주고 있고, 윤택이 몸이 좋아져 수술도 받았고, 무엇보다 윤택이의 진심을 사람들이 알아주고 있어서. 이미 모든 것을 다 얻은 것이나 다름없다고 나는 생각한다. 정말로 윤택이와 말한 대로 우리가 조금 더 나이가 들 때쯤 자그마한 음악공간도 만들고, 사람들에게 행복을 주며 살고 싶은 생각이 든다.」

울랄라세션이란 그룹이 우승하기까지 수많은 난관이 있었지만 그 중심에는 바로 임윤택이라는 훌륭한 리더가 있었기에 가능했습니다. 정말 멋진 면은 바로 자신들의 음악세계를 세상이 알아주지 않아도 묵묵히 골목 안에서 자신들의 길을 갔다는 점입니다.

젊은이들은 항상 선택에 앞서 스스로 핑계를 댑니다. '이 일이 나에게 맞는 일일까' '이 일을 하면 돈도 안 되는데 그냥 하지 말까' '괜히 발 들여놨다가 고생만 하다 끝나면 어쩌지?' 나는 젊은이들에게 하나의 꿈만을 가지고 인생을 설정하지 말라고 조언해주고 싶습니다. 꿈을 찾는 과정은 쉽지 않습니다. 울랄라세션 또한 15년이 넘는 무명생활을 거치는 동안 수많은 춤을 섭렵하고 음악을 들었으며 관련 지식을 쌓기 위해 많은 돈을 들였습니다. 강사를 하면서 내 인생관만을 사람들에게 들려주면 흥미를 잃기 십상이어서 저는 서예도 배우고 다른 강의도 많이 듣고 공부를 끊임없이 하며 어떻게 하면 더 쉽게 들려줄지 고민합니다. 인생은 각자의 모험이기에 그들에 맞게 말하기 위해서는 끊임없는 연구가 필요합니다. 그대들의 인생 또한 마찬가집니다. 당장 꿈이 없다고 좌절하지 말기 바랍니다. 자신의 관심 분야에 조그만 것이라도 더 관심과 흥미를 가지고 잘해볼 생각을 하기 바랍니다. 인생은 짧지 않고 깁니

죽고 싶어질 때

다. 그 관심사들이 쌓이면 어느새 당신은 한 분야의 위대한 전문가
가 돼 있을 것입니다.

계란 먹기 대결

'저거 하나만 묵으면 참 좋겠다.'

계란장수는 리어카 한 가득 싣고 온 계란을 풀어 사람들을 유혹
하기 시작합니다.

"자 계란 사세요. 요 계란으로 삶아 먹기도 하시고, 계란국 끓여
드시기도 하시고, 또 입맛 없으면 밥에다 쫙 깨서 하나 섞어 드셔보
이소. 하루가 든든합니다. 자 계란 사세요."

요즘 말하면 도둑질일지 모르지만 저는 당시 손님들 사이로 끼
어들어 쪼그려 앉은 다음 손만 위로 뻗어 계란을 하나씩 훔쳤습니
다. 계란 서리를 한 셈이죠. 그만큼 배고프던 시절이었습니다.

어느 날 아주머니들 치마폭으로 들어가 손만 뻗어 계란을 쓸쩍
하려던 찰나 누군가 제 손목을 강하게 잡아끄는 느낌이 들었습니다.

"이 개놈의 시끼가."

계란장수의 발길질에 저는 나뒹굴어졌습니다. 영문을 모르는
주변 아주머니들이 계란장수를 말리지 않았다면 저는 맞아 죽었을
겁니다.

"계란이 하나씩 없어진다 했드만 네 놈 짓이구만! 앞으로 얼씬
도 하지 마!"

속으로 제가 한 짓이 무척 나쁜 짓임을 알고 있었지만 계란장수
가 죽도록 미웠습니다.

'까짓 거 몇 개 줘도 티도 안나겠구만.'

다행히 이미 몰래 감춰둔 계란 두 개를 주머니에 고이 모셔놨습
니다. 삶아서 몰래 놔뒀다가 배고플 때 까먹으면 그렇게 맛있을 수
없었습니다. 도둑질에 거짓말에 지금 생각하면 어린 나이에 횡령과
비리를 다 저질렀다고 생각할지는 모르지만 배고픔은 극에 달해있
었습니다.

하루는 비가 오는 날이었습니다. 시장 통에 늘 자리하던 계란장
수 아저씨는 담배 한 대를 피고 있습니다.

"아저씨 오늘은 계란 안 파세요?"

"너 이 새끼. 여기 오지 말랬지! 에효, 비 와서 손님도 끊겼는데
저 계란 다 썩게 생겼네."

계란장수는 한숨을 쉬더니 저를 봤습니다. 계란을 보며 침을 꼴
깍 삼키다 계란장수와 눈이 마주쳤습니다.

"이놈 봐라, 꼴새는 영락없이 거지인데 눈깔 하나는 성질 있게
생겼네. 우리 내기 한 판 할까?"

계란장수는 장사도 안 되고 심심했는지 짚에서 계란 한 알을 꺼
냈습니다.

"두 꾸러미를 다 먹으면 공짜고, 만약 다 못 먹거나 토하면 돈을

                                              죽고 싶어질 때

내라."

옆에서 참빗을 팔던 할머니가 끼어들었습니다.

"애 데리고 뭐하는 짓이여. 세상에서 가장 미련헌 짓이 먹기 내기여."

"할머니는 그냥 구경만 하소."

옳거니 하고 찬스는 이때다란 생각이 들었습니다. 계란을 원 없이 먹을 수 있다고 생각하니 행복에 겨웠습니다. 어제 낮에 한 끼를 때우고는 쫄쫄 굶었습니다. 계란 20개 아니 그이상도 먹어치울 만큼 제 기세는 당당했습니다.

"대신 다 먹으면 돈 달라고 떼쓰기 없습니다!"

"그렇다면 내기가 아니지. 네 다 못 먹으면 먹은 계란 값 다 내야한다."

닭똥이 묻은 계란을 바지춤에 쓱 문댔습니다. 계란의 볼록한 양 끝을 송곳니로 톡톡 쳐서 깼습니다. 계란 똥구멍 핥듯 쪽쪽 빨았습니다. 미끌미끌한 흰자가 스르륵 빨려 들어왔습니다. 노른자가 입안에서 빙글빙글 돌았습니다. 노른자가 터지면서 진한 계란내가 퍼졌습니다. 아, 고소해!

"하나요!"

계란장수가 두 번째 계란을 건넸습니다. 내기를 말리던 참빗 할머니가 눈을 치뜬 채 저를 올려다봤습니다. '옳지, 옳지' 하는 눈초리였습니다. 받아든 계란을 바지춤으로 닦고, 송곳니로 톡톡 두드렸습니다. 계란 다섯 개를 게 눈 감추듯 해치웠습니다. 주린 배를 달래기에 충분했습니다. 비린내가 나긴 했지만 쇠라도 씹어 먹을 나이였습니다. 건너편에서 부채질하던 소금가게 주인이 어느 틈에 왔는지 뒷짐 지고 구경했습니다.

"인제 몇 개여, 5개? 아즉 멀었구먼."

은근히 오기가 생겼습니다. 보란 듯이 계란 두 개를 들고 한꺼번에 쭈욱 빨았습니다. 요령이 붙어서 구멍 뚫기가 쉬웠습니다. 그러나 두 개를 넘기고 나자 욱, 헛구역질이 올라왔습니다.

"그래, 그래. 이제 시작이구나. 해는 서산에 지는데 갈 길은 멀구나. 어서 가자, 앞으로도 13고개를 넘어야 해."

계란장수는 배꼽이 빠져라 웃습니다. 지금 생각해 보면 계란장수는 나쁜 사람이 아닌 듯합니다. 도둑질을 하는 저의 버릇을 고치고자 했던 묘안이지 않았나 싶습니다. 비린내가 입에서부터 코로 진동을 했습니다. 김치 한 닷가리만 훅 찢어 먹으면 좋겠다는 생각이 간절했습니다.

'김진황 한번 해보자. 이대로 토해버리면 계란 값 다 토해내야 한다.'

8개, 9개, 10개를 먹고 나자 계란 노린내가 진동했습니다. 노른자를 터뜨리지 않고 혀에 닿는 즉시 목구멍 뒤로 삼켰습니다. 미끄덩거리는 노른자가 목구멍을 타고 내려가자 속이 느글느글했습니다. 닭똥 냄새가 코끝으로 올라온 것은 13개째를 해치운 뒤였습니다. 코를 꽉 움켜쥐고 숨을 참았습니다. 그러나 잠시뿐이었습니다. 이러다 내기에 질라. 어차피 먹어야 할 거라면 눈 딱 감고 해치우

                                   죽고 싶어질 때

자. 하나 먹고 쉬고, 쉬다가 또 먹자니 정말 죽을 맛이었습니다. 바닥에 질펀하게 앉아 남은 계란을 바닥에 죽 늘어놨습니다. 어느 틈에 모였는지 할아버지, 아줌마, 청년, 아이 할 것 없이 빙 둘러 섰습니다.

"아유, 징그러워라! 도대체 몇 개를 먹은 거여?"

"고놈, 한 고집하게 생겼어. 헐헐."

"입이 닭똥집이 되겠구먼. 껄껄."

"엄마, 우리도 계란…."

"시끄러."

남은 7개를 차례차례 입에 까 넣자 좌중이 일시에 입을 다물었습니다. 6개, 5개, 4개, 3개…. 남은 건 3개. 계란을 깨 먹을 때를 빼고는 턱을 꽉 다물었습니다. 등줄기에서 식은땀이 주르르 흘렀습니다. 오금이 저리고, 엉덩이 꼬리뼈가 간질간질했습니다. 배에서 쉴 새 없이 꾸룩꾸룩 요동치는 소리가 들렸습니다. 이마에 땀방울이 송송 배였습니다. 앙 다문 턱이 움찔거렸습니다. 당장이라도 계란을 게우고 싶었습니다.

2개를 입에 털어 넣었습니다. 계란장수의 표정이 굳어졌습니다. 침이 질질 입가로 흘러내렸습니다. 목이 뻣뻣해지는가 싶더니 감전된 것처럼 온몸이 찌릿했습니다. 세상이 온통 샛노랬습니다. 입을 손으로 꾹 막고 헛구역질 반, 삼키기 반. 억지로 넘겼습니다. 눈물이 핑 돌며, 쇠망치로 뒤통수를 두들겨 맞은 것처럼 어질어질했습니다.

“야, 이제 한 개 남았다!”

엄마 손을 잡은 꼬맹이가 소리쳤습니다. 빙 에워싼 사람들이 술렁거렸습니다.

“워매, 사람 잡겄네.”

이제 계란장수를 잡든 나를 잡든 둘 중 하나였습니다. 까닭 모를 서러움이 일면서 절대로 져서는 안 된다는 오기로 버텼습니다. 계란장수는 눈이 뚱그레진 채 엉덩이를 들썩들썩했습니다. 아마도 열 개 쯤에서 포기하면 내기를 빌미로 허드렛일이나 시킬 속셈이었나 봅니다. 그런데 우거지상을 쓰면서도 꾸역꾸역 먹어댔으니 계란이 아깝겠지요. 정신을 차려야 했습니다. 혀끝을 깨물었습니다. 비릿한 피 냄새가 계란의 비린 맛을 잠시 가렸습니다.

‘마지막 계란은 입에 대지 말고 단숨에 목구멍 뒤로 넘겨야겠다.’

조금 넓게 구멍을 뚫자 노른자, 흰자가 한꺼번에 목구멍으로 쑥 넘어왔습니다.

“읍!”

토악질이 나면서 억지로 우겨넣었던 계란이 넘어왔습니다. 두 손으로 입을 틀어막았습니다. 순식간에 양볼이 미어졌습니다. 계란장수가 자리를 박차고 일어났습니다. 자기 옷을 꼭 움켜쥐는 사람, 두 손을 맞잡은 사람, ‘저, 저어’ 하며 안타까운 소리를 터뜨리는 사람.

눈앞이 캄캄했습니다. 둥둥둥, 귓가에서 북소리가 울렸습니다. 정신 차려라. 계란 값을 어찌할까? 별의별 생각을 다 떠올리며 입 안에 고여 있던 계란을 조금씩 삼켰습니다. 한 손으로 옆구리 살을 잡고 비틀었습니다. 다른 고통을 불러일으켜 토악질을 면해보려는 속셈이었습니다. 계란찌꺼기를 꿀꺽 삼킨 후 입을 쩍 벌렸습니다.

계란장수는 꿍, 하고 자리에 앉았습니다. 넋 나간 표정으로 잠깐 앉았다가 벌떡 일어나더니 횡 하니 리어카를 끌고 사라졌습니다.

"배라먹을 놈. 지가 내기 걸어놓고."

참빗 할머니의 승자와 패자를 가르는 말로 내기는 끝났습니다. 나는 태연한 척 뒷짐을 지고 장터를 빠져 나왔습니다. 으슥한 골목 안쪽으로 들어가 신물이 넘어올 때까지 토하고 또 토했습니다.

'다시는 계란을 먹지 못할 거 같다.'

그리고 이틀 동안, 배를 움켜쥐고 끙끙 앓았습니다. 그 후 저는 지금도 계란을 잘 먹지 않습니다. 계란만 보면 당시 느꼈던 비린내가 몰려오는 듯했기 때문입니다. 자연히 제 나쁜 손이 계란으로 향하는 일은 없었고 나쁜 버릇도 사라졌습니다. 계란 스무 개를 입에 쏟아내면서 정신은 몽롱했지만 뭐든 할 수 있겠다는 오기가 생겼습니다.

'뭐든 부딪혀보자! 계란 스무 알 먹을 정신이면 뭘 해도 성공할 수 있다. 인생의 쓰디쓴 스무 번의 시련을 겪어도 난 성공할 때까지 포기하지 않겠다. 내 스스로 의지를 꺾는 순간은 늙어서 죽는 순간 이다. 그때까지 한 번 달려보겠어!'

이제는 생활이 어느 정도 윤택해지고 자식들 걱정도 없는 인생의 말년기를 보내는 순간이지만 저는 도전을 멈추지 않습니다. 어린 시절 시장 통에서 계란 스무 알을 깨 꼴깍 삼키고 구역질날 만큼 힘들었지만 해냈다는 강한 의지가 지금의 저를 키운 것입니다. 지금도 그 이야기를 하며 웃습니다.

'달걀 스무 알은 내 삶을 키운 자극제라고.'

죽을 만큼 최선을
다했습니까?

A군은 굴지의 유망 대학을 졸업하고 유학까지 다녀온 인재입니다. A군은 대학을 졸업하고 취업에 도전해 나름 유망한 대기업에 취직하였습니다. 사람들은 부러워하고 부모님도 좋아했지만 들어가자마자 막내 취급에 상사 뒤치다꺼리에 정신이 없었습니다. 회사는 달마다 시험의 연속이었고 세 달도 되지 않아 이 직장을 계속 다녀야 할까 고민합니다. 다른 친구들은 보니까 여유로워 보이고 자신만 항상 야근에 빡빡한 삶을 사는 듯 보였으니까요.

"이 청년은 이직을 해야 할까요?"

지금 이 순간 직장에서 일을 하며 취업사이트에 들어가 다른 직

죽고 싶어질 때

장을 구하고 있지 않나요? 지금 억지로 일을 하고 있지는 않나요? 한 설문조사에 따르면 우리나라 직장인 중 이직을 생각하는 사람은 90.6%에 달하는 것으로 나타난다고 합니다. 요즘 유행하는 말로 '헐'한 이야기이지 않을 수 없습니다. 내게 이직 상담을 받는 젊은 이들이 참 많아졌습니다. 나는 참고로 지금 말하는 S, H, L등 기타 회사에 다닌 적이 없습니다.

그럼 이들이 강의를 듣고 왜 내게 고민을 털어놓는지 처음에는 이해가 가지 않아 무슨 말을 해야 할지 난처했습니다. 이직을 준비하는 가장 큰 이유 중 기업에서 자신의 비전을 찾기 힘들다는 대답이 가장 많았습니다.

나는 힘들게 서울에 상경해서 회사를 선택할 권리보다는 어떻게든 받아주는 한곳에 정착하는 게 주된 취업의 목적이었지만, 요즘의 젊은이들은 선택의 폭이 넓어졌습니다. 내게 자신의 이직 이유를 밝히고 조언을 구하는 목적은 내 인생의 비전을 보고 자신 또한 인생의 주인공이 되고 싶어서이지 않았나 싶습니다. 하지만 수많은 기업 속에 자신의 재능을 알아줄 만한 기업을 찾는 것은 모래 속의 바늘 찾기입니다.

그러면 어떻게 해야 자신의 비전과 맞는 직장을 구할까요? 정답은 '그런 곳은 없다' 입니다. 이 세상 어느 곳에서도 회사는 개인의 비전을 위해 존재하지 않습니다.

구성원들이 회사의 뜻에 따라 부지런히 일하고 그 성과를 월급으로 보장합니다. 회사라는 테두리 안에서 자신의 비전을 찾기는 그만큼 힘듭니다. 하지만 우리나라 상위 1%는 인생의 주인공이 되고 회사에서도 임원진까지 성장하여 당당한 성공을 거둡니다. 그들과 99%의 다른 인생들과의 차이점은 무엇일까요? 제가 드릴 수 있는 답은 자신의 삶에 대한 관찰입니다.

저 또한 돈 한 푼 없이 서울에 와 어느 정도의 성공을 이루기까지 오랜 시간과 노력이 걸렸습니다.

하지만 제게는 꿈이 있었습니다. 미래에 대한 철학이 있었습니다. 젊은 시절부터 저는 손재주가 남다른 제 자신을 발견했습니다. 그래서 정비사가 되었고, 자동차 정비업체도 운영했으며 마지막으로 렌터카 회사 사장이 될 수 있었습니다. 만약 저에 대해 오판을 하고 다른 길을 갔다면 제 인생은 평생 만족하지 못하고 일하는 기계가 돼 있었을지도 모릅니다.

여러분이 지금 이직을 하고 싶다면 한 번 더 생각해 보십시오. 자신의 미래에 대한 철학이 무엇인지!

죽고 싶어질 때

맹세하고 진주성을 지켜
일본으로 삼을 것이니 힘을 합쳐 싸우면
개인을 무엇이 두려우랴!
살 것이며 도망하는 자 멸할 것이니
목을 베리라
이미 떨어지고 식지(食指)와
남은 세손가락 마저
활을 당기다
싸우리라
경상우도병마절도사 김 진주목사 김시민

제4부

내 인생의
터닝 포인트

평생의
내 짝을 만나다

영도다리의 수심은 아직도 모르겠지만 뛰어내릴 때의 느낌과 강에서 나올 때의 그 느낌 때문에 몸서리친 적이 한두 번이 아닙니다. 그 후 저는 다리를 잃은 좌절감에서 헤어나지 못했습니다. 3~4년을 뿔난 당나귀마냥 세상을 원망하고 내가 이러고 왜 사냐며 자책을 한 것이 한두 번이 아니었습니다. 다시 살기로 마음을 먹고 여기저기 일자리를 알아봤지만 돌아오는 말은 "NO."였습니다.

'그냥 그때 뒤질 걸.'

매달 나오는 얼마 되지 않는 보훈연금은 모조리 술값으로 들어갔습니다. 고래고래 소리 지르고 닥치는 대로 차 백미러를 부수며 또 걸리는 사람마다 시비를 걸고 건들면 폭발하는 시한폭탄으로 살았습니다.

"아이고 저 아저씨 또 왔네."

"훈방 조치해. 불쌍한 인간이야."

자취방에서 잠든 날보다 경찰서 유치장에서 눈을 뜬 날이 더 많았습니다. 반쯤 뜬 눈으로 경찰을 바라보면 그들은 안쓰러운 눈빛으로 저를 내려다보고 있습니다. 구속을 했으면 몇 번이고 했을 터인데, 베트남 참전 다리불구라고 몇 번을 봐주었습니다.

"아저씨. 이번에도 그냥 가지만 다음번엔 국가유공자고 뭐고 없어요. 빨간 줄 안 긋고 싶으면 좀 정신 차리세요."

'어떻게?' 라고 순간 묻고 싶습니다. 세상이 나를 필요로 하지 않는데 어떻게 살아간단 말입니까? 제가 지나가는 레드카펫에는 아무도 사람들이 달려들지 않았습니다. 옆에서 '저 사람 뭐야' 하는 눈빛으로 나를 바라보니 좌절감은 더욱 깊어만 갔습니다.

'인생은 어차피 혼자 사는 게 아닌가. 내게 누군가 올 것이라고 아무 기대를 하지 말자.'

자기 학대에 빠져 하루도 맨 정신이 아니던 그때 사람들의 시선보다 무서운 것은 고독감이었습니다. 나 혼자라는 외로움이 뼛속까지 사무치던 밤을 몇 번이고 뜬 눈으로 보냈습니다. 주변에는 술병과 술안주가 널브러진 고독한 섬에 저는 혼자였습니다.

이런 저를 잡아준 한 여인이 있었습니다. 곱디고운 손과 눈망울. 단아한 원피스 차림에 나를 유일하게 사랑의 눈빛으로 바라봐

죽고 싶어질 때

주는 사지 멀쩡한 고마운 아내.

"당신이 왜 혼자예요? 제가 있잖아요."

그녀는 증오의 눈을 희번덕거리는 사나운 짐승을 쓰다듬고 품어주었습니다. 저는 그녀 덕분에 온순한 양으로 다시 삶을 이어갈 수 있습니다. 만약 그때 아내가 없었다면 지금처럼 교수님 소리를 듣는 위치, 장애인이 더 높은 꿈을 안고 갈 수 있는 위치까지 올 수는 없었을 것입니다. 아내는 저의 천생배필이자 나의 사랑스러운 후리지아입니다.

후리지아 같은 아내와는 중매로 만났습니다. 부산 3육군병원에서 전역한 지 3년 뒤 망나니 같은 삶을 이어가던 중 보훈청에서 저 같은 참전용사를 대상으로 취직을 시켜준다고 하였고 보훈청의 도움으로 어렵지 않게 취직을 하게 되었습니다. 취직을 하고 어느 정도 안정이 되자 당시 혼기가 꽉 찬 저를 보시고 어머니는 결혼하라고 성화였습니다.

"진황아, 사내새끼 혼자 살면 궁상시럽다. 회사도 다니는데 얼른 각시 구해야제. 사내는 결혼을 해야 돈을 모을 수 있당께."

결혼을 하지 않은 저는 돈을 잘 모으지를 못했습니다. 자신에게 믿음이 없는 삶 속에 또 누군가를 아내로 맞아 살아갈 자신이 없었습니다. 하지만 마음 한편에는 집에 돌아오면 나를 믿어주고 반겨주는 아내가 있고 휴일이면 아내와 자식들 손잡고 공원 나들이를 가는 몹쓸 꿈도 꾸었습니다. 어머니의 거듭된 설득에 못 이겨 선 자리 하나를 알아봤다는 말씀에 말없이 고개를 끄덕였습니다.

일주일 후 평택으로 향했습니다. 선을 보러 가는 기분에 차멀미가 나도 참을 만했습니다. 평범한 누군가가 나를 만나 주겠다는 것에 반쯤 설레는 기분으로 향했습니다. 약속장소에 앉아 차를 들이켰습니다. 선을 주선하는 두 분은 참한 처자라고 잘해보라고 권하십니다. 차를 두잔 째 비우니 약속시간이 30분을 넘겼습니다.

"처자가 좀 꾸미느라고 늦는가 봐. 좀 기다려 봐요."

그렇게 기다리는 시간의 연속이었습니다. 3시간을 훌쩍 넘기자 주선을 하신 분이 한 번 갔다 오겠다며 일어섭니다. 아버지는 화가 나서 "그만 가자. 약속을 했으면 와서 얼굴이라도 비춰야지. 만나 봐야 뻔하겠어."라며 저의 팔을 끌고 집으로 가자고 하십니다. 자존심이 무척 상했습니다. 하지만 꼭 얼굴을 보고야 말겠다는 고집과 자존심이 생겼습니다. 대체 얼마나 잘났기에 이렇게 절 기다리게 만드는지 면상을 보고 혼이라도 내줘야겠습니다. 6시간이 지났습니다. 아버지는 식사를 한다고 나가셨고 나는 고집스레 자리를 잡고 앉아 있습니다. 담배를 피울까도 했지만 안 좋은 냄새가 날까 봐 꺼내려던 담배도 다시 넣습니다.

'배운 것도 없는 다리병신한테 누가 시집올라 하겠어. 내 욕심이 과했어. 그 사람은 오지 않을 거야.'라는 부정적인 생각이 확답을 내리려는 순간 주선자 아주머니와 한 처자가 눈에 띄었습니다.

'저 여자인가 보네 내가 혼내줘야지.'라고 마음을 먹었지만 그녀는 너무나 고왔습니다. 그녀는 후리지아 향기를 내뿜는 봄의 여인처럼 왈츠를 추는 듯 나풀거리며 제 자리에 다가왔습니다. 시간

    죽고 싶어질 때

이 멈춰버린 듯 눈을 뗄 수 없습니다.

"안녕하세요. 김진황이라고 합니다."

"너무 오래 기다리셨죠. 죄송해요."

"아니에요."

당시 아내는 수줍은 듯 고개를 들지 못했고 저 또한 머쓱해서인지 애꿎은 찻잔만 만지작거렸습니다. 중매를 서신 분들은 분위기가 무르익자 자리를 떴습니다. 훗날 아내에게 들은 저의 첫인상은 이랬답니다. 다리를 저는 사람이라고 하기에 내 사람은 아니란 것을 염두에 두고 '일부러 늦게 가면 자리를 뜨겠지' 했다는 겁니다. 7시간이 지나고 나오니 남진과 비슷한 뽀얀 얼굴에 귀공자 같은 인상이 눈에 들어왔다고 고백했습니다.

저는 좋은 예감이 들었습니다. 왠지 이 여자가 제 짝이 될 거라는 확신이 들었습니다. 그리고 지금 제 아내의 잠든 모습을 보며 그때 그 시절을 추억합니다.

7시간 기다림 끝에 그 여자를 내 아내로 맞이했습니다. 때론 인생을 살면서 기회를 찾아 한없이 기다려야 할 순간이 옵니다. 그 순간을 직감하고 기회를 기다려야 한다는 사실을 깨닫기 바랍니다.

아내와의 데이트

선 자리를 벗어나 저와 아내인, 선혜는 걸었습니다. 선혜를 앞세우고 저는 뒤따라갔습니다. 곱디고운 그녀의 머릿결과 목선이 너무 아름답습니다. 저 여자를 꼭 제 여자로 만들어야겠다고 굳게 다짐했습니다. 중매를 서신 분들은 둘이 잘살려면 얽히고설켜야 한다며 중국집에 가서 면을 먹으라는 농을 던지셨고, 우리는 그 말씀대로 중국집에 들어갔습니다. 10살이나 어린 조카뻘 같은 나이지만 새침하지도 않고 예의 바른 집안의 딸인 듯 행동 하나하나가 조심스러운 게 어머니의 어릴 적 모습과 흡사합니다.

"저는 그렇게 오래 기다리실 줄 몰랐어요. 솔직히 감동했습니다."

선혜 또한 저를 싫어하는 눈치가 아닌 듯 보입니다. 식사를 마치고 마침 옆 건물에 금은방이 보입니다.

"잠깐 들어가죠?"

"여기는 뭣하러요?"

폐물이 가득한 금은방에서 눈에 띄는 반지 하나가 보입니다.

"이걸로 주세요."

선혜의 약지 손가락에 끼웁니다. 피부는 약간 검었지만 손은 하얀 게 금반지와 너무 잘 어울립니다.

"이쁘긴 한데. 이런 걸 받아도 되는지…."

"부담 갖지 마요. 그냥 이렇게 만난 것도 인연이어서 선물 하나 해주고 싶어서요."

전 진심으로 이 여자를 내 아내로 만들어야겠다는 생각에 금반지 하나를 덜컥 현찰을 주고 샀습니다. 때마침 금은방을 나서니 옆에 사진관이 보입니다.

"선혜 씨. 우리 사진 한 장 찍읍시다."

선혜는 의아한 눈빛으로 저를 쳐다봅니다.

"왠 사진이요?"

"그냥 왠지 오늘 보면 또 언제 볼지 모르는데 사진 한 장 가져가면 두고두고 보면서 선혜 씨 생각할 수 있을 듯싶어서요."

저의 진심이 통했는지 선혜는 잠자코 저를 따라옵니다. 사진을 찍고 잘 오려서 제 지갑에 넣었습니다. 당시 아내는 그런 저의 모습을 보고 이 사람이 왜 이러나 싶었다고 합니다. 촌에서 농사만 짓고 살다 보니 그냥 그런가 보다 하며 제가 하는 대로 얌전히 있었다고 합니다. 웃기는 상황이지만 이 여자를 잡아야겠다는 저의 절박함이 있었던 걸로 기억합니다.

사진을 찍고 그녀를 보내주는 게 아쉬웠습니다. 돌아오는 길에 자꾸 그녀가 아른거려서 미칠 지경입니다. 아내는 그날 집에 가서 오빠들한테 혼났다고 합니다. 어디서 그런 금반지를 받고 이 늦은 밤에 들어오느냐며 단단히 혼이 났다고 합니다.

며칠 후 서울에 와서 다시 회사를 다니고 일상을 힘겹게 살아갈 때쯤 집에 가는 골목에 선혜가 있었습니다. 놀라움과 반가움이 동시에 교차하는 순간 선혜는 화장이 얼룩진 얼굴을 하고 말합니다.

"저 이거 돌려주러 왔어요."

반지와 사진을 꺼내놓는 선혜를 보며 올 것이 왔다는 생각을 했습니다.

"우선 그거 놔두시고 서울까지 먼 길 왔는데 서울 구경이나 하다 가요."

안 된다고 뿌리치는 선혜를 데리고 서울 곳곳을 다녔습니다. 창경궁, 경복궁, 남산 그리고 서울의 맛집을 데리고 다니면서 함께 시간을 보냈습니다. 이 시간만큼 행복했던 순간은 없었을 것입니다. 선혜 또한 금반지를 돌려주고 집으로 가겠다는 결심을 뒤로한 채 예정에도 없이 일주일을 나와 함께 보냈습니다. 그 길로 선혜 댁에 가서 결혼을 허락받아야겠다고 결심했습니다. 선혜 또한 점점 결점 많은 이 김진황을 믿어주기 시작했습니다. 서울과 평택을 오가는 기나긴 줄다리기가 시작되었습니다. 거듭된 반대로 몸도 마음도 지쳐갔고, 의족과 다리 이음새는 시커멓게 타들어간 것처럼 까매지고 다리에서 진물이 나오기가 수십 번이었습니다. 하지만 인생의 마지막 사랑이라고 결심한 순간부터 이 고생의 길을 각오했습니다. 십자가를 진 예수처럼 고난의 길을 걷다보면 언젠가 구원을 얻을 거라고….

"제발 한 번만 다르게 생각해 보세요. 다리가 좀 불편한 것뿐이

죽고 싶어질 때

지 매달 연금도 나오고 직장도 있습니다. 처자식 안 굶길 집도 있구요."

"다리병신한테 우리 딸을 맡길 수 없네. 더한 소리 듣기 전에 여기서 사라져주게."

선혜는 안방에서 목청껏 울고 저는 밖에서 무릎을 꿇으며 동시에 결혼 허락을 받으려 했지만 선혜 오빠의 마음은 쉽게 열리지 않았습니다. 그도 그럴 것이 부모 없이 자랐지만 한때는 부유한 집안의 막내딸이니 오빠들 또한 애지중지 키웠겠지요. 세상에는 욕심을 부려야 얻는 게 있습니다. 돈, 우정, 명예, 건강. 하지만 저는 이 순간 세상의 가장 위대한 욕심은 사랑이라고 생각했습니다. 이 여자를 놓치면 또 다른 여자가 있을 거라는 생각을 하지 않았습니다. 선혜는 나의 첫사랑이자 평생을 같이할 동반자가 될 거라는 것을 처음 본 순간부터 깨달았기 때문입니다. 선혜의 의지 또한 확고합니다.

"저 당신이라는 사람 하나 보고 결혼하는 거예요. 시골에서 참 몹쓸 사람 많이 봤어요. 술 마시고, 행패 부리고, 게으르고, 노름하고…. 다리를 다친 건 불편할 뿐이지만, 정신이 썩은 건 어떻게 할 수가 없어요."

이제 이 세상에는 다리가 하나인 저 혼자가 아닙니다. 제가 책임져야 할 사람이 생겼습니다. 돈을 벌고 가정을 어떻게 꾸리고 또 결혼은 어떻게 할 것인지 과제는 많지만 선혜 하나만 있으면 그런 일들은 아무것도 아닙니다. 김진황이 걸어온 갓길 인생. 이제는 혼자 걷고 혼자 달리지 않아도 됩니다. 아무리 어렵고 힘든 길을 달리더라도 손을 잡아주는 선혜가 있습니다. 인간의 의지로 안 되는 법은 없습니다. 불구의 몸이지만 정상인인, 무엇보다 처음이자 마지막 사랑과 결혼에 골인하였으니 죽어도 원이 없을 것 같습니다.

사막이란 낯선 곳에서 나를 만나기는 쉽지 않습니다. 만약 사막이 아닌 인간의 의지로 상황을 개선할 수 있는 곳이라면 자존심마저 버리고 그 기회를 잡기 바랍니다. 간절하다면 당신의 꿈은 이루어질 것입니다.

젊은이들의 결혼관에 대해

온라인 리서치 전문회사가 운영하는 패널 나우가 지난 11일부터 15일까지 회원 30,987명을 대상으로 '결혼 연령이 점점 늦어지는 이유는 무엇일까요?'를 묻는 설문조사에서 31%(9,504명)가 '결혼비용, 주택구입 등 경제적 부담 때문에'를 택해 1위를 기록했다.

최근 서울시 여성가족재단은 서울 여성의 평균 초혼 연령은 2000년 27.25세에서 2010년 29.82세로 2.57세, 남성은 29.65세에서 32.16세로 2.51세 많아졌다고 밝힌 바 있다.

사람들은 '결혼자금은 턱없이 부족하고, 빨리 돈을 모아 결혼하고 싶

　　　　　　　　죽고 싶어질 때

지만 시간은 자꾸 흘러가고, 그러는 새에 우리 사이는 시들해져 버렸다'
'내 집 마련을 하려 돈 버는 거에 집중하다 보니 결혼 시기를 놓쳤다' '결
혼하려면 집도 사야하고, 자녀 교육비도 2억 정도 든다는데 요즘 직장인
한테 이 정도 여유가 생기는 나이가 적어도 최소 38 이상이다. 결혼이 늦
어질 수밖에 없다'고 선택 이유를 밝혔다.

　　요즘 젊은이들은 불쌍합니다. 공부도 해서 좋은 대학에 가야 하
고 부모님의 기대치에 맞게 살기 위해 좋은 직장을 구해야 하고 또
결혼을 하기 위해 사회에 나가 돈을 벌어야 합니다. 자신의 몸값을
올리기 위해 스펙 쌓기 경쟁을 하다 보면 결혼 적령기를 훌쩍 지나
버립니다. 우리 때와는 참 다른 삶입니다. 적어도 우리는 나와 같이
장애가 있지 않은 이상 결혼을 하는 것에 대한 고민은 적었습니다.
워낙 없고 못살던 시절, 남자 쪽이 돈이 없어도 능력과 가능성만 있
으면 여자 또한 주저하지 않고 남자와 결혼하는 중매혼이 많았습니
다. 그런데 지금의 사회는 어떻습니까?
　　혼기를 꽉 채운 남녀 모두 선을 본다는 의미가 아닌 소개팅이란
용어를 자주 씁니다. 결혼을 위해 둘이 만나 서로를 탐색한다는 의
미보다는 자신을 이해하고 조건이 괜찮고 종교 및 인성 등 꼼꼼하
게 상대를 관찰한 후 자신의 마음을 여는 경우가 많습니다. 젊은 세
대의 결혼관은 더 복잡하고 구체적이기까지 합니다. 서로의 마음을
확인했다 해도 혼수 준비 과정에서 마찰이 생기면 쉽게 깨지는 사
례도 여러 번 보았습니다. 이전 시대의 결혼은 직업이 불분명해도

중매로 마음만 확인하면 결혼하는 형태였다면 이제는 인성, 재정, 직업, 조건, 종교관 등 많은 부분을 서로 검증하여 결혼하는 형태로 변하였습니다.

젊은이들이 결혼을 늦게 하는 것은 국가로서도 손해입니다. 당장의 국방력, GDP, GNP 등 인력난 부족과 초등학교가 학생 수의 부족으로 폐교되는 등 결혼이 미치는 사회와 국가의 경쟁력 손실은 어마어마합니다.

A군은 "선생님. 저는 결혼을 늦게 해도 충분히 좋은 배필을 만날 수 있다고 생각하는데 부모님은 날마다 결혼을 하라고 성화입니다." 남녀 간의 결혼 문제는 나로서도 해결해줄 수 없는 가장 난제입니다. A군이 잘못한 일은 무엇일까요? 없습니다. 나는 오히려 A군을 칭찬해주고 싶습니다. 자신의 결혼관이 뚜렷하다면 좋은 사람을 만나는 것은 시간문제입니다. 하지만 여자의 경우는 좀 다릅니다. 평균 29살에 결혼하는 대한민국의 여자들은 쫓겨서 결혼하다시피 합니다. '노산은 절대 안돼' 라는 부모님의 호통으로 28, 29살만 되면 초조해하고 불안해하는 그녀들. 기존 세대의 말씀이 틀리진 않습니다. 의학적으로 여자 나이 33살에 아이를 낳으면 노산 소리를 듣는 현실 때문에 여성이 갖는 압박감은 더욱 심합니다.

모든 청년들이 고민하는 결혼. 나 또한 28살의 나이에 낭랑 18세의 여인과 결혼했으니 뚜렷이 해결책을 내세우기는 힘듭니다. 하지만 나는 젊은이들의 결혼에 대해 다음과 같은 조언을 해드리고 싶습니다.

"당신의 마음이 끌리는 사람을 놓치지 말라."

"나이를 먹어 늦게 결혼해도 좋으니 인생의 낭만인 결혼을 꼭 해봐라."

"결혼을 할 수 없는 상황이라면 외로움을 대신할 무엇인가를 꼭 찾아라."

위 세 가지 사항만 염두에 두고 청년의 벗, 인생의 벗을 찾아보길 바랍니다. 당신이 결혼을 못해 명절이면 집에 못 간다면 그것은 결코 당신의 잘못이 아닙니다.

"당신은 어찌 보면 빨리 결혼하는 사람보다 훨씬 신중하고 연애에 대해 더 깊이 생각하는 사람일지도 모릅니다."

그러므로 당신의 잘못은 없습니다. 당신이 홀로 벽에 기대어 눈물을 흘리며 고독을 곱씹고 있다면 당신 스스로에게 주문을 거시기 바랍니다.

'괜찮다, 괜찮아. 달님은 다른 사람들과 똑같이 너를 비추고 있어.'

날마다 외롭다는 생각보다 다시 찾아올 사랑의 낭만을 생각해 보시기 바랍니다. 어느 순간 당신은 결혼식장에서 지난날을 곱씹으며 어머니와 함께 기쁨의 눈물을 흘릴 날이 올 것입니다. 다음은 결혼과 관련한 정연옥 님의 시입니다.

결혼하면 뭐가 좋아요

정연옥

결혼하면 뭐가 좋아요
누군가 이렇게 물어와 대답했다.

이래도 저래도 외롭겠지만
혼자의 외로움과 쓸쓸함보다는 덜한
조금은 사치스런 외로움을 즐길 수 있고

소유하는 안식
적은 포만감이지만 여유로 수다할 수 있고
가정이라는 울타리 있어 가슴속 풍요가 넉넉하며
아내라는 이름 얻어 귀속의 기쁨 누리고

존재의 즐거움
해야 할 그 무엇 있어 만족을 얻으며
지켜야 할 도리 있어 나를 바로 세우고

그리고 아름다움
여자의 여자로써 물려받은 치유 불가능한 유산
그 어미로 하여금 꿈을 키우는 자녀 있어 기쁨 얻으며

                                        죽고 싶어질 때

결혼은 늦게 해도 빨리 해도 좋습니다. 인생의 행복을 위해서 남들이 멋지게 누리는 공통의 삶 자체를 부정하지는 마십시오. 사랑하는 사람과 결혼할 수 없는 속설이 아니라 사랑을 하기 때문에 당신은 행복해지는 것입니다. 자, 미래의 배우자를 위해 우리 모두 파이팅!

선의의 거짓말

"답답하지 않아요? 한여름에도 양말에 긴바지를 입고…."

아내 앞에서는 한 번도 바지를 벗지 않았고, 왼다리에는 손도 못 대게 했습니다. 잠을 잘 때도 양말을 신었습니다. 아내는 가끔 눈살을 찌푸리기는 했지만 그저 콤플렉스 때문이겠거니 하고 눈감아 주었습니다. 아내와 결혼하였지만 '내 사람이다'라는 확신이 들지 않았습니다. 평생 외다리로 사는 자격지심 때문이었을까요….

솔직히 말하면 내 왼쪽 다리를 보는 순간 아내가 친정으로 도망갈 듯 했습니다.

왼다리가 잘려나갔다는 사실이 아닌 조금 다리를 절 뿐, 또 약간 불편하다고 둘러댄 지 3년. 저의 다리는 심각한 상태로 변했습니다. 화장실에서 진물을 닦고 연고를 바르지만 통풍을 시키지 않으면 남은 윗목마저 잘라야 할 판입니다.

몇 번 말해보려고 용기를 냈습니다. 하지만 지금껏 나를 의심하지 않고 바라보는 그녀의 순순한 눈빛을 보고 말하자면 감쪽같이 '나 다리 없어'란 말이 들어가 버립니다. 멍청한 자존심 때문에 좋아하는 여자에게 치부를 드러내기 싫었기에 꽁꽁 숨길 수밖에 없었습니다.

매일 한 이부자리에서 잠드는 아내를 언제까지 숨길 수는 없었습니다. 2년이란 세월 동안 고생하며 산 아내에게 솔직히 말하고 최후의 심판을 기다리는 수밖에 없었습니다.

'에이씨. 못 산다고 하면 어쩔 수 없지 뭐.'

저에게 실망할 아내의 모습에 눈앞이 캄캄해졌습니다. 아내가 첫 아이를 낳자 더 이상 숨기고 싶지 않았습니다. 오랜 시간 망설인 끝에, 둘째 아이 산달이 다가올 무렵 아내에게 고백했습니다. 맨 정신으로 할 수 없어 술의 힘을 빌리기로 하고 잔뜩 취기를 품은 상태에서 의족을 던졌습니다. 의도치 않게 던진 게 아내의 배에 맞습니다.

"나 이런 사람이야. 몰랐지?"

아내는 배를 움켜쥐다가 천천히 의족을 향해 시선을 돌렸습니

   죽고 싶어질 때

다. 예상대로 아내는 어이없어 했습니다. 장애를 2년 동안이나 숨기다니. 한 이불에서 잔 날이 몇 날 며칠인데, 이제야 이런 소리를 하냐며 어이없어 했습니다.

"그래서 나랑 살 거야 말거야! 그것만 말해!"

나의 괴성에 아내는 겁이 났는지 주저앉아 웁니다. 아내의 눈물에 마음이 울컥하고 미안함이 몰려옵니다. 응어리진 가슴의 한이 한결 풀어지는 듯, 압박해오는 심장이 점차 제대로 속삭이고 있습니다.

"여보. 내가 다리 하나는 없지만 당신 먹여 살릴 만한 능력과 마음은 충분하오. 다리 하나 없는 만큼 남들보다 열 배 스무 배 노력할 거고, 두 다리를 가진 누구보다 세상에 굳건히 설 자신이 있소."

아내는 한 치의 동요도 없는 제 눈을 잠자코 바라보았습니다. 우리는 한참 동안 서로의 눈을 마주 보았습니다. 아내가 다가왔습니다.

"어디 봐요."

아내는 저의 바지자락을 걷어 올렸습니다. 그리고 절단된 부분을 쓰다듬으며 소리 죽여 흐느꼈습니다.

"당신 참 지독하고 불쌍한 사람이에요. 제가 앞으로 평생토록 당신의 한쪽 다리가 될게요. 다리가 어떻게 이 지경이 되도록 참았어요? 진작 말해도 나는 이미 마음속에 당신뿐이에요. 처음 본 순간부터…."

도마뱀은 꼬리가 잘리면 다시 재생을 합니다. 저는 다리를 재생

할 순 없지만 제 아내가 평생 다리가 되어주겠다고 약속했습니다. 아내는 제 다리이자 심장입니다. 따지고 보면 제 행동은 어리석었습니다. 대한민국의 모든 여성은 현명한 판단을 합니다. 남자는 감성적으로 행동하지만 여자는 강인한 정신으로 가족을 지키는 슈퍼우먼입니다.

저의 잘못은 거짓말이 아닙니다. 솔직하게 말했어도 아내는 용서를 했을 겁니다. 제 죄는 아내를 믿지 못했던 나약함입니다. 모든 것을 저 혼자 이기려고 했습니다. 자신의 결점을 숨기지 마십시오. 여자에게 모든 것을 털어 놓으세요. 판단은 그 다음에 하셔도 됩니다.

아내의 일기

죽으려고 했던 순간이 한두 번이 아닙니다. 아내는 그때마다 저에게 희망을 주고 꿈을 주고 좌초되는 배를 이끄는 견인줄이 되어주었습니다. 그런 아내는 스스로의 스트레스를 저에 대한 일기로 참아냈습니다. 우리나라 아내들이 얼마나 현명한 사람인지 제 아내의 일기를 보면 알 수 있습니다.

죽고 싶어질 때

01.

밤안개가 걷히기도 전에 남편을 잠자리에서 깨운다.

오늘도 하루의 스케줄이 빡빡한 남편. 어쩐 일인지 일어나지도 못하고 대답도 제대로 못한다. 왜 이럴까!! 하고 남편을 바라보니 창백한 얼굴과 힘없는 어깨. 급한 마음에 119를 부르고 보훈병원으로 향했다. 남편의 얼굴을 바라보니 비가 내리듯 내 얼굴에서 하염없이 눈물이 흐른다. 과연 내 눈에서 이 눈물이 그치고 밝은 햇살이 나를 비추어 줄 수 있을까? 짧은 순간 구급차 안에서 별의별 생각을 다해본다. 살아온 날들을 돌이켜보고 젊은 날의 당당하고 용기 있던 남편. 힘없이 두 눈을 감고 덜컹거리는 자동차에 몸을 의지하고 하염없이 질주한다.

결혼 후 "여보. 당신." 소리 한 번 못한 것도 후회된다. 옆에서 건강을 챙기지 못하고 그저 하루하루 보낸 것도 아쉽고 서로 작별이란 준비도 없었는데 이젠 아이들과 어떻게 살아야하나. 내 눈에서 흐르는 눈물은 아마도 내 살 길이 막막해서 이기적인 생각이었나. 또 남편에게 미안하다.

어떻게 해야 하나…. 어떻게 대처해야 하나….

결론은 심장이 멈추지 않고 살아만 있어 내 곁에 있어만 준다면 나는 모든 걸 할 수 있다. 사랑하는 내 남편. 사랑하는 두 아들. 내가 여기서 포기한다면 나는 아내도 아니고 엄마도 아니다. 내 두 볼에 흐르는 눈물은 모두 바다에 흘려보내고 이 마음의 아픔을 모두 잊으련다.

02.

사랑하는 사람

사랑하는 나의 사랑

우리 사랑 아직도 못다 한 사랑

내 눈에서 내 눈 속에서 아직 확인도 못한 사랑

곁에 있어 소중함을 못 느끼고 흘러온 사랑

불어오는 실바람에 당신의 사랑을 받고 흘러가는 뭉게구름 보자기 삼

아

내 사랑 하나 가득 오색실로 가지런히 묶어서 보내 드리리

내 사랑 받아주오

김진황 씨 사랑합니다

03.

하늘에선 비가 내리고 그 비가 흘러내리는 또랑에는

졸졸졸 분주히 흐르는 시냇물이 강물 찾아 잘도 흐른다

바람에 휘날려 떨어진 낙엽도 흐르는 빗물과 연인이 되어

목표가 있어 흘러흘러 잘도 흘러가네~두둥실 두둥실~~

죽고 싶어질 때

아내는 내가 아플 때도 굳건해지려고 마음을 다잡았고 힘든 일이 닥치면 나를 사랑한다는 시를 쓰면서 감정을 추슬렀다고 합니다. 나는 그런 마누라에게 화내고 못살게 굴었는데 아내는 단 한 번도 내게 불평 한마디 없이 살아왔습니다. 얼마나 강한 여자입니까. 이 세상 모든 아내와 아줌마는 참 강안한 분들입니다.

2011년 개봉한 영화 〈마당을 나온 암탉〉에서 보여준 모성애는 우리에게 큰 감동을 주었습니다.
그 줄거리는 다음과 같습니다.

양계장 안에서 살지만 희망을 안고 살아간 난용종 암탉 잎싹. 잎싹은 아카시아 나무의 잎사귀를 보고 암탉이 자기 자신에게 지어준 이름입니다. 잎사귀가 꽃을 피우고 햇볕과 바람, 비를 맞아가면서 푸르게 자라다가 가을에 노랗게 변해서 질 때는 나무의 거름이 되는 모습을 보면서 잎사귀가 가장 훌륭한 것이라 생각했습니다. 그래서 암탉은 자기도 잎사귀와 같은 존재가 되고 싶어서 이름을 잎싹이라 지었습니다. 자신의 이름을 지은 이후 깊이 생각하는 습관을 갖게 된 암탉은 희망 하나를 품고 살게 되었습니다. 잎싹은 한 번이라도 자신의 알을 품어 보는 것이 소원이었습니다. 마지막 알을 껍질도 없는 모습으로 낳았던 잎싹은 자신이 더 이상 온전한 알을 낳을 수 없다는 것을 알고 가슴이 미어짐을 느꼈습니다. 심지어 그 알마저 주인에 의해 마당에 던져져서 개에게 먹히는 모습을 보고 다짐을 합니다. 닭장 안에서는 알을 낳지 않겠다고. 닭장 철망 밖으로 보이는 마당이라는 공간은 잎싹에겐 이상적인 공간입니다. 그곳에 가면 꿈은 이루어지리라 믿었던 것이죠.

　그래서 닭장을 벗어나서 아카시아 나무가 있는 마당으로 나갈 것을 희망하며 자신이 소원하는 일인 알을 품는 것을 꿈꿉니다. 그러던 중, 아이러니하게도 폐계 신세가 되면서 그 기회가 잎싹에게 주어졌습니다. 하지만 그건 잎싹이 그리도 바라던 마당이 아닌 죽음의 구덩이로 가는 기회였습니다. 다행히도 죽음의 구덩이에서 살아난 잎싹이 빗방울에 눈을 떠서 자신의 주위를 살피며 어찌할 바를 모르던 중 들려오는 목소리가 있었습니다. 그 목소리는 잎싹에게 잎싹을 노리는 족제비 때문에 위험하니 어서 그곳을 벗어나라고 일러줍니다.

　목소리를 따라서 가보니 그 목소리는 마당의 오리들 중 제일 뒤에 말없이 따라 다니던 청둥오리였습니다.
　이렇게 만난 암탉 잎싹과 청둥오리 나그네. 그들의 우정, 사랑, 모성애는 여기에서부터 시작됩니다. 잎싹에게 있어 마당은 생각했던 것만큼 그리 이상적인 공간은 아니었습니다. 마당의 다른 닭과 오리, 개와의 갈등으로 마당을 떠나야 하는 운명에 처해졌지만 잎싹은 결코 희망을 버리지 않았습니다.

　　　　　　　　　　　　　　　　　　　죽고 싶어질 때

어느 날 잎싹을 대변해 주던 나그네 청둥오리마저 뽀얀 오리와 함께 사라지자 마당을 나온 암탉 잎싹은 혼자서 길을 나섭니다. 그런데 찔레 가시덤불 쪽에서 외마디 비명소리가 들려옵니다. 그리고 우연히 가시덤불 속에서 발견한 따뜻한 알 하나. 잎싹의 꿈은 그렇게 이루어졌습니다. 드디어 알을 품을 기회가 잎싹에게 주어진 것입니다. 그때 갑자기 사라졌던 나그네가 잎싹의 앞에 나타납니다. 그리고 나그네는 알을 품고 있는 동안 잎싹을 보살펴주는데, 결국 알이 부화하기 얼마 전에 족제비에게 몸을 던지게 됩니다. 그는 알에서 곧 부화할 아기와 잎싹의 안전을 위해 당분간이나마 족제비의 배를 채워주기로 맘을 먹고 족제비에게 잡아먹힌 것입니다.

그리고 태어난 오리. 오리를 사랑으로 키우는 암탉 잎싹. 나그네가 저수지로 가라고 했지만 잎싹은 자신이 품은 아기를 보여주고 싶은 마음에 마당을 찾게 됩니다. 그러나 그들을 맞는 것은 존경심이나 경외심도 아닌 외로움과 조롱과 멸시, 그리고 따돌림. 결국 그들은 마당을 떠나 저수지로 가게 되고 그곳에서 새로운 생활을 하게 됩니다. 족제비의 공포에서 벗어나지 못한 채로 하루하루를 불안함 속에서 살던 그들은 그 모든 고난을 이겨냅니다. 비로소 아기 오리(초록머리)는 멋진 청둥오리로 자라서 헤엄도 치고 날 수 있게 되어 겨울을 맞아 그곳에 찾아든 청둥오리 떼와 함께할 수 있게 됩니다.

겨울이 지날 무렵 초록머리는 일행과 함께 잎싹을 떠나게 됩니다. 초록머리를 잘 키운 잎싹은 자신이 할 일을 다 했다고 생각하며 자신의 죽음을 준비합니다. 그 죽음은 바로 어미가 된 족제비를 위해 또 다른 생명을 키우는 매개체 역할을 하는 것입니다. 잎싹은 내리는 눈을 보며 아카시아 꽃잎이 내리는 거라 여기며 행복한 죽음을 맞이합니다.

이 영화에서 보여준 모성애는 남달랐습니다. 자기가 낳지 않았으면서도 베풀었던 모성애. 새로운 생명인 족제비의 아기들을 위한 거름이 되어 주기 위해 자신을 희생하는 그 모습. 잎싹은 자신의 희망을 끝내 저버리지 않고 꿈을 펼쳤고 자신의 결정에 후회 없이 행동함으로써 자신의 삶의 진정한 주인공으로 살다 갑니다.

폐계임에도 불구하고 정성을 다하고 최선을 다하는 잎싹의 마음과, 희망을 놓지 않고 꿈을 이룬 모습 속에서 저는 제 아내의 강인함을 다시 보게 됩니다. 다리가 없는 저를 용서하고 삶의 죽음의 고비에서 자신을 희생해가며 저를 돌보고 가정을 지키던 내 아내를….

제5부

인생의 또 한 번의
위기 속에서

두 번째 자살 시도

  부인이 생기고 아들들이 차례로 나오는 겹경사가 생겼습니다. 이제는 과거 죽음과의 사투를 벌였던 사실들마저 추억으로 남아있을 때였습니다. 그때를 생각하면 웃음이 나옵니다. 다시는 죽을 맘도 죽을 일도 없겠구나 싶었습니다. 가정을 꾸리자 돈을 모아야겠다고 욕심을 부렸고, 지금 젊은 세대와 마찬가지로 임금과 대우가 좋은 곳이라면 두 손 털고 일어섰습니다. 하지만 사회생활은 녹록치 않았습니다. 저를 병신으로 바라보는 시선이 느껴져 참을 수가 없었습니다. 자연히 저는 주장이 강했고 일이 안 풀리거나 협조가 잘 안되면 큰 소리로 따지거나 욕심을 부려 직장동료들과 불화가 잦았습니다. 제 주장이 관철되지 않거나 상황이 꼬이면 저는 저 자신보다 남탓을 많이 했습니다.

'나는 이 정도로 열심인데 저 사람들은 욕심도 없나.'

점점 사람들 사이에서 왕따를 당했습니다. 지금 생각하면 저 자신이 먼저 소통을 하고 사람을 이해하고 대했으면 될 일을 저는 항상 일을 독단적으로 처리하고 고함을 질러댔으니 다른 직장동료들이 업무협조를 할 수 없었을 것입니다. 사회에 적응 못 하고 쥐꼬리만 한 월급으로 사는 것보다 내 돈 벌면서 눈치 보지 않고 살고 싶어졌습니다. 가족이 생긴 제게 또 다른 인생의 전환점이 필요했습니다.

'남 밑에서는 도저히 일 못 하겠다. 내 사업을 꾸리자.'

기술만큼은 자신 있었기에 새 삶을 꾸리는 것에 두려움은 없었습니다. 문제는 자금이었는데 보훈청에서 대출을 받아 안양에 카센터를 차렸습니다. 자동차가 늘어나던 당시 기술자는 많지 않았지만 저는 자동차의 세부정비까지 잘 알고 있기에 제 카센터는 입소문을 타고 제법 많은 손님이 들었습니다. 자연히 1급 정비소에서 하는 일까지 맡았습니다. 해서는 안 되는 일도 있었지만 좀 해달라며 애원하는 단골고객을 무시할 수는 없습니다.

"옳다구나, 드디어 김진황의 시대가 왔구나!"

대출금을 더 끌어들여 카센터를 확장했습니다. 좀 더 넓은 곳으로 가게를 이전해도 성공할 확신이 있었습니다. 한 번 배워놓은 기술은 도망가지 않고, 단골고객도 많이 생겼고, 작은 가게를 운영하면서 생긴 나름의 노하우도 있었습니다.

"일 좀 해! 할 일 없어?"

하지만 이상한 일입니다. 장사가 안 되는 것입니다. 직원 월급 주기에도 빠듯한 날들이 반복되었습니다. 자연히 저는 직원들에게 불평을 많이 했습니다. 몇 미터 옮기지도 않았지만 이상하게도 손님들이 뚝 끊기는 게 친절하지 않았나 하는 생각이 들었습니다. 누구는 터가 안 좋니 또 누구는 서비스가 별로니 하는 작은 말조차 민감하게 받아들였습니다. 자연히 죄 없는 직원들만 들들 볶기 시작했고 조금만 게으름 피워도 비위에 거슬려 닦달하기 시작했습니다. 사람 마음이 잘될 때는 여유로웠지만 장사가 안되자 '아이고 이러다가 망하는 거 아니야?'라며 속이 타들어갔습니다. 작은 것 하나에도 미간을 찌푸리고 짜증 내는 일이 많아지자 종업원들의 불만은 커지고 웃음이 사라진 전쟁터가 되었습니다. 경영능력이 전무한 제게 손님이 없다는 사실은 직원 탓이 아니라 저의 탓이지만 당시는 한참 모자란 사장이었습니다.

"뭐 이 새끼야!"

급기야 직원들에게 망치, 몽키, 스패너를 던지면서 대판 싸웠습니다. 싸우는 모습을 보고 손님들의 발길은 더욱 끊겼고 데리고 있는 모든 기술자들이 나갔습니다. 카센터를 재정비하려고 마음먹고 다시 새롭게 시작하려는데 갑자기 신고가 들어왔다며 감사가 들이닥쳤습니다. 싸운 기술자들이 신고했는지 모릅니다. 아니면 다른 억하심정이 있는 사람에게 밉보여서 제게 이런 고난이 주어졌는지 모릅니다.

"판금만 해야지 카인테리어나 정비 공장에서 하는 것을 하면 불법이에요."

제가 가진 기술로 손님이 원하는 것을 해주면 된다고 생각했습니다. 법을 전혀 모르는 것도 아니지만 그 정도 서비스 해준다고 크게 문제가 되지 않을 거라 생각이 들었습니다. 하지만 웬걸…. 여태 쌓아온 공든 탑이 무너졌습니다. 법원과 경찰서를 수시로 왔다 갔다 하며 경위를 설명하였고 가게는 영업정지를 피할 길이 없었습니다. 장부까지 압수해 간 검찰을 이길 방법은 없습니다. 여윳돈으로 사업체를 꾸린 것도 아니어서 대출금은커녕 이자를 내기도 벅찼습니다. 저는 망했습니다.

'인자 어떻게 먹고 살라고….'

하늘이 원망스러웠습니다. 이제 마음잡고 열심히 살아보려 했는데 도와주지 않습니다.

"나 오늘 좀 늦게 들어가. 애들 재우고 있어."

술에 곤죽이 되어 제2한강교로 향했습니다. 두 번째 자살을 시도했습니다. 누가 보면 "참 자살하는 거 좋아하는구나. 삶을 쉽게 포기한다." 하며 욕하겠지만 삶을 다시 지탱하는 것보다 여기서 삶을 마감하면 좋겠단 생각뿐이었습니다.

"다리도 없고 이제 카센터도 못 차리고 내가 할 일이 없다. 나보고 어떻게 살라고 이 세상아!"

죽고 싶어질 때

물에 뛰어들었습니다. 숨이 콱콱 막혀오고 하늘이 노래지기 시작했습니다. 죽으려는 순간입니다. 이번에는 목발도 없이 뛰어든 것이기에 몸의 균형도 잡히지 않아 수영하기도 버거운 순간 누군가 내 목덜미를 잡아챕니다.

"이 미친 인간이 어딜 뛰어들어!"

"이거 놔 이거!"

저를 끄집어낸 사람은 예비역 군인이라고 합니다. 차를 타고 오다가 제가 뛰어든 모습을 보고 뒤따라 와 저를 구해준 귀인이었습니다.

'내 목숨도 나를 버리지 못하는 것인가.'

귀인은 술 한 잔과 회 한 접시를 사주며 저를 달랬습니다. 자기 목숨도 위태로울 텐데 저를 구한 그분은 군인이었기에 제 심정을 잘 헤아렸습니다. 베트남 전쟁으로 다리를 잃은 저를 아기 다루듯 달래주며 삶을 지탱하라고 용기를 북돋아줬습니다. 하도 고마워 이름을 물었지만 그분은 "응당 할 일을 할 뿐입니다."라며 답하기를 거부했습니다. 물에 빠진 생쥐로 집에 들어가면서 눈물이 뚝뚝 떨어졌습니다. 집에 들어서자 아내가 눈을 비비며 나왔습니다.

"아니 왜 이리 젖었어요!"

깜짝 놀라 묻는 아내를 뒤로한 채 방으로 들어갔습니다. 잠옷으로 갈아입고 아이들이 자는 모습을 봤습니다. 아내는 제 어깨를 감싸주며 "애들 참 귀엽지 않아요? 여보. 우리 뭐든 다시 해봐요."

저는 이제야 어른이 되었음을 느낍니다. 참회의 눈물을 쏟으며 무릎을 꿇고 아이들 앞에서, 세상 앞에서 용서를 구합니다. 난생 처음으로 기도를 해봅니다.

"하느님, 아니 절대자님, 예수님. 저를 용서해주소서. 삶이 끝나는 순간까지 용서를 구하며 살 것입니다."

두 번의 자살시도를 하며 모든 신에게 처음으로 삶의 용서를 구했습니다. 자책을 하며 살지 마십시오. 삶의 용서를 구하십시오. 자기 탓이라고 여기는 모든 죄악과 허물을 고백하는 순간 다시 삶의 의지는 돌아옵니다.

인생의 자책골을 넣지 마십시오

삶을 사는데 있어 슬럼프가 없는 사람은 없습니다. 슬럼프는 하나의 아픔이 아니라 동시 다발적인 고통의 결과물이 한꺼번에 다가오면서 무기력해지는 증상입니다. 삶을 살다 보면 1년에 한두 번씩은 누구나 슬럼프를 겪습니다. 슬럼프가 오면 한숨을 자주 쉬고 아무것도 하기 싫어지며 누구의 조언과 말도 잘 들리지 않고 자책만 거듭합니다.

청소년기와 청년기를 거치면서 누구나 겪는 슬럼프를 종합해

죽고 싶어질 때

보면 대략 이렇습니다.

공부를 열심히 하는데도 늘 같은 점수가 나와 좌절하고 있진 않나요? 직장을 몇 년 다녔는데 매일 똑같은 일상에서 지겨워지기 시작하진 않나요? 친구의 말이 비수로 꽂혀 슬퍼하고 있진 않나요? 아무리 노력을 해도 원하는 결과물을 얻지 못할 때 당신은 어떻게 하나요? 금전적인 문제로 사회생활에 지장을 초래할 때 당신은 무엇을 하고 있나요?

많은 사람들의 슬럼프 원인을 종합해 보면 돈, 자기만족, 성과, 타인과의 비교로 인해 자신이 초라해지기 시작하는 것이라고 합니다. 이런 슬럼프가 오면 우울증에 빠지기 시작하고 자기도 모르는 사이에 자살충동 증세까지 온다고 하니 정말 무서운 병이 아닐 수 없습니다.

"선생님 저는 슬럼프가 너무 자주 옵니다."

자신만의 방식으로 슬럼프를 이기는 사람도 많지만 반면 너무 자주 슬럼프가 와서 힘들어하는 사람들이 참 많습니다. 젊은이들이 겪는 슬럼프는 다른 세대가 겪는 슬럼프와 달리 수시로 자신에게 찾아오고 뚜렷한 결과물이 나오기 전까지 장기적으로 인생의 독처럼 퍼져 걷잡을 수 없는 상태가 됩니다.

카센터를 운영하며 실패하자 슬럼프가 왔습니다. 돈의 부채에 시달렸고, 대인기피증이 생겼으며, 자연히 다시금 떨어질 수밖에 없는 구렁텅이에 빠졌습니다. 하지만 두 번째 자살 시도 후 살아나면서 제가 깨달은 점은 일상에 대한 행복이었고, 그것을 하나둘씩 찾기 시작하자 삶은 다시 꿈틀거리며 재기하기 시작했습니다.

슬럼프란 사계절이 반복되는 것처럼 자연이 주는 선물일 수도 있습니다. 자신도 모르는 사이 지나치게 과속하던 생활에 잠시 멈춤을 제공하는 기회로 생각하는 여유가 필요합니다. 보통의 젊은이들은 기업체 시험이 끝난 직후나 뭔가 놓치고 살아가는 듯한 느낌이 들면 허전해 견딜 수 없어 합니다. 그동안 자신이 내렸던 결정들에 대해 다시 한 번 생각해 봐도 되돌릴 수 없는 시간에 머리 아파하고 막막한 앞날을 생각하며 방황합니다.

인생의 슬럼프가 올 적엔 하던 모든 일을 멈추고 다시 한 번 생각해보길 바랍니다. '이럴 때도 있는 거지. 나는 상당히 긍정적인 사람이야.'라고 후회하지 않고 닥친 상황을 좋게 받아들이려면 마음을 다잡아야 합니다. 다가올 목표를 생각하고 지금 바로 이루지 못할 원대한 목표는 잠시 미루어도 좋습니다. 당장 할 수 있는 것만 실천하기 바랍니다.

두 번째 자살시도 후 겪었던 아픔과 슬럼프를 나는 다음과 같이 극복했습니다.

첫째, 생활 속도를 바꿉니다. 좀 느리게. 사실 나는 빠르게 하려는 편인데 그게 잘 되지 않습니다. 꼭 해야 할 일과 시급한 일은 얼른 해버리고 사소한 일들은 뒤로 미룬 뒤 찬찬히 생각해 보았습니다. 카센터를 다시 팔고 빚을 청산했습니다. 앞으로 할 일을 조목조

죽고 싶어질 때

목 적고 구현되지 않을 허황된 꿈은 과감히 삭제했습니다. 적은 종이는 혼자 볼 수 있게 간직했습니다. 일기장에 붙여두고 나중에 보면 참 웃깁니다. 우리가 중요하다고 생각하는 것들은 시간이 흐르고 나면 별것 아닌 일들이 되어있는 경우가 있습니다. 하지만 그 안에서의 과정들은 본인을 더욱 단단하게 만들어 줍니다.

둘째, 혼자 돌아다녀 봐야 합니다. 친구들이랑 이야기를 하며 풀어나가는 방법도 있겠지만 개인적인 시간을 마련하여 내면의 세계를 다듬는 기회로 사용합시다. 책을 살 수도 있고 옷을 살 수도 있고 평소 시도해보지 않았던 일을 해보는 것이 도움이 됩니다. 평소엔 잘 안 읽는 좀 비실용적인 색다른 책을 고른다거나 대형 서점을 돌아다니면서 책을 구경하는 것도 좋습니다. 인생을 살고 동반자가 생겨도 혼자 돌아다니며 자신을 가다듬는 시간이 필요합니다. 슬럼프는 결국 자기 스스로 극복해야 하는 병마이기 때문입니다.

셋째, 몸을 움직입시다. 슬럼프가 오면 그냥 앉아서 기다리는 방법보다는 몸을 적극적으로 움직여서 지푸라기라도 붙잡아야 합니다. 저는 한쪽 다리가 없고 걸음도 무척 느리지만 슬럼프에 빠졌을 때는 빨리 걷는 것이 도움이 되었습니다. 빨리 걸으면 신체적으로 액티브해져서 유쾌해지고 정신적으로나 심리적으로 원기회복이 빠르다고 합니다.

넷째, 따뜻한 물로 목욕합시다. 나는 반신욕을 몹시 좋아라 하는데 특히 일상을 마친 밤에는 욕조에 누워 책을 읽는 시간이 가장 즐겁습니다. 욕조가 없는 곳에 사는 자취생이라면 세숫대야에 물을 받고 발을 담가 봅시다. 주책이다 생각할지는 모르지만 기분은 무척 좋아집니다. 반신욕은 항상 기분을 좋게 합니다. 이유를 생각하지 말고 따뜻한 물에 몸을 맡겨 봅시다. 몸만 맡길 뿐 아니라 잠시 뇌를 쉬게 하면서 놓치는 부분을 메모해 보면 어떨까요. 정신력이 다듬어져 오감이 다시 살아날 것입니다.

다섯째, 자신에게 휴식을 선물합시다. 멍하니 앉아도 보고 바쁠 때 하지 못한 취미도 가져봅시다. 가장 좋은 취미는 화분을 길러 보는 것입니다. 인간과 달리 식물은 정성을 준 만큼 성장으로 보답합니다. 가장 편한 자세로 가장 편한 옷을 입고 그동안 바쁘게 뛰어온 자신에게 휴식을 제공하는 것만큼 좋은 방법은 없습니다. 휴식을 취할 때 부정적인 생각은 금물입니다. 그렇게 힘들게 바쁘게 살아온 것도 아닌데 왜 이딴 슬럼프인가 할지도 모르지만 여유를 가지고 시간을 갖다 보면 슬럼프를 삶의 필수적인 부분으로 인정하게 됩니다. 슬럼프를 통해 한층 업그레이드된다면 다시 오는 슬럼프는 완벽한 면역체계를 갖춘 채 맞이할 수 있습니다.

아내와의 대화

"당신은 언제 철이 들어요?"

결혼 후 아내는 내게 따끔하게 핀잔을 주었습니다. 저의 사춘기는 아직 끝나지 않았습니다. 베트남에서 생사를 넘나들고 한강에 뛰어들 때도 인생의 미련이 남았는지 살아나게 되었지만 결혼 후에도 아내에게 제 마음을 숨긴 채 망나니처럼 날뛰었습니다.

아내는 자주 대화를 시도했습니다. 서른 갓 넘은 저는 생의 미련이 남지 않았습니다. 그저 목숨을 부여잡고 결혼의 올가미 속에 아내 때문에 겨우 사는 파리 목숨이라는 생각을 했습니다.

"나 죽으면 저 여자도 편하겠지."

나이 들어 생각해보면 참 어리석은 생각이지만 저는 결혼을 하고 잘나가던 자동차 정비회사가 망하자 물 마시듯 술을 들이부으며 혼자 이런 생각을 했습니다. 어느 날은 술을 들이붓다 기억을 잃었습니다.

"하마터면 죽을 뻔했습니다. 남편분이 도로에서 역주행을 했습니다. 저희가 막지 못했다면 이미 저세상 사람입니다. 라이트도 켜지 않았어요."

당시 아내는 둘째를 가진 만삭의 몸이었지만 다리 한쪽 잃고 사업에 망한 제 인생이 너무나 고달팠나 봅니다. 죽으려고 작정하며 술을 마시며 역주행까지 했는데 살아있다니…. 참 목숨이 질기다는 생각마저 듭니다. 하느님께서 이 다리병신을 불쌍히 여기셨나 봅니다. 술이 깨자 아내는 저를 베란다로 부릅니다. 거실로 나가 베란다로 향하자 의자 두 개가 베란다에 놓여 있었습니다.

"여기 앉아 봐요."

아내는 저를 의자에 앉힙니다. 한 방울의 눈물이 아내의 뺨을 타고 흘렀습니다.

"저기 저 하루 저무는 해를 봐요. 아름답지 않나요?"

아내가 가리키는 해를 보았습니다. 날마다 차를 타고 오면서 저무는 해를 보는 것과는 다릅니다. 붉은 먹물이 세상을 적시고 있었습니다. 창에 비친 아내와 저는 잠시 그 저무는 해를 보며 아무 말 없이 앉아 있습니다. 아내는 잔소리꾼이지만 이상하게 두 시간이 흐르고 세 시간이 흘러도 아무 말이 없었습니다.

"왜 그래? 아무 말도 없이."

하늘에 초승달이 예쁘게 걸리자 아내는 달을 보며 속삭입니다.

"왜 날 두고 죽으려고 그래요."

아내는 작정하고 제 마음속에 있는 이야기를 끄집어내려고 하는 듯했습니다. 그 자리가 무척 불편하게 느껴졌습니다. 담배를 입에 물고 자리를 뜨려하자 "여기서 피워요."라며 담배연기를 싫어하는 아내가 옆에서 담배를 피우라고 권하기까지 합니다.

'이 여자가 작정을 했구나.'

저는 제 속마음을 아내에게 말할 수 없었습니다. 결혼한 지 몇 년이 지났지만 제 마음속 깊이 박힌 상처를 아내에게 말하면 분명

   죽고 싶어질 때

가슴 아파할 아내가 눈에 보입니다. 혼자 고통을 감내하면 감내했지 저의 추한 모습을 아내에게 보일 수 없습니다. 잠시 후 아내는 자리를 뜹니다. 그제야 저는 담배에 불을 붙이고 연기를 흠뻑 들이키고는 크게 한 숨을 내뱉습니다. 담배를 입에 물고 연기를 더 빨리 내뿜습니다. 평소라면 한 열 번 넘게 빨릴 담배가 다섯 번도 안 되어 꽁초가 돼버렸습니다. 이윽고 아내가 돌아옵니다. 아내는 쟁반에 소주 한 병과 마른 오징어를 가지고 왔습니다.

"여보 술한잔 합시다."

술을 입에 잘 대지 않던 아내가 먼저 술잔을 가득 따라 자작을 합니다. 술잔을 제게 내밉니다. 따라주는 술잔을 저 또한 덜컥 원샷으로 마십니다. 그렇게 몇 번 아내와 저는 같은 술잔으로 술을 기울였습니다.

"여보 같은 술잔으로 술 마시는 기분이 어때요?"

"뭐가 어쩌긴 어째 그냥 소주지."

"부부니까 이렇게 같은 술잔을 주고받는 게 아니겠어요?"

아내는 다시 눈물 한 방울이 뺨으로 흐릅니다. '그만 울어. 나 당신 사랑해. 나 때문에 마음 아파하지 마'라고 가슴은 이미 울고 있습니다. 다시 30여 분, 아내는 말을 하지 않고 달을 보고 있었습니다. 달빛에 비친 아내를 보았습니다. 곱디고운 얼굴을 한 그녀를 보고 있자니 더 이상 내 마음을 숨길 수 없었습니다.

"여보 나 죽으면 보상금 꽤 나올 거야."

"그게 무슨 소리예요! 죽긴 누가 죽어요?"

교통사고로 죽으면 보험금이 나올 것이고 또 국가 보훈청에서 나오는 연금도 꽤 될 듯합니다. 식구 하나, 사고뭉치인 저 하나 없어지면 아내는 다른 남자와 재혼해서 지금의 아이들과 행복하게 살 수 있을 것입니다. 저는 술 한 잔 더 들이키며 제 마음을 아내에게 고백했습니다. 나로 인해 고통받는 가족들을 볼 수 없다고. 나에게 속아 결혼한 당신을 보고 있자니 자존심이 상해 견딜 수 없다고. 또 어떻게든 살아보겠노라고 다짐했지만 인생이 뜻대로 안 살아진다고 말입니다. 제 눈에서 눈물이 펑펑 쏟아졌습니다. 아내는 손수건으로 제 눈을 닦아줍니다.

"당신 죽으면 저도 같이 죽을 거예요."

"그게 무슨 소리야!"

"우리는 부부잖아요."

"나 죽으면 다리병신 신경 안 써도 되고 사지 멀쩡한 남자 만나 재혼할 수 있어. 당신 고생시키면서 내가 살아있는 게 너무 힘들어."

"전 당신 없으면 못 살아요. 당신 몸은 혼자만의 몸이 아니에요. 당신과 결혼한 순간부터 전 당신만을 믿고 살아왔어요. 제가 당신 말고 다른 남자를 어떻게 사랑할 수 있으며 당신 말고 어떤 인생의 희망을 품고 살 수 있겠어요. 당신은 제게 이미 제 인생의 전부에요."

아내의 말이 귓가를 울립니다. 아내는 나보다 더 훌륭한 인격체이고 강인한 성격을 지닌 신사임당 같은 사람이라는 생각이 들었습니다. 아내에게 나의 찌질한 생각을 다 고백했습니다. 아내는 왜 이제야 이런 이야기를 털어놓느냐며 목 놓아 웁니다. 한참을 그렇게 둘은 웁니다. 모든 것을 털어놓으니 마음이 편해졌습니다.

그날 아내와의 베란다 토크가 없었다면 저는 또 한 번 죽었을 운명입니다. 그날 이후 저는 다시는 죽을 일을 꾸미지도 만들지도 않았습니다. 어려운 일이 닥치면 항상 아내와 상의하고 아내에게 묻고 아내와 인생의 희로애락을 누리기로 마음먹었습니다.

당신의 인생이 고달프고 애달프고 죽을 듯이 힘들 때는 혼자 마음속에 삭히지 말고 누구에게라도 좋으니 털어놓으시기 바랍니다. 어쩌면 이야기를 듣는 사람이 세상에서 가장 훌륭한 대답으로 당신의 고민을 해결해 줄지도 모릅니다. 인생은 혼자 사는 것이 아닙니다. 누군가에게 털어놓는 순간 당신의 인생은 행복해집니다.

여러분의 친구는
몇 명입니까?

　다시 한 번 죽을 고비를 넘기고 강단에 서기까지 오랜 시간이 걸렸지만 인생의 좋은 깨달음을 얻었습니다. 우리에게, 또 힘들어하는 젊은이에게 필요한 것은 스펙도, 경험도, 좋은 직장도 아닌 바로 진짜 친구입니다. 여러분의 진짜 친구는 몇 명입니까?

　친구란 무엇일까요? 친구의 사전적 정의를 보면 이렇습니다. '가깝게 오래 사귄 사람.' 과거부터 친구와의 우정을 소중히 여기며 전해 내려오는 다양한 문구들은 참 많습니다. "친구는 옛 친구가 좋고 옷은 새 옷이 좋다.(친구는 오래 사귄 친구일수록 정이 두텁고 깊어서 좋다는 말)" "친구 따라 강남 간다.(자기는 하고 싶지 아니하나 남에게 끌려서 덩달아 하게 됨을 이르는 말)" 여러분이 만나는 친구는 위 문구들처럼 정이 두터운 사람입니까? 아니면 자신을 달콤한 말로 꼬드기며 올바르지 않은 길을 함께 가자고 강요하는 친구입니까? 우리는 이제 '평생친구인증서'란 계약으로 친구를 사귀어야 할지도 모릅니다.

　제가 강의를 나가면서 사람들에게 가장 많이 묻는 질문이 있습니다.

　"여러분. 여러분이 죽을 만큼 힘들어서 혹은 여러분이 죽을 순

　　　　　　　　　　　　　　　　　　죽고 싶어질 때

간을 앞두고 있으면 찾아 올 친구는 몇 명입니까.”

개개인에게 다시 묻습니다. 사람들은 선뜻 말을 하지 못합니다. 회사에서 혹은 여러분이 활동하는 사회단체에서 여러분과 사람들은 모두 계약으로 맺어져 있습니다. 계약으로 이루어진 관계는 영원하지 않습니다. 오래 지속될 수도 있지만 결국은 끝이 나는 관계로 계약기간이 끝남과 동시에 서로 남이 됩니다.

남자와 여자의 관계는 어떻습니까? 남자는 여자에게 고백하고 여자는 그 프로포즈를 받아줍니다. 미인이란 노래에서 “한 번 보고 두 번 보고 자꾸만 보고 싶네.”란 말처럼 둘은 서로가 궁금해져 못 견디고 만나면 사랑을 나눕니다. 서로는 자신들의 비밀을 터놓으며 세상에서 나만을 믿으라고 말합니다. 어느새 시간이 흘러 1년이 되고 2년이 되자 둘의 관계가 소원해지기 시작합니다. 성격 차이, 능력 차이, 취향 차이 등 여러 핑계를 대며 둘은 헤어집니다. 물론 헤어져도 친구처럼 지내는 경우도 간혹 있지만 대부분의 경우는 친구보다 못한 사이가 되어 버립니다.

20대의 대부분을 보내는 대학교에서의 친구는 또 어떻습니까? 1학년 때 만난 친구들은 군대를 가며 뿔뿔이 흩어집니다. 복학하면 본격적인 학점전쟁이 시작됩니다. 영어 공부한다고 스터디를 하며 필요에 의해 만납니다. 각종 모임 속에서 간혹 진짜 친구를 사귈 수 있는 경우도 있지만 대부분은 어떠한 목표를 충족시키면 각자의 삶으로 돌아가기 마련입니다. 졸업반의 경우는 어떻습니까? 많은 시간을 스펙을 쌓고 각종 자격증을 몰아 따며 시간을 보냅니다. 회사에 취직하지 못하는 학생들은 혼자 밥을 먹고 많은 친구들과 연락을 끊습니다. 공무원을 준비하며 친해지는 친구들은 합격의 여부에 따라 남남이 되어버립니다.

여러분. 젊은 여러분. 친구를 사귀기는 하는 겁니까? 공부를 하다 힘들 때 고민하고 방황하는 20대 때 가끔은 맥주 한잔 기울일 친구가 필요할 때 당신은 혹시 혼자 술을 먹으며 괴로워하지 않습니까? 지금의 사례들처럼 인간과 인간의 관계는 점점 계약으로 맺어지고 있습니다. 뚜렷한 목표가 있어야 만나고 뚜렷한 목표가 없으면 간혹 경조사에 얼굴을 비추는 정도가 친구의 본분으로 변하고 있습니다.

당신이 정말 힘들 때 부모마저 돌아가시고 안 계시면 당신은 누구와 인생을 보낼 것입니까? 친구들은 결혼해 아이를 돌본다고 바쁠 때 당신은 그제야 과거를 후회하고 친구를 찾겠습니까? 그때는 이미 자신이 오래전부터 혼자였다는 것을 깨닫는 순간밖에 되지 않습니다.

진짜 친구와 그냥 친구의 구별법은 다음과 같다고 합니다.

그냥 친구는 당신이 우는 걸 본 적이 없습니다.
하지만 진짜 친구는 이미 어깨가 당신의 눈물로 적셔져 있지요.

그냥 친구는 당신 부모님의 성함을 모릅니다.
하지만 진짜 친구는 주소록에 당신 부모님의 전화번호까지 가지고 있지요.

　　　　　　　　　　　　　　　　　　　죽고 싶어질 때

그냥 친구는 당신이 파티를 열 때 와인 한 병을 사가지고 옵니다.

하지만 진짜 친구는 당신이 파티를 열 때 빨리 와서 준비를 도와주고, 파티가 끝나면 치우는 거 도와주느라 집에 늦게 들어가지요.

그냥 친구는 당신이 밤늦게 자기가 다 잠들어 있을 때 전화하면 싫어하면서 짜증을 냅니다.

하지만 진짜 친구는 짜증은커녕 전화하는데 왜 이렇게 오래 걸렸냐고 묻지요.

그냥 친구는 당신의 문제들에 대해서 얘기하고자 합니다.

하지만 진짜 친구는 당신의 문제들에 대해서 도와주고자 하지요.

그냥 친구는 당신과 실랑이를 벌였을 때 우정은 끝났다고 생각합니다.

하지만 진짜 친구는 나중에 전화를 해서 먼저 사과를 하지요.

그냥 친구는 항상 당신이 자신 옆에 있어주길 바랍니다.

하지만 진짜 친구는 자신이 당신 옆에 있어주기를 바라지요.

우스갯소리 같지만 그냥 무시할 수 없는 내용들이 참 많습니다. 위 내용처럼 자신의 모든 것을 포기하고 당신이 힘들 때 달려오는 친구 한두 명만 있어도 당신의 삶은 성공한 것입니다. 인생의 중요한 시기를 보내는 청년 여러분. 공부도 중요하고 취업도 중요합니

다. 하지만 더욱 중요한 것은 당신이 올바른 길을 갈 때 더욱 응원
해주고 당신이 올바르지 않은 길을 갈 때는 따끔하게 충고하는 친
구가 더 필요하다고 생각합니다. 당신이 누군가에게 자신의 마음을
담은 문자를 보낼 때 답장은 두 부류로 나뉠 수 있습니다.

A : 꼴값 떨고 있네. 좀 있다 맥주나 한잔해.

B : 번호가 초기화 돼서요. 누구세요?

진짜 친구는 A처럼 친절하지 않습니다. 이미 당신이 정의하지
않아도 서로 친구이기 때문입니다. 자신이 친구를 찾지 않으면 B처
럼 당신은 잊힌 친구가 될 것입니다.

시한부 선고

"병이 이 정도 진행되었는데 왜 이제야 왔죠?"

"의사 선생님 무슨 병이에요? 제가 죽기라도 한답니까?"

"어쩌면 의학적으로 힘들 수도 있습니다."

"…."

죽음의 선고를 받았습니다. 의사선생님은 제가 6개월을 넘기지
못한다고 합니다. 후회가 몰려왔습니다. 그동안 일 끝나면 술로 보
낸 세월들…. 하루에 한 갑 이상씩 꼬박 피운 담배들이 제 목숨을
죄어오는 것을 죽음이 다가와서야 알았습니다. 2번의 자살시도를

　　　　　　　　　　　　　죽고 싶어질 때

할 때도 이렇게 초조하지 않았습니다. 지금은 정신 차리고 정말 가족을 위해 제 꿈을 위해 열심히 살고 있는데 하느님이 있다면 정말 야속한 분입니다.

"의사 선생님. 이 사람 좀 살려주이소. 이 사람 불쌍합니다. 다리도 하나 없는데….”

"이러지 마라. 쪽팔리게.”

1999년 IMF로 나라가 뒤숭숭한 그 시절, 겨우 렌터카 회사를 운영하며 인생의 성공을 향해 나아갔지만 제 몸속에는 커다란 병마가 자리하고 있었습니다.

"만성 지방간, 고혈압, 당뇨에 합병증까지…. 솔직히 장담을 못하겠습니다. 당뇨 하나도 완치가 힘든 병입니다. 일단은 병을 키우지 않는 게 중요합니다. 약물치료와 운동, 식이요법을 병행합시다. 반드시 낫겠다는 각오를 다지세요. 제 지시를 하나라도 어기면 큰일 납니다.”

평소에 뒷골이 뻣뻣하고 기운이 없었지만 과로한 탓이라고 스스로 기만한 죄입니다. 병을 키우지 말고 건강검진을 받았어야 했는데…. ‘당뇨, 지방간, 고혈압, 합병증’ 등의 병명을 줄줄이 늘어놓았습니다. 남들은 하나도 걸리기 힘든 병을 저는 3개나 안고 있습니다. 이젠 죽을 날만 기다려야 하나 봅니다. 의사는 일단 통원치료를 하면서 상황을 지켜보자고 했습니다.

그날로 렌터카 회사 사장은 초라한 환자복을 입고 병마와 싸우는 인간이 되어가고 있습니다. 서울기획만 생각하면 한숨이 절로 나왔습니다. 눈물과 좌절을 이겨내며 키워온 회사인데…. 앞날이 캄캄합니다. 건강회복에 전념하자니 당장 일을 할 수 없고, 그렇다고 회사를 누구에게 맡기거나 팔 수는 없습니다. 아들들이라도 크면 회사를 맡길 텐데 이제 사춘기를 보내는 아들들이 회사를 맡을 리는 만무합니다.

손 놓고 하늘만 바라보고 있었습니다. 회사를 정리하든지 내 삶을 정리하든지 둘 중에 하나를 선택해야 할 때입니다. 사업을 하는 사람들은 잘 알겠지만 벌어들인 돈은 다시 회사를 위해 투자해야 합니다. 제 수중에는 이 병마와 싸울 만한 돈도 없습니다. 절망의 그림자가 제게 다가오고 있었습니다.

"여보 나 그냥 죽어버릴까?"

"무슨 소리에요! 그까짓 일로 싸워보지도 않고 죽는다뇨?"

강한 여자였습니다. 처음부터 저만 바라보고 사는 여자였고 오래 살다 보니 참 강한 사람으로 변해 있었습니다.

"내가 회사를 한번 운영해 볼게요."

"당신이? 그게 말이 돼?"

"왜 말이 안 돼요? 지금 여자라고 깔보는 거예요?"

아내는 자신의 꿈이 사장님이 되는 거라는 농담까지 하며 회사를 맡아보겠다고 자신합니다. 그리고는 어디선가 큰 상자를 꺼내 제 앞으로 가져옵니다.

"그게 뭔가?"

죽고 싶어질 때

"당신이 제게 매년 준 금붙이, 은붙이, 다이아몬드예요."

생각해 보니 다리병신인 저와 결혼해준 아내가 고마워 매년 결혼기념일에 맞춰 비싼 폐물을 사왔습니다. 그동안 이렇게 다 모을 줄은 꿈에도 몰랐습니다.

"여보 이거 팝시다. 이거 팔면 당신 병원비는 충분히 마련될 거예요."

"됐어! 아깝게 그게 모두 얼마인데….'

"당신이 없으면 이까짓 거 제게 하나도 필요 없어요. 전 당신 하나만 있으면 돼요."

누군가 나를 한없이 사랑해준다는 사실에 가슴이 벅차올랐습니다. 눈물이 흐릅니다. 남자는 태어나서 세 번 운다고 하지만 철없는 저는 아내 때문에 운 일이 너무나 많습니다. 제 심장은 하나지만 그 심장의 반쪽은 아내의 것과 같습니다. 아내는 저와 항상 함께 뛰고 숨 쉬는 사람입니다.

종종 회사에 나와 기사들을 챙기던 아내였습니다. 그래도 미심쩍었습니다. 평생 사회생활이라고는 한 번도 해본 적 없는 사람에게 회사 경영을 맡기기란 쉬운 선택이 아니었습니다. 그러나 달리 방법이 없었습니다. 단, 매일 경과보고를 하라는 조건으로 서울기획을 맡겼습니다. 며칠 후였습니다.

"앞으로 장애인 기사님들한테서도 건당 수임료를 3,000원씩 받기로 했어요. 제가 말씀드렸더니 아저씨들도 '당연히 내야지요. 진

죽고 싶어질 때

작부터 그러셨어야 했는데….' 하시더라고요."

서울기획이란 렌터카 회사를 차릴 때입니다. 제가 아는 것은 자동차밖에 없습니다. 정비회사를 다시 할 수 없어 좌절할 때 저는 렌터카 회사를 차려 재기를 도모했습니다. 회사를 차렸지만 좋은 직원을 구하는 일은 쉽지 않습니다. 그때 당시 장애인 취업률은 바닥을 기는 정도의 수준이 대한민국의 현실이었습니다.

'저들을 뽑아야겠어. 장애인들이 운전을 못한다는 것은 편견이야.'

장애인들을 돕고 싶었습니다. 선천적으로 장애를 가지고 태어난 사람도 있고 저 같이 전쟁터나 다른 이유로 후천적인 장애를 얻는 사람도 있습니다. 제가 직접 경험해 보니 운전은 장애가 있어도 충분히 가능하다는 판단이 섰습니다. 그래서 장애인재활협회에 연락을 취해 운전할 수 있는 장애인들을 모았습니다. '장애인이 운전하는 서울기획'은 그렇게 탄생했습니다. 당시 저는 장애인분들에게는 흔쾌히 수임료를 받지 않기로 결정했습니다. 돈보다는 사람이 더 소중했고 무엇보다 저와 같은 장애를 가진 사람들의 조그마한 희망이라도 되고 싶은 마음이 있었기 때문입니다. 그런 분들이 수임료를 내가며 제 치료를 돕는다고 하니 또 코끝이 찡해졌습니다. 경영인으로서 직원에게 도움을 받다니…. 저는 세상에서 가장 훌륭한 직원들을 고용한 CEO입니다.

인생은 롤러코스터와 같습니다. 한순간 잘나가다가도 한순간 나자빠지는 게 인생입니다. 인생의 최악의 순간, 저를 돕겠다는 10

명의 따스한 손길을 통해 깨달은 게 있습니다. 삶은 결코 혼자 사는 것이 아니라는 사실을 말이지요. 주위 사람들에게 조그만 도움이라도 먼저 손을 내미세요. 언제 그 사람들이 당신에게 손을 내밀지는 아무도 모르는 법입니다.

아내의 말을 들으면서 아무 말도 하지 못했습니다. 그들에게서 수임료를 받아야 할 정도로 궁지에 몰렸나 싶었습니다. 하지만 반기며 받아들였다니 고마웠습니다.

'이번에는 헛살지 않았구나.'

가장 훌륭한 아내와 직원들이 곁에 있으니 이제 저는 병마와 싸우는 일만 남았습니다. 하루 빨리 병을 이기고 일터로 복귀해야 합니다. 얼마나 오래 걸릴지 또 중간에 쓰러져서 못 일어날지 모르는 일입니다. 병마를 이기는 것은 병마를 얻는 것보다 몇 십 배는 어려운 일이란 걸 그때는 잘 몰랐습니다.

'내 몸은 홀몸이 아니다. 내게는 직원들과 사랑하는 아내와 아들들이 있다. 아직 죽을 때가 아니다.'

자살에 실패할 때도 또 병마를 얻을 때도 느끼는 바가 있습니다. 내 몸은 절대 혼자 결정하는 입학원서가 아니란 사실입니다.

죽고 싶어질 때

당신 곁에 아무도 없다면
인생은 실패한 것입니다

다음은 50억 원대의 재산을 가진 사람이 노숙자가 된 사연입니다.

거리에서 자고 있는 노숙자가 숨은 재력가라면? 영화에서나 볼 법한 사연이 인천에서 일어났다.

지난달 31일 인천중부경찰서에 신고 한 건이 접수됐다. "누군가 내 가방을 가져갔다."는 내용이었다. 범인은 금세 잡혔다.

기막힌 사연은 경찰이 절도 사건을 조사하면서 드러났다. A씨(51)가 되찾은 가방에서 1,000만 원대 현금과 고급 금장 시계가 발견된 것. 이를 수상히 여긴 경찰은 A씨를 추궁했고, 결국 A씨는 남에게 알리지 않았던 자신의 비밀을 털어놨다.

경찰에 따르면 A씨는 부모에게서 재산 수십억 원을 물려받았다. 사실 확인을 위해 경찰은 A씨가 거래하는 은행 지점에 연락해 계좌 내용까지 확인했다.

확인 결과 A씨가 한 달에 받는 이자는 1,000만 원이 넘었다. 현 금융권 이율을 고려할 때 은행에 들어 있을 원금은 수십억 원으로 추정된다.

남부러울 것 없는 A씨는 왜 스스로 노숙자가 되었을까. 미혼인 A씨는 세상살이에 흥미를 느끼지 못하다 지난해 모든 자산을 처분해 은행에 맡긴 뒤 노숙자 생활을 시작한 것으로 알려졌다. 가방을 찾은 뒤에도 A씨는

"나는 밖에서 자는 것이 좋은 사람"이라면서 거리 생활을 계속하고 있는 것으로 알려졌다.

50억 원대의 재산을 가진 자가 혼자 길거리에서 잔다? 정말 기가 막히고 코가 막힐 일입니다. 무엇이 A씨가 세상살이에 흥미를 느끼지 못했을까요? 짐작컨대 A씨는 몸은 부자지만 마음이 가난한 껍데기에 불과한 사람일 것입니다. 밖에서 자는 이유는 또 짐작컨대 세상 돌아가는 모습을 보고 사는 게 수십억 집에서 고급 TV를 보는 것보다 훨씬 흥미 있는 삶이라 생각했을지 모를 일입니다. 참 이해가 안 되는 삶이지만 어느 누구도 나는 저렇게 되지 말란 법은 없습니다.

마음이 부자인 사람은 가난해도 행복합니다. 인생의 목적은 결국 꿈을 이루는 것도 중요하지만 돈을 벌어서 먹고 사는 것을 무시할 수 없습니다. 돈을 벌기 위해 우리는 날마다 출근하고 상사들과 부딪치며 또 수많은 사람들과 전화기를 붙잡고 통화를 합니다. 직장인들이 제게 많은 고민을 털어놓습니다. 많은 사연들이 있지만 정말 안타까운 사연 중 하나는 하루 만에 직장을 잃은 가장의 모습이었습니다. 갈 곳은 없고 아내에게 퇴사했단 말은 하지 못하고 커피숍에 들러 신문과 인터넷을 부여잡고 일자리를 검색하는 데 많은 시간을 쏟습니다. 친구들은 만나자고 연락하면 바쁘다는 핑계가 주된 이유요, 또 가정행사 때문에 만나주질 않습니다. 이 직장인은 세상에서 제일 외로운 사람입니다. 주위에 도움을 구하고 싶어도 고민을 받아주고 들어줄 만한 친구 한 명 없기 때문입니다.

반면 한 직장인은 너무 바빠 시간을 어떻게 하면 효율적으로 쓰고 어떻게 하면 남을 도울 수 있을지 고민하는 사람입니다. 그녀는 대기업을 다니지는 않지만 중소기업을 다니며 주말이면 세상 곳곳을 탐험하고 다닙니다. 많은 경험과 일상을 즐기며 직장에서도 큰 시너지를 발휘하고 꾸준한 성과를 올리는 커리어우먼입니다. 비록 결혼은 하지 않은 30대 후반 싱글이지만 이제는 베풀고 살 생각에 고민이라고 제게 털어놓습니다.

누군가에게 도움을 베풀 궁리를 하는 사람처럼 행복한 사람이 어디 있을까요? 많은 사람들이 자신이 잘되고 돈 많이 버는 것을 인생의 즐거움으로 삽니다. 하지만 조금 돌이켜보면 누군가를 돕는 것이야말로 인생이 풍족해지고 많은 인연을 만들 수 있는 행복이 아닐까요?

"선생님. 저 먹고살기 바쁩니다."

"선생님. 우리 반에 왕따가 있는데 저도 왕따 될까 봐 도울 수가 없어요."

"제가 변변치 않은데 누굴 돕겠습니까."

많은 것을 도우라는 말이 아닙니다. 돕는다는 것의 기준은 절대 물질이 될 수 없습니다. 좀 더 따뜻한 사회를 만들기 위해서, 더 따뜻한 마음으로 세상을 바라보기 위해서 돕는다고 생각해 보는 것은 어떨까요? 가수 이효리 씨는 작은 실천을 통해 '개념 연예인'으로 이미지를 탈바꿈하는 데 성공했습니다.

『'개가 학대를 당하고 있어요' '차도에 돌아다녀요' '개를 주 웠는데 어떻게 해요'라는 멘션이 정말 많이 온다. '어디에 도움을 요청해 보세요' '어디로 연락하세요'라고 마음 놓고 얘기해줄 만한 곳이 없다. 무기력하다. 우리나라 동물 보호단체는 이미 너무 힘들게 많은 일을 하고 있어 여력이 없어 보이고 공공 기관에 보내도 안락사 말곤 별다른 방법이 없다.』

그녀는 동물보호시민단체 '카라(KARA)'의 회원으로 활동하며 직접 유기동물을 입양하는 등 동물 보호 활동에 앞장서고 있습니다. 그녀의 삶의 변화는 표절시비부터 시작되었습니다. 몇 년 전 한 작곡가에게 속아 그녀가 만든 앨범 모두를 정리하고 잠적에 들어간 순간 그녀는 우울증에 걸렸다고 합니다. 그러던 중 우연히 유기견에 관심을 갖고 돕기 시작했으며 자신의 삶 또한 변화하기 시작했다고 고백합니다. 이제는 채식을 주로 하며 밍크코트나 가죽가방을 잘 사지 않을 정도라고 하니 그녀의 진정성을 의심하는 사람들도 이제는 칭찬일색입니다.

작은 실천으로 시작된 이효리 씨의 유기견 사랑은 많은 파급효과를 가져왔습니다. 나 또한 죽음의 문턱에서 장애인 운전수들이 3,000원씩 모아주는 수임료에 큰 도움을 받았습니다. 내가 그들에게 해준 것은 많지 않습니다. 직장을 주고 용돈 정도의 벌이를 안겨

　　　　　　　　　　　　　죽고 싶어질 때

주었지만 그들이 주는 도움은 내 삶에 돈 이상의 든든한 의지가 되었습니다. 당당히 내가 이렇게 당신 주변을 돌아보라는 조언을 건넬 수 있는 것도 다 여러분 삶의 행복을 위한 것입니다.

청소년 중 누군가는 자기 반의 왕따를 보고 마음 아파하는 사람도 있을 것입니다. 지금 조그만 용기를 내어 그 친구를 도와봅시다. 자기가 맞을 게 두려우면 간접적인 경로로 도움을 청해보길 바랍니다. 어쩌면 그 왕따 친구는 당신에게 평생의 친구가 될지도 모릅니다.

대학생 여러분은 인생의 가장 너그러운 청춘을 가꾸어가는 시기를 보내고 있습니다. 공부만 하지 말고 소소한 일상을 즐겨보길 바랍니다. 집에 가는 길에 박스를 줍는 노인들이 보이면 음료수 하나를 건네주는 여유를 보여주는 것은 어떨까요? 당신의 조그만 도움이 그 노인에게는 살아가는 희망이 될 수 있습니다.

중년들도 유흥으로 인생을 낭비하지 말고 조그만 사회운동을 전개해보는 것도 참 좋은 일 입니다. 젊은 시절, 어린 시절 여유가 없었다면 이제는 몇 십만 원이라도 자기 돈이 있지 않습니까? 누군가를 지속적으로 조금씩 돕는다면 당신의 인생은 더욱 행복해질 것입니다.

기억하세요. 당신 곁에는 항상 누군가가 같이 숨 쉬고 똑같이 100살이 안 되는 수명을 가진 사람들이 많다는 것을. 바쁜 일상 속에서 하루쯤은 버스를 타고 집에 돌아가는 길에 한 정거장 먼저 내려 주위를 둘러보며 걷는 여유를 가졌으면 합니다.

병마와의 싸움 시작

　성공의 길을 걸었지만 제 몸에 행했던 무질서하고 불규칙적인 생활이란 죄는 제 목을 죄어오기 시작했습니다.

　"하느님, 부처님 왜 그러십니까. 제 다리 하나 가져가시더니 아직도 성이 안 차십니까."

　절대자에게 용서를 구하기도 하고 원망도 해보았지만 소용이 없었습니다. 내 눈앞에 커다란 병마와의 1대1 싸움을 앞두고 있습니다. 두려웠습니다. 삶에 닥친 다섯 번째 위기. 저는 이제 다시 일어날 용기가 없었습니다. 어느 날은 병원을 나와 근처 공원으로 향했습니다. 날은 좋고 사람이 이상하게 드문 그날 조용히 여기서 숨을 거두면 좋겠다는 생각이 들었습니다. 벤치에 앉은 저는 또 자살을 생각합니다.

　당뇨병은 정말 무서운 병입니다. 탤런트 홍성민, 김진해 씨. 그분들은 사경을 헤매고 시력을 잃었고 또 돌아가신 분도 있습니다. 당뇨라는 병은 이렇게 무서운 병입니다. 저 역시 밤이고 낮이고 목이 타서 물을 조금 마시는 정도였지 일에는 지장이 없기에 다시 일에 몰두했는데 갑자기 몹시 피로해지기 시작합니다. 그만큼 조용히 몸속에 들어와 내 육신을 태우는 게 바로 당뇨라는 무서운 병입니다.

　검사를 받은 날부터 회사는 아내에게 맡기고 병원으로 출근했

　　　　　　　　　　　　　　죽고 싶어질 때

습니다. 한시도 제 곁을 떠나지 않았던 담배, 술, 커피, 고기를 끊었습니다. 식사량도 줄였습니다. 재검사를 받는 날이 돌아왔습니다. 따라오려는 아내를 겨우 떼어놓고 혼자 병원으로 갔습니다.

"수치가 그대롭니다."

"다른 방법이 없습니까?"

"식이요법은 하고 계시죠?"

"예."

"운동은요?"

"…다리가 이래서 어떻게 해야 할지 모르겠습니다."

바지를 걷어 잘려나간 왼다리를 보여주었습니다. 의사는 진료기록표를 들여다보더니 한숨을 내쉬었습니다.

"음식 조절만으로는 한계가 있어요. 몸무게 100kg으로는 백약이 무효입니다. 먼저 체중부터 줄입시다. 체중을 줄이지 않으면 혈압이 내려가지 않습니다. 당뇨 수치는 말할 것도 없고요. 마음 단단히 먹어야 합니다."

다리를 절룩이며 병원을 나섰습니다. 휴대폰을 꺼내들어 집 번호를 눌렀습니다. 신호가 갔습니다.

"당신이세요?"

아내입니다. '종료' 버튼을 꾹 눌렀습니다. 조금이라도 좋아졌기를 하고 희망을 가질 아내에게 경과보고를 할 자신이 없습니다.

'제길, 이제 좀 살 만한가 싶었더니….'

담배연기를 훅 내뱉었습니다. 목구멍이 메었습니다. 아내와 자식이 어른거립니다. 왈칵 눈물을 쏟고 말았습니다. 안타까웠는지 보훈병원 의사 선생님은 프로그램을 짜주었습니다.

"프로그램을 정확하게 하면 회복하실 수 있습니다."

용기를 주었습니다. 죽으려고 할 때는 죽어지지 않더니 막상 병이 드니 살려는 욕심이 생기고 오기가 생기기 시작했습니다.

'아직 끝나지 않았다.'

악몽을 꾸었습니다. 산에 올라가 큰 바위에 뭉개지는 끔찍한 꿈이었습니다. 눈을 뜨니 먼동이 피고 아침은 또 찾아오고 있었습니다. 아내는 제 손을 꼭 잡고 잠이 들어 있습니다. 손을 살며시 빼고 거실로 나왔습니다. 벽을 마주하고 이를 악물었습니다. 무릎을 꿇고 두 손을 바닥에 댄 체 입술을 꽉 깨물어 힘껏 발을 찼습니다.

"쿵!"

처음 해보는 물구나무서기는 쉽지 않았습니다. 나뒹굴어지기를 수십 번. 하지만 포기할 수 없었습니다. 다시 바닥에 손을 짚었습니다.

"뭐 하세요? 이 새벽에…."

아내와 아이들이 거실로 나옵니다. 와서 땀을 닦아주려 하지만 거부합니다. 이제는 내 자신과의 싸움이기에 이들의 도움은 필요 없습니다. 속옷이 땀으로 흠뻑 젖었습니다. 장판에 떨어진 땀을 훔치고, 다시 바닥에 손을 짚었습니다. 몇 날 며칠 고생 끝에 '하나, 둘, 셋, 넷, 다섯, 여섯…' 물구나무서기 20회를 겨우 넘기고 팔굽혀펴기도 50여 차례를 하게 되었습니다. 집에서 기초체력 훈련을

　　　　　　　　　　　　죽고 싶어질 때

마치고 조깅에 도전하게 되었습니다. 새벽에 마스크를 착용하고 두꺼운 외투를 거치고 뛰지 못하니 걷기 시작했습니다. 2㎞도 못 걷고 고꾸라졌습니다. 집에 오면 의족과 다리의 이음새 부분에 심한 피멍이 들어 고통은 이루 말할 수 없었습니다.

대치동에서 천호동까지 20㎞의 구간을 다리 없는 제가 걷는 것은 너무나 힘겨운 도전이었습니다.

'아, 딱 죽고 싶다.'

입에 단내가 나도록 뛰었지만 다리 염증으로 고통은 이루 말할 수 없었습니다. 숨이 턱까지 몰려오고 추위에 마스크는 고드름이 얼고 한기까지 느낍니다. 그때 한 귀인이 보온병에서 따뜻한 커피 한 잔을 권합니다.

"괜찮습니다."

차갑게 말하고 다시 구보를 시작하려 했습니다. 누군가에게 도움을 받기 시작하면 나약해질까 봐 건네주는 커피 한 잔도 마시지 못할 거 같았습니다.

"선생님. 운동도 막 하는 게 아니라 자기한테 맞는 걸 하셔야죠. 그러다 관절염 오면 이젠 걷지도 못하게 됩니다. 자전거를 타세요."

귀인은 자신의 자전거를 타고 훅 지나갑니다. 저를 안타깝게 바라보는 그분의 진정 어린 조언을 듣기로 했습니다.

의지를 가지고 어려운 상황을 이기려 노력한다면 누군가는 당신의 편이 되어줍니다. 아마 그 귀인 역시 누군가의 도움을 받았을

것이고 그 조언을 내게 건네줬을지도 모릅니다. 지나가는 행인이야
말로 내게 생명을 나눠준 훌륭한 멘토입니다.

한쪽 다리와 의족으로 자전거를 타려니 그것도 미칠 지경입니
다. 의족은 감각이 무뎌 페달을 놓쳐버렸고 자전거는 곧 균형을 잃
고 고꾸라집니다.

"내가 내 몸에 지은 죄가 크구나."

몸에 지은 죄를 씻기란 죄를 짓는 것보다 힘들다는 사실을 알게
되었습니다. 죽을 만큼 고통이 몰려왔지만 공포감은 사라져갔습니
다. 그렇게 20㎞가 넘는 거리를 자전거를 타고 왕복하자 균형도 잡
히지 않던 몸이 부드러워지고 하체는 무척 튼실해졌습니다. 병원에
서 제시한 마지막 프로그램은 등산입니다. 산 넘어 산이라지만 하
체가 튼튼해지자 오를 수 있을 듯싶었습니다.

죽고 싶을 만큼 힘들어도
포기하지 말라

고지혈증 : 혈관에 과도하게 지방이 낀 상태를 말합니다. 고지
혈증을 일으키는 지방질은 '저밀도 콜레스테롤(고밀도 콜레스테
롤은 저밀도 콜레스테롤을 없애줌)' 입니다. 건강한 동맥의 표면은

                                    죽고 싶어질 때

매끄럽고 평평합니다. 저밀도 콜레스테롤이 쌓이면 혈관에 이물질이 껴 좁아집니다. 각종 쓰레기가 쌓인 하수관에 물이 잘 안 빠지는 것처럼, 지방이 잔뜩 낀 혈관은 피를 원활히 흘려보내지 못합니다. 이 때문에 심장은 정상적인 혈류량을 유지하기 위해 무리하게 활동합니다. 심하면 심장이나 뇌에 연결된 혈관이 막혀 죽음에 이르기도 합니다. 또한 고지혈증은 혈액을 탁하게 만들어 혈액의 기능(산소·영양분 공급, 노폐물 운반)을 방해합니다.

고혈압 : 심장이 박동할 때 동맥에 흐르는 혈액의 압력을 혈압이라고 합니다. 고혈압은 혈압이 정상치보다 높은 상태입니다. 혈압은 건강한 사람도 흥분하거나 운동을 하면 올라갑니다. 반대로 잠을 잘 때처럼 몸과 마음이 이완되면 내려갑니다. 고혈압 환자는 평상시에도 정상인보다 혈압이 높습니다. 최고혈압이 150~160mmHg 이상, 최저혈압이 90~95mmHg 이상인 경우(성인 기준) 고혈압으로 분류합니다. 주원인으로 유전, 노화, 비만, 운동 부족, 염분 과다섭취 등을 꼽습니다.

고혈당(당뇨) : 혈액 속에 들어 있는 포도당이 문제입니다. 혈액 내 포도당을 '혈당'이라고 합니다. 정상적인 경우에는 혈당이 높으면 췌장에서 인슐린이 분비되어 혈당을 떨어뜨립니다. 그러나 고혈당인 경우에는 혈당이 높아도 인슐린이 분비되지 않거나, 인슐린의 효율성이 떨어져 혈당을 낮추지 못합니다. 고혈당은 고지혈증을 비롯하여 각종 합병증을 일으킵니다.

제가 걸린 병의 종류입니다. 더 작은 병들도 함께 찾아왔으니 몸은 이미 만신창이였겠죠. 병마와 싸우는 시간은 세상에서 가장 고독한 시간이지요. 저와 같이 병마와 싸우는 사람들이 많습니다. 제가 걸린 병으로 죽은 사람이 수도 없이 많습니다. 아마 그렇게 고인이 되신 분들은 병이 닥쳐올 때 이미 삶의 의지를 놓았을지 모릅니다. 큰 병이 걸린 후 저 역시 삶의 의지가 없었다면 저는 지금 이 세상 사람이 아니었을지도 모릅니다. 절망적인 상황에서도 저는 병마와 싸우려고 마음을 단단히 먹었습니다. 만약 병에 걸린 채 돈을 벌기 위해 계속 일을 했다면 저는 이미 이 세상 사람이 아니었을 겁니다. 놓을 때는 놓을 줄 알아야 제2의 인생을 살 수 있습니다. 아무리 소중한 것이 있다 할지라도 건강만큼 소중한 보물은 없습니다.

저는 한때 관악산에서 많은 사람들의 병마를 고쳐주는 치유사 역할을 도맡아 했습니다. 바벨을 몇 십 개씩 드는 모습, 다리 없이 산에 오르는 모습을 보고 수많은 사람들이 찾아와 함께하고자 했습니다.

"선생님. 제발 제 건강을 회복하게 도와주세요."

많은 사람들은 저를 신처럼 바라봅니다. 제게 특효약은 없었습니다. 그저 병원에서 시켜준 운동 프로그램을 열심히 했을 뿐입니다. 그런데도 사람들은 제게 와서 죽는 소리를 합니다. 저는 어느 순간 많은 사람들과 함께 운동을 하고 코칭도 해주는 역할을 하게 되었습니다.

    죽고 싶어질 때

“선생님. 원하는 만큼 돈을 드릴 테니 제발 좀 도와주세요.”

“아이고. 이 양반아. 억만금을 줘도 필요 없으니 내가 하라는 대로만 하세요.”

제가 하는 운동의 과정을 함께 하는 사람들은 대부분 2~3일을 견디지 못하고 다시는 찾지 않습니다. 애원할 때는 언제고 운동 좀 하더니 힘들다고 발뺌하는 사람들을 보면 웃음이 나옵니다. 그분들의 건강이 어떻게 되었는지 소식은 알 수 없습니다. 하지만 확실한 것 하나는 병마와 싸우려는 의지가 있는 사람만이 스스로 기적을 체험할 수 있습니다.

어느 날입니다. 병마와 싸우며 몸이 많이 좋아질 때쯤 한 부부가 와서 무릎 꿇듯 애원합니다.

“선생님. 제 남편 병 좀 고쳐주세요. 돈은 얼마든지 드릴 테니 제발 이이 좀 살려주세요.”

제 병이 나았다는 소문이 관악산에 떠돌자 한 아내가 남편을 데리고 왔습니다. 평생을 공사판에서 지내며 공사 총감독을 했던 남자는 손과 발을 제대로 쓰지 못했습니다. 뇌졸중 증세로 몸의 반쪽이 마비가 된 것입니다. 저는 큰 병마와 싸우며 병을 다스릴 줄 아는 나름의 철학이 있었지만 고통이 너무 심하기에 쉽게 권할 수 없었습니다. 몇 번을 고사했지만 그들은 물러나지 않고 병을 고쳐달라고 했습니다.

솔직히 자신은 있었지만 확신은 없었습니다. 병원에서는 이미 마비증세가 와서 손을 쓸 수 없다며 그 사람에게는 기적이 필요하다고 했습니다.

"전 돈 같은 거 필요 없습니다. 병을 낫게 하는 것은 제가 아닙니다. 당신의 몫입니다. 저한테 모든 것을 맡기고 함께 운동하시겠습니까? 아무리 힘들고 혹시나 다쳐도 참고 견딜 자신이 있습니까?"

그와 아내는 눈물까지 흘리며 고개를 끄덕였습니다.

그는 그날로 저와 함께 아침에 산에 올랐습니다. 반신 마비증세가 있는 사람이 산에 오르는 것은 거의 불가능하지만 그는 잘 따라줬습니다. 산 정상에 가까워지면 철봉을 사이에 두고 자전거 체인 비슷한 것으로 그의 마비된 손과 팔을 연결해 철봉 바에 걸친 다음 힘차게 잡아당겼습니다.

"아이고 선생님 너무 힘듭니다. 너무 아픕니다. 살려주세요."

"이 따위도 못 참고 병을 낫겠습니까."

200회가 넘게 잡아당겼습니다. 굳어버린 신경을 살리는 방법은 그것밖에 없다고 생각했습니다. 그 사람은 나 살려라 도망가듯 산을 내려갔지만 다음날도 그렇게 체인을 걸어 잡아 당겼습니다. 3개월 동안 1cm씩 팔이 움직이기 시작했습니다. 굳어버린 신경이 되살아났고 3개월이 지나자 팔의 감각이 돌아왔습니다. 다리 또한 같은 방법으로 운동을 시켰더니 감각이 살아나기 시작했습니다. 저 또한 믿음은 있었지만 확증이 없었기에 기적이 일어날까 고민되었지만 그는 반년이 다 되어가자 거의 완전히 회복했습니다. 중풍을 반년 만에 해결한 것입니다. 병원에서는 역사상 그런 유래가 없다며 저를 찾아와 방법을 묻고 또 물었습니다.

"선생님 너무 감사합니다. 이 은혜 평생 잊지 않겠습니다."

저는 그 사람의 고마움을 받았지만 결코 병마를 고쳐준 사실이 없습니다. 그가 모진 고통을 이겨내고 운동으로 중풍 증세를 이겨 내려는 강한 의지를 가졌기에 극복한 병마입니다.

"우리 같이 병마를 이겨냈으니 남은 인생 더 잘삽시다."

그는 중풍을 이겨내고 다시 삶을 이어가고 있습니다. 병을 키우 게 한 공사판을 떠나 계단청소를 하며 여생을 보낸다는 소식이 들 려왔습니다. 제가 체험한 기적처럼 그 또한 새로운 기적으로 제2의 인생을 가꾸어 나간다고 하니 무척 기쁘지 않을 수 없습니다.

그와 나는 죽고 싶을 만큼 힘든 고비가 수십 차례 있었습니다. 하지만 우리는 삶의 끈을 포기하지 않았기에 새 삶을 시작할 수 있 었습니다. 기적은 포기하지 않고 열심히 달려가다 보면 반드시 이 루어지는 삶의 선물입니다.

나를 지켜준 당신,
관악산 정상에서 본 어머니

하루는 관악산을 오르는데 갑자기 많은 비가 쏟아졌습니다. 땀 과 비가 섞여 구분이 안 될 정도로 흠뻑 젖은 티셔츠에는 쉰내와 비린내가 동시에 진동을 합니다. 사람들은 하나둘씩 떠나버렸습니다. 다른 날과 달리 몸이 천근만근 무거워집니다. 대자연과 인간은 상대가 되지 않습니다. 자연을 상대하는 미친 사냥개처럼 남아서 울부짖으며 산을 오릅니다. 몇 번을 올랐을까요. 엄청난 굉음과 함께 내 옆을 지나가는 거대한 물체가 있습니다. 빗줄기에 능선이 약해진 지반으로 인해 거대한 바위가 떨어지는 줄도 모르고 전 자연을 상대로 정복의 싸움을 했는지도 모릅니다.

'여기서 포기하면 나는 아무것도 할 수 없어.'

3개월째 지속되어온 병마와의 싸움을 날씨가 좋지 않다고 멈출 수는 없습니다. 그때 전화가 울립니다.

"여보 어디예요? 비가 많은데 집에 오세요."

"어. 곧 갈게."

곧 간다는 말은 거짓말입니다. 저는 오늘도 이 산을 정복하고 정해준 스케줄을 마쳐야 살 듯합니다. 아내가 준 도시락은 이미 물에 흠뻑 젖어 먹을 수도 없습니다. 빗줄기는 멈출 줄을 모릅니다. 그때 바위가 이어진 길을 오르다 발을 헛디뎌 아래로 굴러떨어졌습니다. 의족으로 다친 다리는 아픔도 느끼지 못하지만 다른 쪽 다리에는 강한 전율처럼 아픔이 전달되어 옵니다. 자연을 정복하려는 김진황의 노력은 헛수고로 돌아갑니다. 그 순간 모든 것을 포기하고 싶었습니다. 아무짝에도 쓸데없는 몸으로 일도 할 수 없고, 다리도 없으니 내 존재의 가치는 쓸모없어 보입니다.

바위에 깔려 굴러떨어져도 저는 존재감이 없을 것입니다. 아내

   죽고 싶어질 때

와 아들들은 슬퍼해 주기라도 할까요? 몇몇은 나를 슬퍼해 줄지라
도 세상의 수많은 사람들은 제게 욕할 것입니다. 아무짝에도 쓸데
없는 놈이 처자식만 고생시키고 있다고. 살아있는 게 죄를 짓는 기
분이 들어 하루하루가 너무나 긴 것 같습니다.

관악산 정상에 올라 서울 시내를 봅니다. 안개로 가득 찬 정경
이 눈에 들어오지만 그 깊이를 알 수 없습니다. 내 삶 역시 보이지
않는 미로처럼 막막하기만 합니다. 더 이상은 목숨을 유지하고 살
아도 사는 게 죽음보다 더 비참해 보입니다.

"엄마. 제가 곁으로 가야 할까요? 이제는 당신 곁에 가고자 합
니다."

언덕 끝에서 죽음을 예상한 행동을 하기 시작합니다. 그동안은
물로 뛰어 들었습니다. 안타깝게도 수영을 할 줄 아는 저는 인간의
본능보다 의지로 헤엄쳐 강둑으로 돌아왔습니다. 양말을 벗고 구두
를 가지런히 놓고 뛰어들 높이를 가늠해봅니다. 몸을 던지려는 순
간이었습니다.

"당신 미쳤어?"

누군가 제 목덜미를 잡더니 강하게 끌어당깁니다. 강하게 째려
보는 독기 품은 그 귀인은 또 한 번 제 목숨을 살립니다.

"대체 왜 이런 곳에 혼자 뛰어내리려 하나?"

지금 생각해보면 또 한 분의 이름 없는 귀인이 저를 살렸습니
다. 그분 역시 비가 오나 눈이 오나 빠짐없이 산에 오르는 사람이라
고 합니다. 귀인은 자신의 배낭 안에서 소주 한 병을 꺼내 술 한 잔

을 따릅니다.

"당신이 죽으려고 하는 이유가 무엇이든 간에 그 몸은 당신 몸이 아닙니다."

"왜죠? 제가 죽겠다고 하는데 대체 누가 저를 말리나요? 저 혼자 죽을 선택권도 없나요?"

"예, 없습니다. 당신이 어머니의 뱃속에 생긴 순간부터 당신의 어머니는 오랜 인내로 당신을 배고 살았습니다. 그러니 당신이 죽으려 한다면 꼭 어머니한테 허락을 맡으세요."

잠시 침묵이 흐릅니다. 아무 말도 할 수도 없었습니다. 부끄러운 육체보다 더 부끄러운 건 나약해 빠진 정신으로 스스로의 삶을 포기했다는 사실입니다. 귀인은 다신 산을 내려갑니다. 반병의 소주만 남긴 채 저를 놔두고 갑니다.

정상에 올라 뛰어내리려 하는 순간 나를 잡은 사람은 귀인이 아니라 제 어머니의 분신이었습니다. "고맙습니다."란 말도 못하고 보낸 귀인처럼 엄마의 임종 또한 지키지 못했습니다. 산을 오르면 오를수록 더욱 가까이 느껴집니다. 하늘에 가까우면 가까울수록 엄마가 곧 마중 나와 기다릴 듯합니다. 산은 엄마가 계시는 곳입니다. 지팡이를 짚고 엄마를 보러 가는 길은 이제 즐겁습니다. 산 정상에 올라야만 엄마는 손을 내밀어 저를 위로합니다.

"진황아, 베풀고 살아야 쓴다. 남을 위해서 살아야 쓴다. 안 그라면 니는 내 새끼가 아니제, 응?"

죽고 싶어질 때

내가 죽을 수 없는 이유는 내 몸이 아니기 때문입니다. 나와 관계된 모든 사람들, 전 우주의 모든 만물들을 볼 수 있는 것도 내가 살아있기 때문입니다. 제가 죽는 날은 제 쓰임새가 끝나는 날입니다. 병마를 이기면서 내 주위에 있는 사람들이 더욱 소중하게 느껴집니다.

'…이 산을 넘어야 한다. 어떻게 살아왔는지 모르는 이 몸뚱이, 내 스스로 거부했던 이 몸뚱이, 더 이상 너에게 끌려다닐 수는 없다. 그렇다고 너를 버릴 수도 없다. 버릴 수도 가질 수도 없는 이 몸을 정상에 올려놔야 한다! 몸과 내가 하나가 되어야 한다.'

병든 김진황을 산 정상으로 밀어 올리면서 이 몸이 이렇게 무거웠는지 처음 깨달았습니다. 과거의 무게였습니다. 제가 도망치고 싶은, 버리려고 했던 과거의 쇠사슬이 온몸을 칭칭 감고 있었습니다. 산을 오르면 오를수록 그 거친 쇠사슬이 조금씩 풀려갑니다.

젊은 귀인의 도움은 내 삶을 다시 일깨워줬습니다. 그 후로 저는 죽으려는 생각을 단 한 번도 한 적이 없습니다. 그리고 지금은 느낍니다. 제 몸은 제 스스로의 의지가 끝나는 날까지 혼자의 몸이 아니라는 사실을요.

영등포 교도소 출강

렌터카 회사를 운영하며 유명 강사님들을 모실 기회가 많았습니다. 지금은 돌아가신 행복전도사 최윤희 선생님의 권유로 저는 첫 출강을 하게 되었습니다. 워낙 남들과 다른 평범치 못한 삶이기에 사람들에게 들려줄 이야기가 많겠구나 싶어 시작한 강의지만 저는 심한 콤플렉스가 있었습니다. 평소에 차를 타고 1대1로 대화할 때는 타고난 달변가 소리를 듣지만 사람 10명만 모여도 입이 굳어버리기 일쑤입니다.

'아, 죽겠네 이거. 심장이 터질 듯해. 그냥 못 한다 할까.'

저의 첫 강의는 2003년 영등포 교도소였습니다. 흔히 죄수복에 죄수번호를 단 수인(囚人, 옥에 갇힌 사람)들이 하나같이 하는 말들이 있습니다.

"저는 억울합니다."

사회에서 죄를 짓고 감옥에 들어온 사람들을 보면 다양한 직업과 비상한 두뇌를 가진 이들이 많습니다. 정치인, 예술가, 운전수, 교수 등으로 그들의 전성기를 보낸 사람들이 모여 있으니 마음만 먹으면 세상을 뒤집을 만한 업적도 이룰 수 있는 인재들의 집합소가 교도소입니다. 강의 주최자들이 저에게 꼭 부탁하는 메시지가 있습니다.

"강사님. 제발 저들이 자신들의 죄를 회개하고 반성하게 해주세요."

죽고 싶어질 때

저 또한 한때는 정신을 못 차리고 교도소를 왔다 갔다 하기를 밥 먹듯이 했습니다. 술에 취해 자살을 시도했고 지나가는 행인을 폭행하였습니다. 그런 제게 저들의 죄를 회개시켜달라니 참 어찌 될지 모르는 게 인생입니다. 무슨 사연으로 이곳에 들어왔건 어떤 범죄를 저질러 10년이 넘는 삶을 구형받았건 저들이 생각하는 것이 있습니다.

'출소만 해봐라. 나를 집어넣은 새끼들 복수할 테다.'

'한몫 단단히 잡아가지고 인생 편히 살아야지. 다시 또 이곳에 들어오면 내가 사람이 아니다.'

그들의 가장 큰 문제는 자신들의 죄를 인정하지 않고 그저 실수로 치부해버리기 십상이란 점입니다. 하필이면 이런 곳에 첫 출강을 오다니 정말 심장이 두근거리고 귀가 먹먹해집니다. '내가 저들을 과연 변화시킬 수 있을까?' 라는 의심을 거두기가 쉽지 않았습니다. 굳게 닫힌 철문 옆을 돌아서 들어갔습니다. 검은 제복의 교도관이 앞을 가로 막습니다.

"신분증 검사가 있겠습니다."

저는 요새 말로 완전히 쫄았습니다. 신분증과 제 얼굴을 몇 번 번갈아 보더니 통로가 연결된 사물실로 안내합니다. 꽤 복잡한 구조로 된 교도소를 누군가 통과하기란 쉽지 않다는 생각이 들었습니다.

'이거 완전히 내가 무슨 죄 짓고 들어온 기분인 걸….'

첫 강의부터 교도소라니 최 선생님이 무척 원망스러워집니다. 나를 한번 시험해보려는 최 선생님의 테스트가 아닐까란 생각이 듭니다. 교도관이 수화기를 들고 "강사님 오셨습니다."라고 말했습니다. 허공에 붕 뜬 기분이었습니다.

'강, 사, 님!'

많은 직업을 가지고 살았지만 내가 강사님이 될 줄이야. 교도관이 자리를 권했습니다. 보관함 옆의 철제 의자에 가지런히 손을 모으고 앉아 눈치를 살피다 조용히 눈을 감았습니다.

'신이 존재한다면 제발 오늘 들어가서 뭔 말이라도 좋으니 떨지 않게 도와주소서.'

많은 인생의 고비를 맛보았지만 가장 긴장된 순간이 시작되었습니다.

"아이고, 날이 갑자기 추워졌습니다."

교도관이 웃으면서 말을 건넵니다.

"예, 정말, 그렇죠?"

제가 긴장하는 모습을 교도관이 눈치챘을까 봐 죽겠습니다. 등에서 식은땀이 주르르 흘렀습니다. 본부에서 연락이 올 때까지 어색한 인사말을 주고받았습니다. 두 겹 철문을 지나자 가슴이 철렁 내려앉았습니다. 교도관이 앞서서 걷다가 멈춰 서서 기다려 주었습니다. 평소보다 똑바로 걸어야겠다는 의식이 앞서서인지 심하게 다리를 절룩였습니다. 뒤뚱거리며 강의실까지 걸어갔습니다.

2층 강의실 복도는 조용했습니다. 앞선 교도관의 구둣발 소리와 리듬을 잃은 제 발걸음 소리가 엇박자로 울립니다. 강의실에는 재소자들이 무표정한 얼굴로 앉아 있었습니다. 폐가에 들어선 것처럼 냉랭한 기운이 감돌았습니다. 교도관이 저를 소개했지만 어떤 말을 했는지는 기억나지 않습니다. '김진황 강사님'을 부르자 얼떨결에 일어나 강단에 섰습니다.

인사를 건넸지만 사실 밤새워 준비한 원고 외에는 아무것도 보이지 않았습니다. 막막하고 식은땀이 나지만 천천히 가볍게 제 인생을 죄수들에게 고백하기 시작했습니다. 그런데 저도 모르게 넓은 대강당을 생각했던 모양입니다. 제 목소리가 강당 끝에 앉은 귀 어두운 할머니도 알아들을 만큼 쩌렁쩌렁 했습니다. 깜짝 놀란 것은 재소자들만이 아니었습니다. 저 자신도 깜짝 놀랐는데, 웬걸 그제야 재소자들의 얼굴이 하나하나 들어왔습니다. 뒷줄에 서 있는 교도관과 눈이 마주쳤습니다. 긴장이 풀리기 시작합니다.

"김진황입니다. 오늘이 난생 처음 하는 강의입니다. 여러분들도 이곳에 처음 오셨습니까? 처음이 아니라도 오늘 제 강의 들으시고 '처음이다' 생각하세요. 그리고 나가시면 다시는 이곳에 오지 마십시오. 첫 경험은 한 번으로 충분합니다."

제 고백을 하고서야 마음이 편해졌습니다. 프로인 척 강의를 몇 번 해본 적 있는 사람처럼 강단에 서려고 마음먹었지만 오늘의 강의가 평생의 마지막 강의라는 생각으로 죄수들 앞에 섰습니다.

"저는 세 번의 자살을 시도한 여러분과 같은 죄인입니다."

한결 가벼운 마음으로 제 인생을 들려줍니다. 배고픈 시절부터 월남전 참전 후 다리를 잃은 이야기 그리고 자살을 시도하다 다시 살아난 이야기, 자동차 정비업체를 운영하다 법에 걸려 망한 이야기 등등 눈시울이 붉어집니다. 언제 제 인생의 스토리가 이토록 장황해졌을까요? 누군가에게 제 부끄러운 인생을 고백하자니 겸연쩍었고 동시에 하느님께 죄의 용서를 구하는 양 목소리에 간절함이 묻어나옴을 느낍니다. 잠시 강의를 하다가 주변을 둘러봅니다. 한두 분이 손수건을 꺼내 울기 시작합니다.

'에효, 이제야 마음이 놓이네.'

저의 진정성이 죄인들의 응어리를 녹이기 시작했습니다. 코끝으로 느껴지는 찡한 제 인생의 고백이 그들의 차가운 마음을 녹이기 시작합니다. 마지막으로 저는 죄수들에게 조언합니다.

"여러분은 가족과 친구들을 실망시켰습니다. 그분들에게 잘못한 것입니다. 그러나 단 한 번의 잘못 때문에 낙인을 찍거나 굴레를 씌워서는 안 됩니다. 출소 후에도 여러분은 아마 주위의 부정적인 시선을 한 몸에 받으실 겁니다. 그러나 사람들을 원망하지 마십시오. 원인은 여러분이 제공했습니다. 남의 잘못으로 돌리면 기회는 다시 오지 않습니다. 기회는 단 한 번이라고 여기십시오. 단 한 번의 기회를 감사히 받아들여야 합니다. 낙인이 없는 사람보다 수십 배, 수백 배 노력하십시오. 억지로 낙인을 지우려고 하지 마십시오. 사람들은 낙인이 없는 얼굴을 기대하는 것이 아닙니다. 믿고 함께 살아갈 수 있는 동료이자 친구이자 가족을 바라고 있습니다."

이 말을 전하자 많은 사람들이 눈물을 훔치고 있었습니다. 제 인생이 그분들의 인생보다 더했으면 더했지 덜하지 않은 삶임을 그들도 느끼는 눈치였습니다.

     죽고 싶어질 때

“선생님. 이제는 절대 제 삶을 놓지 않겠습니다.”
“하늘도 용서 못할 죄를 저지르면 빌 곳이 없지요.”

용서 받고 못 받고를 떠나 죄를 빌 곳이 있다면 마음이라도 편할 것입니다. 자신에게 지은 죄는 빌 곳이 없습니다. 그 누구도 죄를 사하여 줄 수 없습니다. 어떤 사람도 그럴 수는 없습니다. 오직 하늘을 우러러 다시는 인생을 헛되이 살지 않겠노라고 다짐하는 수밖에 없습니다. ‘하늘’은 나의 양심입니다. 나의 자각입니다. ‘잘못했다’고 참회하는 순간 하늘이 열리며 기회의 장이 펼쳐집니다. 스스로 죄를 품고 살아갈 때 앞으로의 인생을 삼가고 두려워하게 됩니다.

영등포 강의를 마친 후 제 삶은 바뀌었습니다. 그리고 몇 년에 걸쳐 꽃피는 봄이 오면 영등포 교도소로 가장 먼저 향합니다. 제가 죽을 때까지 안고 갈 약속이 있습니다.

“제가 죽는 한이 있더라도 영등포 교도소 강의만은 접지 않겠습니다. 참회의 순간 다시 사람이 살아야 할 인생의 기회가 열립니다.”

영등포 교도소는 성지와 같은 곳입니다. 저를 세상에 알려준 입신의 토대이자 제 삶을 고백하는 참회의 수도원입니다. 재소자들의 눈동자를 보며 삶의 의지를 불태우고, 자신을 돌보는 일이 제 삶의 마지막 목표일지도 모릅니다.

지금 당신은 당신의 친구를
때리고 있습니까?

대구경찰, '자살 중학생' 39차례 폭행 확인

광주서도 중학생 자살

'왕따 자살' 대전 여고생 친구도 목숨 끊어

대구서 중고생 잇따라 자살 기도, 1명 숨져

대구 자살 중학생, 가해자 물고문 문자로 사전모의

중학생 일진회 검거 '막나가는 중학생… 무섭네'

매달 폭력 실태조사하고도 '일진회' 존재 몰랐다는 학교

따돌림 생중계 '사이버 왕따 등장, 경악하는 어른들'

왕따 학생 자살, 이제는 그만

학교폭력 집단화 양상. 성추행 증가세

최근 2년간 발생한 학교폭력의 사례입니다. 학교폭력의 피해를 없애기 위해서는 피해자를 상담해야 할까요? 가해자를 선도해야 할까요? 피해자를 상담하는 것은 임시방편에 불과합니다. 더 중요한 것은 가해자에게 자신의 잘못을 일깨워주고 자신으로 인해 친구가 얼마나 고통받는지 알려줘야 합니다.

'반성 않는 학교 · 가해자. 나를 더 큰 고통으로…'

　　　　　　　　　　　　　죽고 싶어질 때

며칠 전에도 대구의 중학생이 지속적인 학교폭력으로 인해 자살을 선택하려 했고, 학교와 교육당국은 또다시 허술한 관리체계를 드러내며 공분을 사게 했다는 소식을 들었습니다. 학교폭력의 악순환 고리가 끊어지는 그날까지 사회 구성원 모두가 '감시자'가 돼야 합니다.

2011년 12월 20일 같은 학교 또래들의 괴롭힘에 스스로 목숨을 끊은 권승민 군(당시 13세·중 2년)의 어머니 임지영 씨(48·교사)는 학교 폭력으로 인해 고통 받는 이들을 위해 사건 전후의 상황을 책으로 펴냈습니다. 한 아이의 죽음에도 변하지 않는 교육기관과 반성하지 않는 가해자를 책을 펴면서 고발하고자 했습니다. 사회에 대한 분노를 책에 담은 그녀의 마음은 얼마나 아팠을까? 교사로서 어머니로서 자신이 할 수 없었던 무력감을 표현하기 위해 그녀는 스스로의 고통을 낱낱이 글로 표현하며 곱씹어야 했다고 전합니다. 그녀의 책 『세상에서 가장 길었던 하루』에는 자신의 자식, 자신의 학생을 땅에 묻은 그날 하루의 고통이 책에는 고스란히 담겨있습니다.

320쪽 분량의 책을 통해 임 씨는 사건 당일의 고통은 시작에 불과했고, 재판 등의 사후처리 과정에서 더 큰 아픔을 겪어야 했음을 상세하게 털어놨습니다.

가해자와 학교 측은 전혀 반성하지 않고 있습니다. 형량을 줄일 목적으로 원만한 합의와 탄원서를 요구하며 끈질기게 찾아오던 가해자 가족은 형량이 확정된 후 발길을 뚝 끊었으며, 아이의 사망확인서를 제출하기도 전에 학교는 이미 재적처리를 했습니다. 저도 교편을 잡고 있지만 정말 기가 찰 노릇이죠.

가해자는 형량을 낮추기 위해 언론을 이용하고 변호사를 선임하며 '진심으로 반성한다'는 태도를 취했습니다. 가해자 부모들이 자신의 자식을 위해 돈을 써가며 형량을 낮추려고 노력한 사실에 더 분개심이 치솟습니다.

'그럼 가해자는 정말 반성을 하고 평생 죗값을 치렀다고 생각할까?'

영등포 교도소를 나오며 차를 타고 집으로 돌아가는 길에 한 번 더 곱씹어봅니다. 학교폭력의 진짜 가해자는 피해자 학생을 자살하게 한 다른 학생들이 아닌 가해자를 선도하지 못하고 무관심으로 방치한 사회라고 생각합니다. 아이들의 죽음을 헛되지 않게 하려면 지금 당장 피해상담보다 가해자의 교화가 더 필요하리라 봅니다.

영등포 교도소를 수없이 출강하며 나는 내 강의를 듣는 수감자들의 눈빛이 변하는 것을 알 수 있습니다. 강의를 듣기 전 그들의 눈빛은 '아 지겨워 대충 시간 때우나 가자'입니다. 하지만 자신보다 처절하고 힘들게 버텨온 내 인생을 듣고 난 후 그들의 눈빛과 생각은 고뇌에 차 있습니다. '난 저 사람보다는 더 낫지 않는가. 나가면 제대로 살아보자.'라고.

죽고 싶어질 때

학교폭력 가해자에게 필요한 것은 그들의 잘못을 깨우치고 앞으로의 삶의 희망을 제시해 줘야한다고 생각합니다. 언젠가 기회가 된다면 학교폭력 가해자들과 직접 대면해 내 삶을 들려주고 어떻게 살 것인지 물어보고 싶습니다.

버르장머리가 고쳐지는지 안 고쳐지는지….

생사고락

렌터카 회사를 운영하며 참 많은 지인들을 모시고 대한민국의 곳곳을 돌아다녔습니다. 남들은 렌터카 회사 사장이면 앉아서 전화나 받고 세금계산서나 처리할 것이지 왜 스스로 운전수를 자처하냐며 강하게 말렸습니다. 그도 그럴 것이 도로는 정글과 같습니다. 매일 같이 벌어지는 사건 사고들과 죽어 나가는 사람과 폐차되는 차량들을 수도 없이 봤습니다. 교통방송국에서 최다 제보로 대상을 받은 후 몇몇 분들은 저를 알아보기 시작했고, 도로 위의 신사로 소문이 나기 시작했습니다.

저희 회사 역시 '참 친절하고 꼼꼼한 기사 분들이 많다.'란 소문이 나서 유명 강사들이 앞다퉈 저희 회사와 계약하고자 했습니다. 유명한 분들을 모시고 많은 이야기를 주고받는 일은 제 인생의 전환점이 되기도 했는데 특히 최윤희 선생님을 모시는 일은 제 인생의 즐거움이었습니다.

어느 날 저와 최윤희 선생님 둘 다 도로에서 큰 봉변을 당할 뻔한 일이 있었습니다. 지방에 내려갔다가 서울로 올라오는 길이었습니다. 강의가 끝나고 해가 뉘엿뉘엿 지는 황홀한 저녁, 강사님은 모든 시름을 벗고 밖을 내다보며 오늘의 일들을 곱씹는 듯 보였습니다.

"한숨 푹 주무세요. 8시면 도착합니다."

도로는 한산했습니다. 시계는 6시 15분을 가리키고 있었습니다. 톨게이트를 통과하고 고속도로에 진입했습니다. 산을 옆에 끼고 도로가 이어졌습니다. 고갯마루를 넘어가니 저만치 터널이 보였습니다. 시속계는 140km를 가리켰습니다. 액셀을 늦추며 라이트 스위치를 켰습니다. 불이 들어오지 않았습니다. 망치로 뒤통수를 한 대 얻어맞은 듯합니다. 서서히 브레이크를 밟아 속도를 낮추었습니다. 터널 불빛만으로는 앞을 분간하기 힘들었습니다. 캄캄한 터널. 시속계의 바늘이 10km를 가리켰습니다. 강사님은 뒷좌석에서 곤히 잠들어 계셨습니다.

터널 벽면 위쪽에 달린 불빛을 따라 차를 모는 와중에 어둠을 밝히고자 실내등을 켰습니다. 그러나 이게 웬일! 딸깍딸깍, 비상등이 점멸하는 소리가 들렸습니다. 창문을 열고 후방을 확인하였습니다. 바람 한 점 불지 않는 고요한 날 누가 죽어도 귀신도 모를 기운이 감돌았습니다.

'이러다 죽을 수도 있겠구나!'

죽으려고 다리 위에서 뛰어내렸을 때도 이렇게 떨리지 않았는

　　　　　　　　　　　죽고 싶어질 때

데, 술에 취해 도로를 역주행 했을 때도 이렇게 떨리지 않았는데….
빛 하나 없이 달리는 도로는 야생의 허허벌판에 서 있는 인간의 모
습 그 자체입니다. 무엇도 기댈 것이 없어지자 눈앞이 캄캄했습니
다. 그때 자동차가 다가오는 소리가 들렸습니다. 경적을 울렸습니
다. 차가 빠른 속도로 옆을 스쳐갔습니다.

'옳지, 저 차를 따라가면 되겠구나!'

앞뒤 잴 겨를도 없이 기아를 올리고 액셀을 밟았습니다. 급발진
에 놀라 강사님이 잠에서 깼습니다. 강사님은 라이트도 없이 앞차
를 쫓는 저를 눈이 똥그래져서 쳐다보았습니다.

"별 일 아닙니다. 예정보다 조금 늦을 것 같습니다. 조금 더 쉬
세요."

비상등이 없는 상태로 운전하는 일은 미친 짓입니다. 우선은 반
대편 차선에서 오는 불빛이 바로 내 눈으로 전달되어 눈이 부십니
다. 도로 위를 달리다 보면 길을 안내하는 야광등이 참 많은데 어느
구간은 공사구간이라 없는 부분이 있습니다. 잘못하면 절벽으로 떨
어질 수도 있습니다. 운전대를 꽉 부여잡고 눈을 부릅뜨고 운행을
하면서 인생에서 가장 긴 하루를 보냈습니다.

귀하신 강사님을 모시고 가는 길이기에 더 긴장하지 않을 수 없
습니다. 평소 2시간이면 충분히 갈 수 있는 거리를 6시간이 넘게 달
렸습니다. 200km로 달려도 이렇게 떨리지 않았습니다. 동서울 톨
게이트를 통과하자 맥이 풀렸습니다. 며칠 밤을 꼬박 새워 달린 것
처럼 진이 쑥 빠졌습니다. 강사님은 애써 침착하게 "고생하셨다"며

안도의 한숨을 내쉽니다.

집으로 돌아가는 길에 정비소에 들렀습니다. 정비소 직원이 하품을 하며 나왔습니다.

"어이쿠, 맹인 차 한 대 오셨네요."

물 한 잔 얻어 마시고, 정비가 끝나기를 기다렸습니다.

'맹인… 앞을 못 보는 사람….'

더 이상 나아가야 할 길이 보이지 않는 사람도 '앞을 못 보는 사람'입니다. 남들 눈에는 뻔히 보이는 길을 자기만 못 보고 있습니다. 어쨌든 끝이 보이지 않는 터널에서 마주친 것은 '바라는 것이 끊어진 상태' 절망(絶望)이었습니다.

생사의 고비를 넘기자 무엇인가 떠오르는 일들이 많았습니다. 곧바로 최윤희 선생님께 전화를 겁니다.

"선생님! 실은 선생님 모시고 오면서 눈이 없어 너무 외로웠어요. 죽을 고비를 넘긴 듯해요. 저도 처자식이 있는데 이렇게 인생 끝나는 거 아닌가 하고 너무 힘들었어요. 그 도로를 달리는 순간 세상의 모든 책임을 떠안은 외로운 남자처럼 느껴졌어요."

선생님은 내게 이렇게 말했습니다.

"인생이 아무리 잘나고 또 행복해도 인간은 원래 외로운 존재입니다. 갓길인생이지요. 선생님은 그걸 깨달으신 겁니다. 내 주위에 가까이 존재하는 생명의 기운들이 얼마나 아름답습니까?"

살고 싶어서 운전을 했습니다. 아이들이 다 크고 가정이 안정될 무렵 냉철한 이성과 판단으로 앞차를 따라 운전했습니다. 만약 그

죽고 싶어질 때

차마저도 없었으면 저는 외로운 갓길인생을 또 홀로 달리고 있었을 겁니다.

'라이트 사건'을 돌아보니 의문점이 남습니다. 그때 저는 분명 살고 싶었습니다. 살고 싶은 의지가 그토록 강렬했는데 왜 목구멍을 죄는 듯한 막막함이 왔을까요? '정말 죽을지도 모르겠구나!' 라는 생각이 뇌리에 스치자 눈앞에 보이는 것이 없었습니다. 다행히 몸에 익은 방식에 따라 실내등과 깜빡이를 켜고 경적을 울려 조치했습니다. 시속 100km로 달리는 자동차의 제동거리라면 제 차를 발견하고 브레이크를 밟아도 늦습니다. 그땐 정말 인간이 가진 모든 땀구멍에서 땀이 쏟아졌습니다. 심장이 덜컥 바닥으로 떨어지는 것 같았습니다. 피가 거꾸로 솟아오르고 신경세포의 전달로 예민해졌었습니다. 살려고 발버둥치는데 꼭 죽으러 가는 기분었습니다. 영도다리에 자살하려고 빠질 때도 가족의 얼굴이 떠올라 발버둥치며 살았는데 운전대를 잡는 저의 모습은 삶이 허망해진 사람에게 흘러가는 강물처럼 보였습니다.

그 사건 이후 저는 깨달은 사실이 있습니다. 사람의 목숨은 아무리 죽으려고 발버둥쳐도 죽지 않는 경우가 있듯이 언제 어느 순간 실수나 자연의 재해로 내 생명이 신께 거두어질 수도 있다는 사실을 말입니다.

사람은 살기 위해 태어나 자신의 행복한 결말을 위해 살아갑니다. 앞이 캄캄한 분들은 마음 안에 감추어진 생의 의지에 귀 기울이십시오. 그 생의 의지는 다가올 미래를 걱정하지 말고 '현재를 즐겨라.'입니다.

현재를 즐기는 방법

왜 공부를 잘해야 할까요? 왜 스펙을 쌓아야 할까요? 왜 좋은 기업에 취직해야 할까요?

인생을 살아가는 데는 많은 돈이 중요합니다. 왜냐하면 돈이 있어야 자신이 하고 싶은 일들을 할 수 있고 꿈을 향해 나아갈 수 있기 때문입니다. 하지만 이 모든 것보다 중요한 것은 자신의 인생을 즐길 줄 알아야 한다는 겁니다. 인간의 욕심도 명예도 부도 가지고 있는 사람이 자신의 인생을 즐길 수 없는 인간이라면 들판에 서 있는 허수아비와 같습니다.

영화 〈죽은 시인의 사회〉의 키팅 선생님이 이 말을 해주는 곳은 학교의 오래된 선배들의 사진이 붙어있는 곳입니다. 선생님은 학생들에게 사진 속의 사람들을 들여다보라고 말하고 그들 뒤에서 마치 귀신처럼 "카르페디엠."이라고 말합니다. 사진 속의 학생들은 사진을 보고 있는 학생들과 비슷한 나이지만 사실 그들은 오래전에 죽거나 너무 나이가 많이 든 할아버지들입니다. 선생님은 너희들의 젊음도 인생도 어느 순간 지나가게 된다는 것을 말하고 싶었던 것입니다. 지금 이 순간을 헛되어 보내지 말라고 말이죠.

'즐기다'란 말은 단순히 '먹고 놀자'가 아닌 'Seize The Time'이란 말과 같은 맥락입니다. 선생님의 충고에 용기를 얻어 연극무대에 선 학생은 비록 성공으로 향하진 못했지만 자신의 소중한 젊은 시간을 자신이 진정 원하는 일에 투자하는 용기를 보입니다.

이 영화가 많은 청소년들에게 주는 교훈 역시 젊음의 소중함과 그것이 언젠가는 사라진다는 사실을 알고 일에 매진하여 즐겨야 한다는 것이라고 봅니다.

대한민국 학생들의 청소년기부터 20대 후반까지 이어지는 공부의 끈은 너무 길다는 생각이 듭니다. 인생의 어느 순간 우리는 수많은 계급장을 달기 위해 공부를 강요합니다. 좋은 고등학교, 좋은 대학교란 계급장을 말입니다. 학생들이 가지는 고충과 고민, 공부 외의 경험이 줄 수 있는 즐거움을 도외시한 채 '공부나 해라'라는 식의 집요한 강요는 그들을 지치게 만듭니다.

제 첫째 아들은 의학도였습니다. 저 또한 공부를 강요하지 않았습니다. 그저 호기심 많은 아들을 위해 여러 서적을 구입하고 모르는 것은 전문가에게 물어가며 그 지식을 충당시키는 노릇만 했을 뿐입니다. 번번한 학원을 다니지도 않았습니다. 그저 동네 학원을 기웃거리며 학교생활 잘하는 개구쟁이 모범생이었지요. 아들이 의대를 간다고 했을 때 주변에선 경사가 났다고 했지만 저는 말리고 싶었습니다.

"의대를 간다고 네 인생이 행복해질까."

하지만 아들이 잘되면 부모도 덩달아 기분이 좋은 것처럼 아들의 의대 행을 굳이 말리지도 권하지도 않았습니다. 아들은 순조롭게 대학생활을 해갔습니다. 조금 변화된 것은 타이트한 삶 속에 공부를 더 열심히 하며 삐쩍 말라가는 아들의 모습이었지만 초등학교도 안 나온 내 품에서 의대생 자식이 나오다 보니 저도 기분이 좋았습니다.

의대를 들어간 후 몇 년이 지났을까요. 아들 녀석은 큰 방에 들어왔습니다. 얼굴이 굳은 표정으로요.

"아버지 어머니 저 의대 그만두겠습니다."

저와 아내는 억장이 무너지는 소리처럼 들렸습니다. 그동안 들인 학비 그리고 주위에서 느끼는 시선과 부러움이 비웃음으로 변하는 순간이었습니다. 무척 화가 나 아들의 뺨을 세게 후려쳤습니다. 평생 처음 때린 순간이었지요. 마음을 가라앉히고 이유나 들어봐야겠다는 심산으로 앉았습니다.

"실습 도중 사람의 배를 열고 피를 보는 순간 현기증이 났습니다. 제 길이 아니란 것을 이제야 느꼈습니다."

기가 찰 노릇이었습니다. 하지만 제 핏줄입니다. 몇 날 며칠 저는 뜬 눈으로 날을 새우며 아들의 결심을 돌리려 했지만 어리석은

죽고 싶어질 때

짓임을 알게 되었습니다. 왜 저라고 부모의 욕심이 없었겠습니까? 왜 저라고 의대생 아들 덕을 볼 꿈을 꾸지 않았겠습니까?

아들은 그날로 의대를 때려치우고 공무원 공부를 시작했습니다. 공무원도 엄청난 확률이었지만 한 번의 시련을 맛 본 아들은 금세 공부하더니 합격해 지금은 한 가정을 이루며 살고 있습니다.

"아버지 수영장 안 가실래요?"

의대를 다녔던 아들은 주말이면 제게 수영장에 가길 권합니다. 돈을 많이 벌진 않지만 스스로 행복을 찾아 살고 있습니다. 인생을 더 도전적으로 살기를 바랐지만 그것은 저의 욕심입니다. 아들이 행복해야 내 손주도 행복하지 않겠습니까? 오히려 요새는 아들 내외를 보고 많이 느낍니다. 인생의 진짜 행복을 찾아 즐기는 그 모습을 보면 부럽기 짝이 없습니다.

아들이 의대생이던 시절 저는 참 어리석었습니다. 틀렸습니다. 아들을 20년 넘게 봐왔지만 아들의 성격, 취향도 모르고 의대를 보냈습니다. 그때 말려야 했습니다. 내 욕심이 앞서 먼 길을 돌아 아들의 행복을 찾는 데 오랜 시간이 걸리게 만들었습니다.

주위에서는 제게 이렇게 말합니다.

"아이고 어떻게 해요. 아까워서…."

천만의 말씀입니다. 아깝지 않습니다. 오히려 전 아들의 선택이 너무나 자랑스럽습니다. 넉넉하지 않은 월급을 받고 사는 아들의 모습이 한 달에 몇 천만 원을 벌더라도 여유 없이 긴박하고 숨 막히게 사는 의사의 모습보다 낫다고 생각합니다. 의사는 예술가와 궁합이 잘 맞는다고 합니다. 사람의 몸을 해부하면서 사는데 어떻게 미치지 않겠습니다. 사람의 죽음을 가장 가까이에서 보는데 그들이 온전한 정신만을 갖겠습니까? 의사의 고충을 사람들은 잘 모릅니다.

사람의 행복은 상대적인 겁니다. 전 앞으로도 아들의 행복을 응원할 것입니다. 제 아들처럼 현재를 즐기는 삶, 공부에 시달리고 인생에 시달려도 잠시 앉아 커피를 마시며 좋은 공기와 향긋한 자연의 냄새를 마실 수 있는 삶이 여러분에게 필요할 것입니다. 행복은 우리가 돌아가는 길, 모퉁이 모퉁이마다 우리를 기다리고 있습니다.

지하철에서 내려 좁은 계단을 오를 때나 입구에 길게 늘어진 줄을 설 때, 갑자기 거칠게 달려오는 누군가를 용서하고 이해하는 것. 그런 게 결국 삶의 여유가 아닐까요? 내 마음의 평온을 위해 그를 용서하고 이해하는 것. 그런 내가 조금은 건방지게 느껴질 수 있지만 그 착각을 통해 웃음으로 넘기는 모습이 진정한 행복의 모습입니다.

죽고 싶어질 때

스타강사를 모시는
교통 통신원

　오랫동안 렌터카 사장으로 있으면서 기사 역할을 자처했습니다. 직원들과 지인들은 회사 운영이나 잘하라며 만류했지만 회사를 차릴 때의 초심을 잃지 않기 위해서 중요한 손님은 제가 직접 운전해 목적지까지 모셔다 드립니다. 자연스레 교통상황을 알기 위해 매일 같이 교통방송에 귀를 기울였습니다. 덕분에 막히는 길을 피해 우회하거나 사고 상황을 접해 대처하는 등 교통방송으로부터 많은 도움을 받았습니다. 그러던 중 매일같이 차를 몰고 전국을 누비는 것보다는 무엇인가 일과 관련된 의미 있는 일을 해보고자 TBS란 교통방송에 끊임없이 제보를 했습니다. 방송에서 잡음이 많이 들리자 핸드폰으로는 안되겠다는 생각에 차에 고가의 마이크와 캠 장비를 설치했습니다. 그렇게 전국을 돌며 교통상황, 사고 등을 보고하는 게 소소한 낙이 되었습니다. 비록 통신원이지만 방송에서 내 목소리와 이름이 나오는 게 신기했습니다.

　"여보. 운전이나 신경 쓰지 뭣하러 이런 것을 해요."

　"내버려둬. 내 취미생활이야."

　아내는 이해하지 못했지만 취미생활인 제보가 참 쏠쏠했습니다. 자연스레 제 차의 손님들은 하나둘 저를 알아보고 여기저기 관련 지인들을 소개해주며 사업이 번창하는 일석이조의 홍보효과도 있었습니다. 하루는 TBS 교통방송 기념식의 초대장이 왔습니다.
제보를 많이 했기에 초대해주나 보다 하고 초대장을 받았지만 그날
손님이 있어 갈 수 없는 행사였습니다.

'아쉽지만 뭐 가봐야 별일 있는 것도 아니고.'

애착이 가는 행사라 꼭 가고 싶었지만 생업 때문에 못가 마음이
좋지 않을 때였습니다. 행사 당일 어떤 교수님을 모시고 서울로 올
라오는 길이었습니다.

"기사님. 가다가 여기 약도 쪽으로 좀 들렀다 가주실래요?"

교수님의 부탁을 받고 간 곳은 다름 아닌 교통방송 개국 행사장
입니다. 옳거니 하고 기분이 좋아졌습니다. 운이 좋아 행사 구경이
라도 할 수 있는 거 아닙니까. 각종 공연을 즐기던 중 많은 통신원
들이 상을 받았습니다. '에고. 제보가 부족했나 보네. 앞으로 더 제
보해서 나도 저 위에서 상을 받아야겠어.'라고 생각할 때쯤 가수
김흥국 씨가 대상 발표를 하고 있었습니다.

"2002년 올해 TBS 교통방송 대상자를 발표하겠습니다. 수상자
는…. 아, 저도 이분이 받을 거라 생각했습니다. 대상자는 김진황
통신원입니다!"

빵빠레가 울려퍼지고 저는 교수님을 모시고 돌아가려는 참이었
습니다. 교수님이 외칩니다.

"김진황 씨 당신 아닌가요? 아이고. 이거 영광인데 축하드립니다!"

어안이 벙벙해진 상태에서 교수님의 축하를 듣고서야 제 이름
이 호명됨을 알았습니다.

죽고 싶어질 때

"김진황 특파원 안 오셨나요? 김진황 씨."

저는 무대로 달려갔습니다. 왜 내 이름이 불렸는지 어리둥절했지만 기쁜 마음을 감출 수 없었습니다.

"저 제가 김진황입니다."

"축하드립니다. 올해 5,000회의 교통제보로 대상을 타셨습니다. 압도적으로 많은 제보로 많은 시민들이 편하게 도로를 다녔습니다. 축하합니다."

상을 받고 무척 쑥스러웠습니다. 이렇게 많은 사람들 앞에서 상을 받았다는 사실과 5,000회나 제보를 한 제 자신이 자랑스러웠습니다. 아무도 알아주지 않아도 그저 조그만 도움을 주고자 시작한 일인데 이렇게 큰 상을 받으니 몸 둘 바를 몰랐습니다. 당시 축하 소감을 이렇게 말한 것 같습니다.

"제가 한 일은 아주 작은 일에 불과한데 이렇게 큰 상을 받으니 뿌듯합니다. 무엇보다 사회에 무엇인가 공헌하였다는 사실이 무척 기쁩니다."

실제로 그날 받은 상은 우리 집의 보물 1호가 되었습니다. 참전용사 훈장보다 내 노력으로 통신원 최다 제보로 받은 상이 더 값지다고 말하면 아이러니하겠지만 그 상은 제 삶을 다시 꾸려 나가는 전환점이 되었습니다. 이후 제 회사는 더욱 번창할 수 있었습니다. 장애인을 고용하는 세상에서 제일 편안하고 안전한 렌터카 회사라는 인식 덕에 단골고객이 늘어났고, 또 상을 타고 나니 저에 대한 사회의 시선들도 180도 바뀌었습니다.

"아, 저 알아요. 김진황 선생님. 정말 훌륭한 일을 하셨어요."

그 당시 운전하는 사람들은 저를 모르는 사람이 없을 정도가 되었습니다. 자연히 스타강사들은 제게 운전대를 맡겼고 그때 만난 분이 저의 영원한 스승 최윤희 선생님이십니다. 돌이켜보면 인생의 행복은 멀리서 찾지 않았기에 또 다른 큰 기회가 주어진 것으로 생각됩니다.

자신이 지금 속한 분야를 즐기며 살기 바랍니다. 즐거움 속에는 직업이나 삶에 대한 열정과 무한한 에너지가 내포되어 있습니다. 작은 분야에서 큰 그림을 그리기 위해서는 자신에게 주어진 재능을 다른 사람에게 나눌 줄도 알아야 합니다.

아르바이트 VS 직업

자신의 재능을 펼치는 분은 다양합니다. 2012년 4월 발표에 따르면 우리나라 직업군 수는 무려 9,298개나 된다고 합니다. 하지만 지금 청년들은 안타깝게도 직업을 구해 일하는 사람보다는 아르바이트를 하며 생계를 이어가는 경우가 더 많습니다. 대기업에서 주는 연봉만큼 중소기업에서 주는 월급이 시원치 않다는 이유도 작용합니다. 아니면 몇 백 대 1의 경쟁률을 자랑하는 공무원 시험에 낙방하여 취업연령을 넘기다 보니 이력서 넣을 만한 번번한 곳도 찾기 힘듭니다.

정부에서 공공근로분야 인턴사원을 뽑아서 주는 월급은 고작 최저 월급보다 적은 88만 원. 그 돈으로 자신의 용돈과 학자금 대출, 자취생은 공과금과 월세까지 내고나면 손에 쥐는 돈은 거의 제로에 가깝습니다. 자연스레 차라리 아르바이트에 올인하여 120만 원 이상을 받거나 아르바이트 투잡족도 생겨나는 현상입니다.

다 압니다. 더 잘 압니다. 저 또한 아르바이트 비용도 받지 않고 밥만 얻어먹으며 심부름하던 시절이 있습니다. 지금에야 최저임금제가 시행되어 그나마 백만 원 넘는 돈이라도 쥘 수 있지, 저는 일을 하면서도 밥을 굶는 경우가 너무나도 많았습니다. 인간이 노동할 수 있는 시간 60년을 기준으로 최소 30년을 일하며 지내야 하는데 여러분은 30년의 세월 동안 아르바이트만 할 것입니까? 자신의 조그만 재능이라도 살릴 수 있는 분야에 도전하십시오.

여러분이 잘 아는 에디슨이 가진 것은 호기심뿐이었습니다. 달걀을 품고 몇날 며칠을 기다렸지만 병아리가 나오지 않자 울었다는 얘기는 잘 알려진 일화입니다. 그 호기심은 에디슨이 훗날 천재 과학자가 되는 밑거름이 되어주었습니다. 아르바이트를 하며 재능을 뽐내는 경우도 간혹 보았지만 그것이 올바른 선택이라 할 수 없습니다. 아르바이트는 사장과 직원과의 관계일 뿐 그 이상이 되기 힘듭니다. 사장 또한 아르바이트를 자신의 수하로 생각할 뿐 나와 회사와 함께 커갈 인재로 생각하진 않습니다.

그렇기 때문에 여러분은 자신의 작은 재능 하나라도 살려 도전하는 일을 했으면 좋겠습니다. 부끄럽고 말하기 힘들지만 저는 스패너 하나 들고 정비를 배웠지만 차를 완전 분해하고 조립하기를 수천 번 수만 번 끝에 겨우 정비사가 되었고, 훗날 렌터카 사장을 역임했습니다. 배운 거 하나 없는 것치고, 또 다리 한쪽 없는 사람치고 나름 성공의 길을 걸어온 것은 배우고자 하는 열의와 의지가 있었기 때문입니다.

또한 아르바이트와 직업의 차이는 자아실현 정도에 있습니다. 아르바이트는 시간만 때우면 돈을 받아가는 방식인 반면 직업은 그 안에서 재능을 발휘할 기회가 생겨나고 더 잘하면 직급도 올라가 더 많은 일을 하는 기회를 가지게 해줍니다. 회사 입장에서도 언제 그만둘지 모르는 아르바이트생보다는 정식 직원을 채용하여 많은 일을 가르쳐 회사와 함께 커 가기를 바랄 것입니다.

아르바이트와 직업의 가장 큰 차이는 사회 공헌도입니다. 아르바이트는 대부분 잡일이 많습니다. 가게를 관리하거나 걸레질을 하는 등 누구나 할 수 있는 일을 시킵니다. 물론 방문하는 고객에게 웃음을 주며 보람도 찾겠지만 그것은 매우 제약적이고 한시적인 일에 불과합니다. 직업을 가진다면 작은 일이지만 사회에 이바지할 기회의 폭이 넓어집니다. 어떤 프로젝트 하나라도 우리나라 발전의 원동력이 되는 일들이 많습니다. 또한 요새 기업체는 사회공헌 프

죽고 싶어질 때

로젝트가 많습니다.

그곳에서 구성원들과 함께 참여하여 공익적인 일을 해보면 많은 사람을 알게 되고 따뜻한 웃음을 알게 될 것입니다.

렌터카 기사이자 사장을 역임하며 5,000건의 통신제보로 사람들에게 많은 도움을 주었다고 자신합니다. 무언가를 바라고 하진 않았지만 자연스레 돌아오는 혜택이 많아졌습니다.

젊은 여러분은 참 재능도 많고 할 줄 아는 것도 많습니다. 비록 월급이 적고 자신의 비전과 직업이 잘 맞지 않아 좌절하고 힘들어 할 지라도 꼭 직업을 가지시길 바랍니다. 직업 속에서 수많은 사람을 만나고 인생의 경험을 겪으면서 여러분의 삶 또한 풍부해질 것입니다.

"여러분의 인생조차 결코 파트타이머로 살아서는 안 됩니다."

제6부

인생의
마지막 장을 향하여

새로운 꿈을 꾸다
- 동탄의 시지프(Sisyphus)

제 일생을 돌이켜보면 베트남에서 다리를 잃고 3전 4기의 죽음 앞에서 살아남았습니다. 다사다난한 시련을 겪으며 저는 정비사로 시작해서 카센터 사장님이 되었고, 또 렌터카 기사로 일하던 중 강의의 기회를 잡았습니다. 인생강의를 하면서 선생님, 교수님, 은사님 등 별별 명예직을 다 얻었습니다. 감히 제가 들을 만한 호칭도 명예도 아니지만 내 인생을 누군가에게 들려주고 새로운 희망을 주는 직업처럼 보람찬 일은 없었습니다. 최윤희 선생님이 돌아가시고 저는 동탄의 시지프로 제2의 삶을 살고 있습니다.

2010년 저는 동탄 샛강마을 휴먼시아 5-1단지로 이사를 왔습니다. 임차인들의 모든 꿈은 자신이 힘들게 모은 돈으로 산 임대 아파트가 향후 유리한 조건으로 분양되는 것입니다. 돈이 달린 문제이기에 임차인대표란 직책은 막중합니다. 전국적으로 인생강의를 하면서 단지 내 입주민 몇몇이 저를 알아봤습니다.

"선생님 강의 정말 잘 들었습니다. 선생님과 같은 아파트에 살다니 영광입니다."

예전부터 저는 동네사업에 많은 관심을 가지고 있었습니다. 1970년대 시멘트와 철근으로 시작한 새마을운동처럼 작은 동네에서 유익한 일을 하며 남은 생을 보내는 것도 나쁘지 않아 보였습니다. 임차인 대표 아래엔 7명의 동대표가 필요한데 처음에 저는 동대표가 되기로 결심하고 지원서를 넣었습니다. 동대표 후보자들이 모인 자리에서 사람들은 제 프로필을 보고 깜짝 놀라했습니다.

"선생님은 무슨 경력이 이렇게 많으세요. 이런 분이 동대표라니 말도 안돼요. 더 높은 직책에서 임차인들을 돌봐주세요."

왠지 일이 커지는 듯해 거절할까 했습니다. 그동안 남을 위해 살아온 인생은 인생강의를 했던 짧은 몇 년뿐이지 가족을 위해서만 살아 왔습니다. 숱한 역경을 겪으며 스스로 많은 공부를 통해 학교에서 배우지 못한 학업을 계속해왔지만 여전히 부족한 사람입니다. 그런 사람에게 임차인대표를 맡기다니요. 감히 받아들이기 힘든 제안이었습니다. 아직 제게 누군가의 살림과 인생을 돌볼만한 자격이 있는지 확신이 서질 않았습니다. 하지만 거절하자니 청중에게 삶을 일깨우는 강연을 하며 책임과 의무를 가지라고 강조한 기억이 납니다. 결국 저는 임차인대표를 하며 좋은 마을을 만들기에 앞장서고

죽고 싶어질 때

있습니다.

이후 2년이 지난 지금 임차인대표 회장을 역임하며 일상을 즐기고 있습니다. 그동안 동탄을 새마을로 만들기 위해, 신도시에 생명력을 불어넣기 위해 열심히 뛰고 있습니다. 하지만 처음엔 동탄에 살면서도 주소지에 동탄이란 지명을 넣지 못하고 있었습니다. 주변 아파트와 주거지는 대부분 동탄이란 명칭을 사용해 주소에 포함시켰음에도 우리 아파트만 화성시 10용사로 465번지란 이름으로 사는 것에 임차인들은 불만이 많았습니다. 그도 그럴 것이 동탄 한복판 중앙로에 위치함에도 우리 아파트는 화성시에 위치한 새 아파트에 불과할 뿐이었습니다. 쉽게 명칭을 변경할 줄 알았지만 처음 정해진 명칭을 바꾸는 것은 행정절차도 복잡하고 법적으로 처리할 일이 많았습니다. 동탄의 주인으로 살면서 동네 이름을 동탄이라고 넣지 못한 사실은 주민들로 하여금 자신이 사는 곳에 대한 자부심을 버리라는 소리와 같기에 시정해 달라고 관공서에 강력하게 항의했습니다.

"아이고, 저 분 또 오셨네."

시청직원들은 두 손 두 발 다 듭니다. 일단 가능성 있는 현안이 있으면 밀어붙이는 스타일입니다. 최선을 다해도 안 될 것 같으면 포기하겠지만 노력으로 될 일은 최선을 다해야 한다는 것이 제 신조 때문입니다. 수차례 화성시청을 방문해 관계자와 면담하고 공문을 주고받았습니다. 저와 임차인대표들의 끊임없는 설득에 화성시청 직원들은 고개를 절레절레 흔들다 나중에는 오히려 반겨주기까지 합니다.

결국 저희 아파트는 화성시 10용사로 465에서 화성시 동탄중앙로 119-14로 도로명을 바꿨습니다. 법도 행정절차도 잘 모르는 제가 머릿속에서 구상을 하고 실천한 끝에 얻은 보람이었습니다. 다수를 위해 일을 한다는 것이 이처럼 행복한 것인지 그제야 느꼈습니다.

탄력을 받아서인지 2년을 부지런히 달렸습니다. 돌이켜보면 미숙하고, 화도 많이 냈습니다. 서투르지만 배운다는 자세로 관리사무소 직원분들과 티격대격해가며 많은 일들을 해나갔습니다. 도서관을 설치하여 1,000권의 도서를 지원받아 배치하였고, 경로당을 열어 마을 어른들이 쉬어갈 공간을 만들며 그분들의 인생 노하우를 들었습니다. 헬스장을 오픈해 사 시설 못지않은 공간으로 많은 참여자들을 이끌어냈습니다. 또한 벼룩시장을 개최하여 아나바다 운동을 실천하며 경제관념을 어린 세대에 심어주고 있습니다.

저희 아파트는 가장 최단 기간 내에 동탄에서 가장 좋은 아파트로 입소문 나기 시작했습니다. 화성에 내로라하는 사람들이 점점 저희 동네를 직접 찾아와 변화된 다양한 모습들에 깜짝 놀라했습니다.

"아니 무슨 아파트가 아니라 어릴 적 동네처럼 푸근해요. 어떻게 된 겁니까?"

"회장님이 시청에 와서 항의만 하는 줄 알았더니 이렇게 많은 일들을 하시는 군요. 참 대단합니다."

화성시장을 비롯한 행정을 하는 직원들은 자신들조차 이 아파트로 이사 오고 싶어 했습니다. 그중 가장 큰 이유는 바로 우리 동네가 커뮤니티 공간으로서 가장 활발한 주민들의 의사참여와 단지 내 여가 생활이 이루어지기 때문입니다. 아파트로 들어서면 단지 내 텃밭이 옛 향수를 자극시킵니다. 82세대가 추첨으로 텃밭을 가꾸고 그곳에 자신들의 추억과 기억을 심고 있습니다. 텃밭을 가꾸는 주민들은 농촌에 사는 사람들처럼 자신만의 노하우를 옆 주민들에게 알려주기도 하고 자연스럽게 화합도 도모됩니다. 1년에 한두 차례는 삼겹살 파티를 열어 텃밭에서 가꾼 다양한 채소와 후식으로 신나는 파티를 열고 있습니다.

'파티 여는 아파트'는 주민들에게 큰 자긍심을 안겨줍니다. 막걸리 한잔 걸치며 삼겹살에 싱싱한 채소로 쌈 싸먹고, 흥에 겨워 노래 부르는 주민들을 보면 덩실덩실 어깨가 들썩입니다. 어린 아이들은 자라나는 식물들을 보며 자신의 꿈을 키워 나가고 있습니다. 무엇보다 생명의 소중함과 신비함을 기억 속에 심어줌으로 올바른 인성함양에도 큰 도움을 주고 있습니다.

"회장님 너무 이렇게 좋은 동네 아파트 만들어 주셔서 감사합니다."

저는 자신에 대한 칭찬에 인색하지만 주민들로부터 칭찬을 들으면 부끄럽고 많은 힘이 생깁니다.

"도와주신 분들이 많아서 잘할 수 있습니다."

실제로 제 주변에는 절 돕는 분들이 많습니다. 힘이 없어 힘들어하시는 노인분들은 작은 것 하나하나도 놓치지 않고 조언을 해줍니다. 그분들의 의견을 수렴하고 하나씩 해나갈 때마다 뿌듯함을 느낍니다. 예전 사업에 실패했을 때는 모든 것이 직원 탓이었지만 이제는 일이 안 풀리면 경영자로서 제 자신을 먼저 비판하고 점검해봅니다. 높은 위치에 있을수록, 감투를 쓰고 대표자로 활동할수록, 대인을 배려하고 힘든 의사결정을 참고 견디며 나아가야 합니다. 젊은 시절의 저와 연륜이 묻은 예순의 저는 사뭇 다릅니다. 나이 먹고 힘은 잃어가지만 노하우가 자연스럽게 쌓여 일을 해나가는데 큰 어려움이 없습니다.

저는 지금 어쩌면 새로운 꿈을 꾸고 있는지도 모릅니다. 동탄이란 신도시에 와서 타인들을 위해 일할 기회를 얻은 것은 인생의 큰 행복이고 행운입니다. 2010년 저는 회장직을 역임하면서 국회의원 표창을 받았습니다. 2011년에는 더욱 열심히 일했더니 화성시장에게 표창을 받았습니다. 화성시장님은 한때 저의 적이었습니다. 도로명을 바꾸려고 몇 번을 찾아가 귀찮게 했는지 모릅니다. 그런 시장과 국회의원은 저의 끈기와 노력을 알아봐주시고 상까지 내리다니 정말 몸 둘 바를 모릅니다. 상이 주는 효과는 컸습니다. 저는 앞으로도 회장을 연임하면서 동탄을 위해, 또 저희 동네를 위해 더욱 열심히 뛰겠다는 다짐을 해봅니다.

동탄의 시지프로서 많은 이들을 위해 일하는 것처럼 행복했던 인생은 여태껏 없었습니다. 저는 지금 누구보다 행복하고 또 재밌는 노후를 보내고 있습니다.

인생에 있어 높은 위치에 올라갈수록 다수의 사람들을 돌봐야 합니다. 인생을 경영할 때 젊은 시절 앞만 보고 달렸다면 가끔은 주변을 돌보면서 자기 의지를 다져보십시오. 혜택은 크고 인생은 더욱 멋져 보입니다.

당신의 경영철학은 무엇인가요?

제가 카센터를 경영하면서 망한 이유는 입지조건도, 직원 탓도 아닙니다. 큰 가게를 차리기 전 단골들이 안 와서 망했단 이유는 핑계입니다. 세월이 흘러 임차인대표라는 직책을 맡아 지역사회에 공헌하면서 저는 그 당시 사업을 말아먹은 이유를 곱씹습니다. 저만의 경영철학이 없었기 때문입니다. 한평생 살면서 먹고 살 궁리만 했지 내 밑에 직원을 부릴 줄도, 또 그들을 나와 동등한 관계로 볼 수도 없었습니다. 세월이 지나 지역사회 일을 도맡아 하면서 저는 저만의 경영철학이 생겼습니다. 기업을 경영하는 것보다 소중한 것은 인간경영과 인생경영을 제대로 할 줄 아는 것입니다. 이론적으로 경영을 하는 수많은 책들이 많지만 저는 실패를 통해 겪어온 수 많은 인생역정 속에 터득한 경영방식을 젊은이들에게 알려주고 또 당부하는 바입니다.

첫째, 돈에 집착하지 말아야 합니다.

인생을 살면서 많은 돈을 벌 때도 있고 적은 돈으로 궁핍하게 살면서 남의 눈치를 보는 일도 많지만 절대 돈의 노예가 되어서는 안 됩니다. 제 주변에도 부동산이니 주식이니 하면서 돈을 불릴 궁리를 하는 사람들이 참 많습니다. 저는 제가 번 돈으로 투자를 하지 않습니다. 우리나라는 분단국가이자 또 수출을 하는 국가로서 세계 증시와 경제, 정치 등에 많은 영향을 받습니다. 그러다 보니 대다수 는 투자를 하다가 망하고, 부동산 역시 포화상태입니다. 돈을 밝히 고 위험하게 투자를 하면 실적만 중요시하는 CEO 밖에 될 수 없습 니다. 버는 돈을 저축하십시오. 투자를 하려면 많은 조언을 듣고 공 부를 한 후에 적정선에서 하시기 바랍니다. 인생 한 방이라는 말이 있지만 한 방에 훅 갈 수도 있습니다. 자신의 자산을 조금씩이지만 천천히 저축을 통해 늘리다 보면 경제 신용도뿐 아니라 인간관계 신용도도 자연스레 높아질 것입니다. 돈에 집착하지 않는 사람이 여유로워 보입니다. 그럼 자연히 친구도 늘어날 것입니다.

둘째, 당신의 인생은 혼자 일으킨 게 아닙니다.

여러분이 아는 안철수 연구소는 우리나라 대표 소프트웨어 회

죽고 싶어질 때

사입니다. 연 매출 100억대를 돌파하고 회사 운영이 안정권에 접어든 어느 날 그는 회사를 떠나 교수로 임용됩니다. 그가 회사를 떠나면서 자신의 주식을 모두 직원들에게 나눠준 일화는 아직도 유명합니다. 힘든 시절 함께 회사를 일군 구성원에게 수익을 배분하는 그만의 경영철학은 한국에서 보기 힘든 CEO의 모습입니다. 인생 또한 마찬가지입니다. 제가 임차인대표를 하면서 회장으로서 많은 일을 할 수 있었던 것은 많은 사람들의 도움이 있었기 때문입니다. 얼마 전 제 일을 돌봐주는 관리소 소장도 표창을 받았습니다. 저는 뛸 듯이 기뻤습니다. 매일같이 잔소리하고 궂은일을 도맡는 그분이 상을 받았기에 더욱더 기뻤습니다. 그분과 저의 신뢰는 매우 두텁습니다. 회사를 운영하면서 이 회사의 주인은 나뿐이라는 생각을 가져서는 안 됩니다. 비록 투자를 자신이 하였을지언정 회사는 구성원 모두가 주인이라는 생각을 심어줘야 합니다. 그러기 위해서는 직원들에게 회사의 수익비율만큼 인센티브도 주고 회사에서 구성원 하나하나가 자신의 꿈을 펼 무대의 장을 마련해 줘야 합니다.

기억하십시오. 당신 혼자서는 절대 아무것도 할 수 없습니다.

셋째, 주변 친구로 엘리트만 두지 마십시오.

인종, 남녀, 세대의 관계 안에서 하지 말아야 할 것은 차별입니다. 이 세 가지 어느 하나라도 차별하게 될 경우 사회에서 매장당하기 십상입니다. 친구 또한 마찬가지입니다. 요즘 젊은이들은 친구를 가리며 사귀는 경향이 있습니다. 대체로 똑똑한 친구 중에는 약은 사람이 많습니다. 자신의 이익을 다 취하면 떠나는 경우가 많지요. 인생경영을 하는 데 있어 똑똑한 사람을 두면 좋은 점도 많지만 기술자나 예술가 같은 친구를 두는 것도 나쁘지 않습니다. 언제 그들에게 도움을 구할지 모르는 일입니다. 스티브 잡스가 애플사의 대표적인 인물이지만 한 입 베어먹은 사과 모양의 디자인을 만들지는 못했을 겁니다. 이 세상을 살아가는 데에는 때로는 기술자나 예술가와 같은 감각을 지닌 사람들의 도움이 많이 필요할 것입니다. 친구를 사귐에 있어서 가리지 말아야 하는 이유입니다.

넷째, 함께 꿈을 이루어가길 바랍니다.

삶에 있어 강한 동기의식 중 하나는 꿈의 유무입니다. 인생을 경영하는 데 뚜렷한 목표나 꿈이 없다면 속살 없는 조개에 불과합니다. 무엇을 하든 인생은 지루해지고 재미없어지며 조금만 힘들어도 쉽게 포기해버립니다. 반면 꿈이 있는 사람은 지금도 꿈을 이루어나가면서 또 다른 미래를 함께 준비해갑니다. 함께 좋은 세상을 만들기 위해서는 자신이 먼저 희생할 각오를 해야 합니다. 자신이 솔선수범하다 보면 사람들 역시 자신의 일처럼 관심을 가질 것입니다. 저는 소박한 꿈이 있습니다.

비록 도시의 아파트에 살지만 사람 냄새나고 옛날 인심 가득한 시골 냄새, 인간 냄새나는 동네를 만들어보고 싶은 소망이 있습니다. 옛 시절 부모님을 모시고 오순도순 살고자 했던 꿈을 저는 입주민들과 함께 만들어가고 싶습니다. 제 열정을 알아봐주셨는지 저희

　　　　　　　　　　　　　　　　　　죽고 싶어질 때

동네는 이제 말하지 않아도 스스로 자신의 동네라고 아끼며 사랑합니다. 쓰레기 하나도 쉽게 버리지 않습니다. 자신의 주변부터 아껴야 인생의 큰 도전 앞에서도 원대한 꿈을 실천해 나갈 수 있을 것입니다. 자신의 꿈을 다른 사람들에게 전파해 함께 가꾸어 나가길 바랍니다.

저의 궁극적인 삶의 철학은 삶을 절대 포기하지 않고 살아가는 것입니다. 이러한 책임과 의무를 혼신을 다해 지켜서 명예로운 사람이 되고 싶습니다. 자라나는 청년들 역시 미리 자신의 인생철학을 설정하십시오. 당장의 공부보다 어떻게 인생을 꾸려갈 지가 더욱 소중한 인생의 잣대가 될 것입니다.

3전 4기 김진황이 세상에 드리는 메시지 '용서'

앞서 밝혔듯 저는 죽을 고비를 수차례 넘긴 사람입니다. 대한민국에서 저처럼 인생 역정을 겪고 죽을 고비를 숱하게 넘긴 사람은 김대중 대통령 빼고는 없을 것입니다. 그분이 어떤 분입니까? 민주투사로 사형을 선고받고도 풀려난 사람입니다. 독재정권에 항의하다 일본에 끌려가 바닷물에 참수당할 뻔하다 기적적으로 살아나신 분입니다. 삶과 죽음을 오가며 어떻게 용기를 가지고 그렇게 살았냐며 대단하다고 하지만 그분처럼 저 역시 무척이나 겁이 많은 사람입니다. 바퀴벌레 하나만 봐도 아직 심장이 덜컹거립니다. 노을진 강을 보러 다리 위에 서 있기조차 힘듭니다. 자살을 결심하며 느꼈던 그 두려움은 제 콤플렉스로 자리 잡고 있습니다. 두 번 자살시도를 했고, 산에서 포승줄로 목을 매 죽으려고도 수차례 결심했지만 죽는 것은 쉽지 않았습니다. 삶의 마지막 순간 조그만 희망의 빛이 저를 부여잡고 놓아주질 않았습니다. 이제는 저는 두 번 다시 자살을 시도하지 않을 것입니다. 삶의 가장 고통스러운 합병증의 증세와도 싸우면서 속 깊이 가진 스스로에 대한 자책감과 원한, 분함을 없앴습니다.

다시 제가 삶을 이어갈 수 있었던 원동력은 무엇이었을까요? 바로 자기 자신에 대한 용서입니다. 일이 풀리지 않으면 사람은 늘 자기 자신을 탓합니다. 용서가 되지 않을 만큼, 자신이 미워 죽을 만큼 용서가 안 되는 경우가 참 많습니다. 용서하십시오. 스스로를 용서하십시오. 백 번이고 천 번이고 자신을 용서하십시오. 용서하고 나면 마음이 한결 가벼워집니다. 다시 삶을 만회할 용기가 생깁니다. 부탁하건데 지금 죽으려고 결심하는 분들, 너무 힘들어 삶을 포기할 만큼 힘든 분들 자책하지 말고 자신을 용서하시기 바랍니다.

저희 스승님은 나쁜 분입니다. 그렇게 홀로 저를 두고 떠나셨습니다. 한동안 저 또한 용서가 되지 않았습니다. 단 한 번도 생명을

   죽고 싶어질 때

놓지 말라며 격려하던 그분이 스스로 생명을 놓았다는 사실이 믿기지 않았습니다. 그렇습니다. 자살은 아무리 생각해도 흉악한 범죄입니다. 제가 존경하는 분의 죽음도 용서받지 못할 일입니다. 아마 짐작컨대 그분은 자기 자신을 용서하지 못할 만큼 병마와 싸우기 버거웠을지 모릅니다.

여러분은 어떻습니까? 비교적 건강한 몸을 지니며 당당히 살아갈 기회의 장이 마련돼 있지 않습니까. 세상에 온갖 맛있는 음식을 먹어볼 기회가 있습니다. 죽어도 잊지 못할 아름다운 광경을 볼 기회가 있습니다. 그러니 지금 이 순간 잠시 어려운 일이 닥치더라도 내 잘못이 아닌 양 스스로의 잘못된 선택에 대해 용서하시기 바랍니다. 용서하면 다시 살아갈 수 있습니다. 절망의 터널 안에서 다시 빛을 갈구하는 용기가 생깁니다. 자신을 용서하기 위해서는 불순분자들을 버릴 수 있는 독한 마음가짐이 필요합니다. 제가 드리는 이 조언을 지키신다면 당신은 이미 용서받을 자격이 있습니다.

마지막 순간까지 포기하지 마십시오. 살다 보면 막다른 골목에 부딪칠 때가 있습니다. 여러분이 막다른 곳에 몰린 생쥐라고 생각해봅시다. 굶주린 고양이가 앞길을 가로막고 있습니다. 이때 겁에 질려 덜덜 떨고 있으면 아무런 기회도 없습니다. 그러나 굳게 결심하고 고양이에게 달려든다면 상황은 전혀 달라집니다. 무시무시한 고양이가 싸워볼 만한 고양이로 바뀝니다.

최근 유튜브에 뜬 동영상에 아프리카 누우가 보여준 삶의 의지는 놀라웠습니다. 누우 한 마리가 무리에서 이탈하여 사자 무리에게 걸렸습니다. 앞에는 강이 있고 강에는 사자보다 무서운 악어가 득실거립니다. 사자에게 물린 누우는 살려고 본능적으로 물가로 갔습니다. 하지만 그 순간 악어가 달려들었습니다. 양쪽에서 물고 늘어지는 줄다리기가 시작됩니다. 누우가 살 희망은 1%도 되지 않아 보였습니다. 죽음이 엄습한 순간 누우는 더욱 크게 울었습니다. 결국 수십 마리 누우 떼가 달려들어서 악어와 사자를 쫓아버립니다.

마지막에 그 누우가 크게 울지 않았으면 죽었을 텐데 살려고 크게 우니 남의 도움도 받을 수 있었던 것입니다. 여러분도 마지막 순간까지 포기하지 마십시오. 힘들면 죽을 만큼 힘들다고 우시기 바랍니다. 백 명 중의 한 사람이라도 여러분의 사정을 봐주고 도와줄지 모르는 일입니다. 자신만 포기하지 않는다면 삶을 이어갈 수 있는 방법은 반드시 있을 것입니다. 끝났다고 할 때까지 끝난 것이 아닙니다.

무학이지만 이 문장만은 읽고 쓸 수 있습니다.

"Never, ever, ever, ever, ever, ever, ever, give up. Never give up. Never give up. Never give up."

영국의 처칠 경이 옥스퍼드 대학 졸업식장에서 했던 말입니다.

"절대로, 절대로, 절대로, 절대로, 절대로, 절대로, 절대로, 포기하면 안 된다. 절대 포기하지 마라. 절대 포기하지 마라. 절대 포기하지 마라."

이 짧은 한마디에는 무쇠처럼 단단한 불굴의 의지가 담겨 있습

죽고 싶어질 때

니다. 절대 포기하지 마세요. 내 눈에 흙이 들어오기 전까지 게임은 끝나지 않습니다.

위기가 닥치는 순간 미친 듯이 운동이라도 해보십시오. 저는 30년의 시간을 운동과 담을 쌓고 살았습니다. 당뇨 등 여러 병마가 함께 와 시한부 선고가 내려졌을 때 저는 인생을 포기하려고 했습니다.

'어차피 죽을 거 편히 쉬다가 죽을까.'

죽으려고 마음먹으면 얼마든지 죽을 수 있겠다 싶었지만 쉽지 않았습니다. 가족이 눈에 밟혀 꼭 살아야 했습니다. 다시 그렇게 살아야 할 이유가 생기자 미친 듯이 운동을 시작했습니다. 병마를 이기기 위해 자전거를 탔습니다. 사지 육신 멀쩡한 사람도 갑자기 운동하면 탈이 나는데 골병든 몸이 오죽하겠습니까? 게다가 의족까지 차서 페달 돌리는 일이 만만치 않았습니다. 10m도 못 가서 넘어지기 일쑤였습니다. 멀쩡한 오른발만으로 자전거를 지탱하려고 애쓰다 보니, 근육이 뒤틀려 통증에 시달렸습니다. 땀과 눈물이 뒤범벅된 얼굴을 잔뜩 찡그리며 페달을 밟았습니다. 달리지도 못하는 자전거는 길바닥에 팽개쳐두고 집으로 돌아가 눕고 싶었습니다. 하지만 살아야했습니다. 자식 녀석들 대학 등록금도 마련해야 했습니다. 나 하나 믿고 시집와 죽어라고 고생한 아내는 어떻게 합니까?

산을 오르다 보면 정상이 다가오는 시점에 한계점인 '사점(死點, dead point)'이 옵니다. 숨은 헉헉거리고 머리에는 아지랑이가 피어오릅니다. 눈을 제대로 뜰 수조차 없을 만큼 힘듭니다. 그렇지만 이상하게 저와 같이 걷던 분들 모두 잠시 멈춰 서서 저를 응원해 줬습니다. 그들도 저와 똑같은 심정인 사람이거나 정상을 밟고 온 분들이기에 제 심정을 잘 압니다.

"힘내세요. 저도 처음 산에 탈 땐 더 못 탔습니다. 파이팅!"

용기를 북돋아 주는 사람들의 격려를 받으며 다시 한 발씩 움직여 봅니다. 딱 죽겠다 싶을 때 정상에 도착합니다. 정상에 서서 서울 시내를 보면 무척 뿌듯해짐과 동시에 겸손함을 느낍니다. 속에서 화병이 나 죽을 거 같았는데 한결 마음이 편해집니다. 참 이상한 현상입니다.

뇌를 다친 사람들은 하루에도 수십 번 죽고 싶은 충동을 느낀다고 합니다. 그렇지만 산을 타기 시작하면서 그 마음이 사라졌답니다. 이유인 즉 뇌에 산소를 공급하면 할수록 두통과 어지러움이 덜해지면서 다시 건강해짐을 느끼기 때문이라고 합니다. 여러분 주위를 둘러보면 운동 중독에 걸린 사람이 간혹 있습니다. 운동을 하지 않으면 하루라도 좀이 쑤셔 못 견딜 지경입니다. 그 사람들이 왜 죽자고 운동에 매달릴까요? 바로 운동을 하면 자신이 살아있음이 느껴지기 때문입니다. 숨이 차고 심장은 터질 듯하지만 모든 근심, 걱정이 사라집니다. 그 맛을 그들은 알고 있습니다. 지금 힘들다면 운동부터 시작하십시오. 다시 살아갈 용기가 생길 것입니다.

"부럽다. 나도 저럴 때가 있었는데…."

모 제품 CF에서 사람들은 연신 부럽단 말을 합니다. 백수가 집

죽고 싶어질 때

에서 뒹굴고 있을 때 군대 이등병은 편하게 TV를 보는 백수를 부러워합니다. 퇴직하려고 술잔을 기울이는 사람을 부러워하는 사람은 회사 초년생입니다. 그들 눈에 그분들은 인생의 대선배입니다. 하지만 회사 초년생을 보는 CEO 역시 그 젊음을 부러워합니다. 이렇듯 인생의 행복과 부러움은 상대적인 것입니다. 인생이 애달프고 고달프지 않는 사람은 없습니다. 탄탄대로처럼 잘 닦인 인생길은 없습니다. 왕후장상의 씨로 태어난 사람이라도 길옆에 펼쳐진 풍경만 다를 뿐, 길의 기복은 남들과 다르지 않습니다.

올림픽에서 금메달로 온 국민을 기쁘게 만드는 선수들의 인생은 어떻습니까? 동메달 땄다고 뭐라고 하는 국민은 우리 국민뿐입니다. 다른 나라 국민들은 모두 입상권에 든 선수뿐 아니라 최선을 다한 모든 선수들에게 격려를 아끼지 않습니다. 인생을 살면서 가장 큰 경쟁자는 바로 자신입니다. 포기하고 싶은 욕구를 이기는 것이 훨씬 어렵습니다. 남과 비교하다 보면 자기비하는 끝도 없이 커집니다. 뒤를 돌아보거나 도망갈 곳을 찾거나 변명을 늘어놓을 뿐입니다. 영원히 도망갈 순 없습니다. 인생의 절벽은 수도 없이 찾아옵니다. 반드시 이 고비를 넘어야만 합니다. 기회를 잡으십시오. 당신을 응원하겠습니다.

나쁜 습관은 어떻게 버릴까요?

살면서 자기 자신이 가장 원망스러울 때는 용서가 되지 않는 짓을 하고 후회하며 자책하는 경우입니다. 그것은 바로 자신의 습관 때문입니다. 정신없이 사는 젊은이에게 가장 나쁜 습관 두 가지는 바로 올빼미족 습성과 건망증입니다. 요즘 젊은이들은 위 두 가지 습관이 특히 심합니다. 할 일이 태산이면서도 놀 시간은 참 많습니다.

A군은 취업 준비할 일이 많음에도 PC방에서 게임으로 날을 지샙니다. 집에 오면서 '좀만 자고 도서관 가야지.' 생각하고 잠자리에 들었다 일어나면 해가 중천에 뜬 오후입니다. 가장 나쁜 습관 중 하나가 올빼미족 습성입니다. 일찍 일어나 도서관 첫 자리를 잡으며 경쟁하는 학생들과 올빼미족들은 상대가 되지 않습니다. 문제는 습관이 버릇된다는 것입니다. 하루 이틀은 용서할 수 있지만 며칠간 지속된 습관으로 낮과 밤이 완전히 바뀌는 젊은이들이 많습니다. 세상은 순방향으로 흘러가는데 본인은 역방향으로 흘러가니 당연히 경쟁에서 뒤쳐집니다. 자신의 삶이 예술가나 작가가 아닌 이상 삶을 순방향으로 돌리셔야 합니다.

나쁜 습관을 버리는 방법은 강한 의지에서 비롯됩니다. 큰 것부터가 아닌 작은 것부터 조심스레 자신의 롤 모델을 정해 그 사람의 생활주기처럼 행동하십시오. 대부분 성공한 사람들의 하루는 무척 길며 분 단위로 스케줄을 잡습니다. 인생을 가상의 공간에서 낭비하시면 안 됩니다.

건망증은 현대인에게 있어 만병의 원인입니다. 처음에는 중요하지 않은 것들을 잃어버리다가 나중에는 소중한 지갑이나 여권 등을 분실하게 됩니다. 회사 안에서도 건망증이 심한 사람은 정리대상 1호입니다. 건망증이 심한 사람은 성공을 거두기 힘듭니다. 중요한 약속이나 시간을 잊어버리지 않으리란 보장이 없고, 신용도도 떨어집니다. 저 또한 건망증이 심합니다. 몸이 불편하면 신경 쓸 일이 많고 자연스레 다른 일을 잊어버리기 쉽습니다. 그래서 저는 분 단위로 계획을 짭니다. 항상 사소한 일조차 메모하는 습관을 잊은 적이 없습니다.

제 경험상 건망증을 극복하는 가장 좋은 방법은 조용한 취미를 즐기는 것입니다. 서예를 배우면서 저는 많은 심리적 안정감을 찾았습니다. 좋은 글귀를 써내려가다 보면 마음이 편안해지고 그 뜻을 되새기면서 차분해짐을 느낍니다. 여러분도 점잖은 취미생활을 즐겨 보십시오. 낚시도 좋고 골프도 좋습니다. 학생이라면 바둑을 두는 것도 좋은 방법입니다. 마음이 안정되면 일의 순서도 정리되고 자연스레 중요한 것부터 침착하게 진행할 수 있습니다.

화를 다스리는 방법을 가지고 계세요?

건강을 해쳐 아내 가슴에 남긴 응어리는 평생토록 어루만져도 지울 수 없습니다. 저는 건강을 회복했지만 아내가 체중이 늘어 걱정입니다. 아내에게 씻을 수 없는 죄를 진 기분입니다. 어려서 집을 떠나 객지를 떠돌았습니다. 의지할 데가 없다 보니, 나 이외에는 누구도 믿지 않았습니다. 점점 외곬이 되었습니다. 성질은 불같이 타올랐습니다. 속이 뒤틀리면 다짜고짜 연장부터 집어던졌습니다. 인사불성이 될 때까지 술을 마시고, 가래가 들끓도록 담배를 피워댔습니다. 꾹 참는다? 그런 일은 절대로 없었습니다. 하고 싶은 대로 마음 가는 대로 살았습니다. 병이 오면서 제 자유는 사라졌습니다. 아내는 가장이 되었습니다. 저는 병자처럼 정해진 시간에 약을 먹고 밍밍한 반찬도 달게 먹어야 했습니다. 의사마저 포기한 몸을 아내가 살렸습니다. 자기 자신은 화병으로 살이 찌면서도 제 밥은 잡곡밥에 건강 식단으로 한 번을 거르지 않고 차려준 아내는 평생의 은인입니다. 아내의 화병을 저는 이제와 고치려고 많은 애정표현을 합니다. 손님을 맞을 때도 꼭 아내와 함께 갑니다. 홀로 사업한답시고 사람들을 만날 때는 아내를 애태웠지만 이제는 조금이라도 맛있는 음식이 있으면 아내부터 챙깁니다.

아내는 화를 참고 인내의 삶을 살아왔습니다. 아내를 보면 참을 줄 아는 사람만이 화도 낼 수 있단 생각을 해봅니다. 얼마나 화를 내고 싶었을까요? "당신 그 따위로 인생 살 거야!"라고 수십 번도 더 마음속에서 외쳤을 겁니다. 한때 화를 내지 않는 아내가 신기해 물었습니다.

"여보 왜 당신은 화 한 번을 안 내?"

그때 마누라가 한 말을 적어 놓고 있습니다.

"나보다 더 힘들게 사는 당신한테 어떻게 화를 내요."

그렇습니다. 화가 날 땐 자신보다 더 힘들게 삶을 이어가는 사람들을 생각해봅시다. 부모도 없이 홀로 살아가는 인생은 얼마나 힘들겠습니까? 건강이 약한 사람은 화를 내고 싶어도 낼 수 없습니다. 화는 쉽게 내지 맙시다. 화를 못 참을 땐 보이지 않는 곳에서 화를 내거나 친한 친구들과 수다로 풀어봅시다. 화를 낸 순간 자신이

죽고 싶어질 때

왜 화를 냈는지 후회감이 밀려올 것입니다. 화를 다스리십시오.

"선생님 저는 아무런 희망이 없습니다."

사람들은 절망에 빠지면 더 이상 희망이 없다고 여깁니다. 하지만 정말 희망이 없는 것일까요? 희망을 스스로 없애버린 건 아닐까요? 장애인만큼 희망이 없는 사람이 또 있을까요? 천대받고 무시받는 장애인들이 아직도 많습니다. 장애인이 지하철을 타면 사람들은 알아서 길을 열어줍니다. 그 사람들은 희망이 없는 것을 느끼는 게 아니라 절망을 느낄 것입니다.

저 또한 장애인으로서 처음에 절망을 느꼈습니다. 다리가 없이 세상을 사는 것을 받아들일 수 없었고 세 번의 자살시도를 했지만 그때마다 귀인이 나타나 손을 잡아줬습니다. 그렇습니다. 인생의 행복과 불행은 공존합니다. 희망을 얻기 위해 고통을 감수할 줄도 알아야 합니다. 인생은 롤러코스터처럼 극한의 위험에서 극도의 희망으로 전환됨을 반복합니다.

원하는 것을 뭐든지 가질 수 있는 사람은 과연 행복할까요? 현대가의 아들들은 돈 때문에 투쟁하여 결국 큰 형이 목숨을 잃지 않았습니까? 쉽게 얻으니 쉽게 버리는 것과 같습니다. 물론 그분은 훌륭한 분입니다. 하지만 인생의 결말은 불행하기 짝이 없었습니다. 돈이 생명과 바꿀 수 없듯 희망 또한 쉽게 얻어지는 것이 아닙니다. 작은 희망부터 가져 보십시오. 큰 희망은 시간이 오래 걸리므로 작은 희망을 품고 이룬다는 생각으로 살면 인생은 달콤해집니다.

세계적인 수영선수 박태환 선수는 매 순간 작은 희망을 품었습니다. 바로 1초라도 줄이겠다는 조그만 소망부터 실천했습니다. 마이클 펠프스란 선수를 이기기 위해 작은 희망부터 착실히 키워나갔습니다. 결국 그는 400미터 세계 최고 수영선수가 될 수 있었습니다. 최선을 다하는 마음 하나만 가지고 있으면 희망은 언제든 찾아옵니다.

우리는 고통을 통해서 인간과 세상을 사랑하고, 삶의 의미를 깨닫습니다. 고통을 즐기십시오.

당신은 어떤 사람이 되고 싶습니까?

세상에는 세 부류의 사람이 있습니다. 남에게 피해를 주는 사람, 남에게 피해를 주지는 않지만 돕지도 않는 사람, 자신을 희생하면서까지 남을 돕는 사람. 첫 번째는 이기주의, 두 번째는 개인주의, 세 번째는 이타주의입니다. 당신은 어디에 속하십니까? 대부분의 사람들은 두 번째 경우에 해당할 것입니다.

저는 위 부류의 인생을 다 겪어봤습니다. 베트남전에 참전해서 본의 아니게 대한민국을 위해 싸웠던 자기희생의 삶을 살았고 다리를 잃고 개망나니같이 살면서 술 먹고 시비를 걸고 경찰서를 왔다 갔다하며 남에게 피해를 주기도 했습니다. 마지막으로 사업이 망하고 다른 삶을 살면서는 철저하게 나와 가족만을 위해 살았습니다. 모든 삶을 살아보면서 저는 사람을 잘 파악할 수 있게 되었습니다. 어떤 사람은 작은 행동 하나만 봐도 그 사람이 어떤 유형의 삶을 사는지 곧바로 파악할 수도 있습니다. 부디 당부하건데 자신만을 위해 살지 마십시오.

죽고 싶어질 때

첫 번째는 이기주의 삶입니다. 혹시 여러분은 지금 남에게 피해를 주는 삶을 살지 않습니까? 도둑질, 강간, 성폭행, 사기 범죄자들만이 남에게 피해를 주는 것은 아닙니다. 더 나쁜 인간들은 자신이 나쁜 짓을 하면서도 교묘히 자신의 삶을 정당화하는 사람입니다. 국회의원은 이미 사기꾼이 더 많다고 국민은 생각합니다. 돈을 교묘히 빼내 자신의 정치적 입지와 권위를 내세우는 국회의원은 참수하면 시원할 사람들이 참 많습니다. 젊은 사람들을 만나 보면 금융업에 특히 종사하는 사람들이 많습니다. 그들은 괜찮은 일을 하면서 인간에게 필요한 돈과 관련한 업무를 하지만 때로는 본의 아니게 고객들에게 피해를 입힙니다. 대출을 유도하고, 회사 방침이라며 못된 이자를 독촉합니다. 그 사람들은 금융인이 아니라 사채업자와 다를 바 없습니다. 직업에 귀천이 없다지만 정당하지 않은 거래를 관장하는 금융인은 참된 금융인이 아닙니다. 차라리 공사장에서 땀 흘려 일하는 사람의 손이 훨씬 깨끗합니다.

두 번째로 개인주의 삶은 현대 사회인의 전형적인 모습입니다. 옛날에는 피곤할 만큼 동네사람들이 돕고 살다 보니 집안 내력을 동네 사람들이 다 알았습니다. 사생활이 없다는 안 좋은 점도 있지만 서로를 배려하는 모습에 웃을 날이 더 많았습니다. 가난했지만 행복지수는 높았습니다. 산업화가 진행되고 일자리가 늘어나면서 사람들은 점점 지친 삶을 살고 있습니다. 서울 사람들은 항상 피곤해 보인다고 외국인들은 말합니다. 지하철만 타 봐도 사람들은 이

어폰을 낀 채 자신의 일에 몰두합니다. 가끔 지하철에 어른이 들어와도 자리를 비켜주지 않을뿐더러 불편한 분들이 있는지도 모릅니다.

　자신이 곤란을 겪으면 이제는 스스로 알아서 헤쳐나아가야 합니다. 누구도 도와주지 않는 세상이 되었습니다. 삶도 피곤하고 지치겠지만 주위를 둘러보며 살았으면 합니다. 이어폰을 끼고 거리를 다니다 차가 자신을 칠 수도 있습니다. 뜻하지 않게 자연재해로 목숨이 위태로울 때 119만 바라고 삶을 살고 싶습니까? 조금만 주위를 둘러봅시다. 큰 도움을 주진 못해도 이어폰이 없는 세상에 더욱 살아있음을 느낍니다. 앞에 계신 할아버지의 미소만 바라봐도 인생은 행복해집니다.

　세 번째로 이타주의의 삶을 사는 몇 안 되는 사람은 사회로부터 존경을 받습니다. 공지영 작가는 『도가니』란 책으로 소수자의 인권을 보살폈습니다. 그분은 책상 앞에서 글을 썼지만 그 글이 사회에 얼마나 큰 파장을 끼쳤습니까. 여러분도 혹시 저분처럼 존경받고 살고 싶지 않습니까. 물론 세상에는 공지영 작가보다 훨씬 훌륭한 현인들이 많습니다. 드러나지 않을 뿐이지 훨씬 더 훌륭한 일을 하면서도 스포트라이트를 받지 않는 경우가 더 많습니다.

　또 큰 나눔은 아니지만 작은 베풂으로 인생의 행복을 누리는 사람도 많습니다. 남을 돕는다는 것이 곧 자신의 행복이라고 말하는 사람은 언제나 행복함으로 총명한 눈빛을 지니고 있습니다. 그들은

　　　　　　　　　　　　　　　　　　　죽고 싶어질 때

대부분 긍정적이며 행복한 삶을 영위합니다. 청년들은 사회에 나가면서 직업을 선택합니다. 어떤 직업을 원합니까? 대부분 돈을 많이 벌기를 원합니다. 처음에는 당장 부모님에게 효도하고 쓴 돈을 만회하고자 돈을 벌겠지만 인생은 돈이 전부가 아님을 곧 느낄 것입니다. 조금이라도 세상에 이바지하는 일을 해보는 것은 어떻습니까? 좋은 비료를 만드는 회사의 영업사원이 질 나쁜 제품을 파는 회사의 영업사원보다 낫습니다. 돈 많이 버는 치과의사보다 돈은 좀 덜 벌지만 대학병원에서 병마를 연구하고 난치병과 같이 싸우는 의사가 더 멋져 보이는 것은 어쩔 수 없습니다. 꽃길로 수놓는 인생을 사십시오. 죽을 때 외롭게 가는 것보다 자신이 도운 사람으로부터 축복받으며 세상을 하직하는 게 훨씬 행복한 인생이 아닐까요? 선택은 여러분의 몫입니다.

여러분은 대한민국의 국적을 지닌 사람입니다. 세상이 아무리 미워도 세상을 믿기 바랍니다. 요즘 젊은 대학생들 중에 외국에 안 나가본 사람은 없습니다. 짧게는 몇 달부터 길게는 20대 전체를 외국에서 보냅니다. 놀랍게도 우리나라의 젊은이들 중 이민을 계획하는 사람이 참 많습니다. 국제화 시대에 땅도 좁고 인구도 많은데 나가서 사는 게 뭐 어떠냐 싶겠지만 국적을 바꿔도 우리 몸에는 이미 한민족의 피가 섞여 있습니다. 취업도 안 되는 지금의 현실이 고달파도 해외로 나가는 것만이 능사는 아닙니다. 어차피 외국에 나가서 살아도 우리는 평생 한국인으로 살아야합니다. 만약 많은 준비를 하지 못하고 나간다면 낯선 이국땅에서 외로움에 사무쳐 살다 죽을지도 모릅니다. 제가 제안 드리는 삶은 한국에서 기왕 살 인생 좀 더 세상을 낙관적인 시각으로 바라보자는 겁니다. 9시 뉴스에 안 좋은 기사와 비리가 횡행하지만 실제는 좋은 뉴스가 세상에 더 많습니다. 제가 60년의 인생을 살면서 다행이라 여기는 부분은 그래도 우리나라는 참 괜찮은 국가라는 사실입니다. 열심히 살면 먹고 사는 데 지장이 없고 명예도 누릴 수 있고 차로 씽씽 달려 드라이브도 할 수 있습니다. 삼면이 바다로 둘러싸여 농업, 어업, 공업이 두루 발달할 수 있었고, 세계적으로 IT기술은 우리나라가 1위입니다. 참 저력 있는 국가의 구성원으로 좀 더 자부심을 가지고 긍정의 눈으로 살아보는 것은 어떻습니까?

대리운전을 하던 시절입니다. 직업의 특성상 각계각층의 사람들을 만났습니다. 다시 얼굴 볼 일이 없다는 사실이 편해서인지 손님들이 이런저런 이야기를 건넵니다. 기사는 손님의 이야기를 들어줄 의무가 있다고 생각합니다. 세상 돌아가는 이야기가 주저리주저리 풀어집니다. 처음 보는 운전기사와 속내를 터놓고 말할 수는 없습니다. 자연히 화제는 정치, 경제, 사업, 직장 등 세상살이로 흘러갑니다. 긍정적이기보다는 부정적인 이야기가 많습니다. 자연스레 불평불만이 쏟아집니다. 그중에서 자주 듣는 말이 있습니다.

"세상에 믿을 놈 하나 없습니다!"

저는 껄껄 웃기만 합니다. 왜 사람들은 하나같이 세상 탓, 남 탓

죽고 싶어질 때

만 할까요? 자기가 잘못했다고 말하는 사람을 한 번도 본 적이 없습니다. 백 명이 사는 마을이 있다고 합시다. 한 사람이 우리 마을에는 믿을 놈이 하나도 없다고 합니다. 다른 사람도 똑같이 말합니다. 그렇게 모두 한마디씩 내뱉고 나니 나 역시 믿지 못할 놈이 되어버렸습니다. 믿지 못할 마을, 가정, 직장, 나라가 되어버렸습니다. 이와 같은 생각을 가진 사람이 많은 사회는 발전할 수 없다는 아찔한 생각이 들었습니다. 애국자는 아니지만 나라 걱정을 하게 되었습니다.

세상을 믿을 수 없다고 탄식하기 전에 '과연 나는 믿음을 주는 사람인가?' 부터 생각해봅시다. 애완동물은 믿음과 사랑을 주면 더 주인을 따릅니다. 자기가 하는 일을 열심히 하면 전문가가 될 수 있습니다. 이와 마찬가지로 국가를 믿고 자부심을 가지면 가질수록 세상은 더욱 아름다워 보입니다.

여러분이 자신을 용서하기 위해서는 마지막으로 건강을 지켜야 합니다. 스스로의 건강을 잃지 마십시오.

저는 중병에 걸려 생사의 갈림길에 설 때 죽을 듯이 운동을 했습니다. 그래서 다시 태어날 수 있었습니다. 관악산을 오를 때 제 건강만 돌보지 않았습니다. 수많은 고시생들과 운동을 함께했습니다. 운동을 죽을 듯이 하는 제 모습을 보고 "선생님. 제 트레이너가 되어 주십시오."라고 부탁하는 젊은이들을 보았습니다. 장애인한테 트레이너가 되어 달라니 헛웃음이 나왔지만 그들의 용기가 대단하여 저 또한 재미있게 운동할 수 있었습니다.

건강을 잃으면 전부를 잃은 것과 다름없습니다. 건강을 지키라는 말이 너무 당연합니까? 그렇다면 당신은 건강의 중요성을 알면서도 왜 술과 담배를 끊지 않습니까? 왜 무절제한 생활을 고집하십니까? 건강은 개인만의 문제가 아닙니다. 혼자 서울에서 전전긍긍할 때도 몸이 아프면 가족이 그리웠습니다. 나 하나 죽는다고 가족의 생계가 막막해지지는 않습니다. 그러나 몸을 지니고 태어난 이상, 이 몸은 연결고리처럼 앞뒤와 닿아 있습니다. 부모로부터 물려받아 자식에게 물려주는 것이 우리의 역할입니다. 언젠가는 죽을 몸이지만, 그 몸이 살아가는 동안은 홀로 우뚝 설 수 있도록 건강을 돌봐야 합니다. 누군가의 의지가 되기 위해서는 누구보다 탄탄한 건강체가 되어야 합니다. 건강을 돌보십시오. 당신의 가족이 울고 있습니다.

제가 말한 위 사항들을 잘 지킨다면 여러분은 스스로를 용서할 자격이 충분합니다. 저는 이미 제 자신을 용서했습니다. 신도 저를 용서할 거라고 믿습니다. 나를 용서한 순간 세상은 더욱 재밌습니다. 삶을 바꾸고 싶다면 지금이 역전할 기회입니다. 지금 좌절하고 있다면 자신을 용서하는 기도문이라도 읽어보십시오. 빨리 자신을 용서하고 누군가의 멘토가 되는 삶, 참 즐겁지 않을까요? 이 외다리 시지프가 세상에 전하는 메시지는 이것 하나뿐입니다.

자기 자신을 용서하십시오. 그럼 됐습니다.

아무도 가지 않는 길을 가겠습니다
– 김진황이 꿈꾸는 마지막 삶

제 삶을 누군가에게 권하고 싶진 않습니다. 하지만 다시 인생을 살아도 지금처럼 사는 것을 후회하지 않겠습니다. 비교적 재미있는 삶입니다. 다리를 잃은 인생을 누가 살아보겠습니까? 포탄이 쏟아지는 베트남에 누가 가보겠습니까? 삶과 죽음의 경계에서 나를 찾았던 시간은 인생의 깨우침을 안겨주는 소중한 자산이었습니다.

"여보 우리 기부해요."

저는 아내와 신체기부를 하기로 결심했습니다. 가진 것이라고는 다리 뺀 몸뿐이지만 누군가에게 생명의 빛으로 남을 것이기에 후회는 없습니다. 또 모은 재산을 될 수 있으면 사회에 환원할까 합니다. 물론 앞날은 어떻게 변할지 모르지만 마음을 갖고 있으면 언젠가 실천할 수 있다는 확신이 있습니다.

저희 부부를 보고 사람들은 화목하다며 부러워합니다. 아내는 제가 아파트에 텃밭을 가꿀 때 묵묵히 사람들에게 농사법을 알려주는 빛 같은 존재입니다. 제가 하는 일이라면 무조건 응원해주고 자기 일 마냥 앞장서서 해주는 아내 덕에 저는 인생을 마음껏 펼칠 수 있었습니다. 보통의 삶을 살지 않아서인지 저 또한 남들이 가는 편한 길보다는 남들이 가지 않는 길을 가보고 싶습니다. 아직 저는 강단에 서서 많은 사람들에게 제 인생역정을 들려주고 그들에게 희망의 길을 제시하고 싶습니다.

무학이 무슨 꿈이 이렇게 많냐고 묻는다면 반문하겠습니다. 못 배운 사람은 꿈을 꾸지 못하라는 법이 있습니까. 저는 수천 명의 제자를 가지고 있습니다. 교도소 수감자들부터 대기업 임원진까지 저의 인생사에 눈물을 훔쳤습니다.

"교수님. 저는 편한 길을 걸어왔지만 앞으로는 더 힘들게 도전하는 삶을 살겠습니다. 안주하지 않겠습니다."

맞습니다. 삶은 안주해서는 안 됩니다. 더욱 더 물고 늘어지며 살아야 할 고달픈 인생입니다. 안주하다가는 어느새 도태되고 큰 위기에 빠지는 게 경쟁사회입니다. 남들이 가는 길은 편할지라도 결코 매력적이지 않습니다.

99%에 도전하는 1%가 역사를 바꾸었습니다. 마젤란은 세계 일주를 하여 지구가 둥글다는 것을 증명하였고 콜럼버스는 아무도 도전하지 않는 탐험을 통해 신대륙을 발견하였습니다. 다른 사람들이 아무것도 하지 못할 때 빛으로 인류를 데려갔습니다. 그래서 존경받고 역사에 이름을 남깁니다. 저 또한 역사에 이름을 남기고 싶습니다. 큰 발자취는 아니지만 명예로운 사람으로서 많은 사람의 귀감이 되고 싶습니다. 저는 3전 4기의 복싱선수 홍수환보다 더 힘든 삶을 살았습니다. 3번 다운당할 때 저는 3번의 죽을 고비를 넘겼습니다. 4번째 만에 일어나서 승리를 거뒀듯이 저 또한 4번째 삶을 살면서 마지막 승리의 잔치를 열까 합니다.

다리도 없는 제가, 예순이 다 된 제가 왜 이렇게 도전을 멈추지 못할까요. 그 이유는 지켜보는 눈들이 많아서입니다. 제가 죽음의 고비를 넘기면서 앞으로 어떻게 저 사람이 살지 궁금해하는 팬들이 참 많습니다. 그분들에게 실망을 안겨드리면 안됩니다. 지푸라기라도 더 붙잡고 더욱 열심히 살 것입니다. 김진황이 꿈꾸는 삶은 더 많은 국민들이 자기 자신을 사랑하는 삶입니다. 자신을 용서하는 대인배의 삶입니다. 청년들에게 꿈을 꾸게 하는 사회, 비전을 제시하는 국가를 만드는 데 일조하고 싶습니다.

젊은 사람들이여. 저와 함께 인생을 가꾸어 봅시다. 담력을 키우려면 평소 두려워 손도 내밀지 못하던 일에 도전하는 것이 공포심을 극복하는 가장 신속하고 정확한 방법입니다. 시도와 도전을 두려워하지 맙시다. 회피해 봐야 어차피 시간이 지나면 또 도전해야 할 과제가 됩니다. 아무도 가지 않는 길 그러나 누군가는 가야하는 길, 역사가 되는 길. 저 김진황과 함께 나아갑시다. 용기를 가지십시오! 당신의 젊음을 응원하겠습니다.

죽고 싶어질 때

감재만 한의원

박재회 한국 예술대학교

신재홍 한의원 박사

서용구 숙명대학교 경영대학교 교수

곽준상 세일즈 마케팅 교수

엄길청 경기대학교 교수

김영림 국악인

김선환 PSI 컨설팅

이용식 코미디언

김병후 정신병원 원장

여상환 포스코 부회장

신달자 시인

신건철 교수

권기운 논설위원

박완일 불교신도회장

민용태 고려대학교 교수

홍태수 작가

박동규 서울대 교수

황태호 EQ 저자

임경민 프로이미지 리더

김진광 민주산악회 회장

이봉재 중앙병원 이비뇨과 과장

이상수 재향군인회사무총장

서광덕 동작구 청 의사국장

고성국 아나운서

조광명 경기도 도의원

이선주 화성시 시의원

오문섭 화성시 시의원

이태섭 (전)화성시 의회 의장

김용완 안성시 전 시의원

장면순 화성시동탄1동 체육진흥회 회장

현명철 장안대학교 교수

김용혁 예비역 공군 대령 전 공군참모총장 정책보좌관

이충래 참여연대 회원(현)

리출선 화성 (을)국회의원 출마

김한섭 화성시미래연구원 원장 행정실 부실장

정현주 (현)화성시 시의원

유효근 (전)화성시 시의원

김성덕 (현)서울지방 보훈청 지방청 과장

최재광 (현)會長　報勳團體協義會

이만수 (부회장)국민생활체육회 수원시 육상연합회

이창성 (전)국회의의 보좌관

林鳳植 (현)東灘農協 組合長

노길호 동탄남지점 지점장

김동원 신도브래뉴 회장

황영철 월드반도 회장

이달영 동탄2동 자치위원장

김종규 동탄입주자 사단법인연합회장

김연태 중부일보 기자

조성목 금육감독원 국장

장규홍 SBS보도국 부장

최신아 두우산업(주) 대표이사

청춘이 스펙이다

정태현 공저 | 신국판 | 값 15,000원

청춘을 망치는 대한민국의 잣대를 부숴라!
평사원으로 시작해 포스코 건설의 임원직까지 오르고, 이후 글로벌 기업 에어릭스의 대표가
된 정태현 저자가 이 시대의 청년들과 과거 청년이었던 모두에게 바치는 청춘의 노래.
이제 의미 없는 스펙의 굴레에서 벗어나 진짜 인생을 위한 스펙을 쌓아보자.

머니 힐링

조성목 엮음 | 신국판 | 값 15,000원

돈과 빚 그리고 잃어버린 꿈에 신음하는 사람들의 회복을 이야기하는 한 권의 책. 이 책 『머
니 힐링money healing』은 현재 금융감독원의 국장으로 재직 중인 조성목 저자가 집필한 실
용 경제서적으로, '돈'을 둘러싼 분쟁과 다툼 그리고 그 사이에서 큰 상처를 받는 피해자들
을 조명하고 실질적인 회복, 회생 노하우를 들려준다.

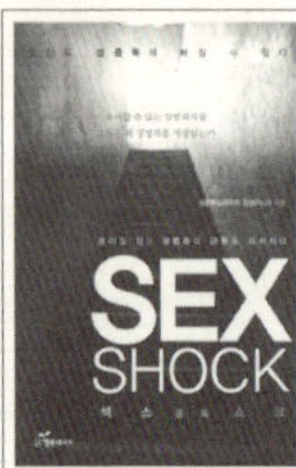

섹스 쇼크

김성 지음 | 신국판 | 값 15,000원

모든 성범죄의 근원에는 성중독이 자리하고 있다?
성중독심리학자 김 성 박사(Ph.D)가 밝히는 충격적인 성중독의 세계.
대한민국 최초로 공개되는 성중독의 개념과 그 사례를 통해 그간 그냥 지나쳐왔던 그릇된
한국의 성문화에 대한 문제점을 파악하고, 그 치유 방법을 논의해보자.

고독하지만 자유롭게

이봉원 지음 | 신국판 | 값 13,000원

한국과 호주를 넘나드는 고군분투 독립장편영화 제작기!
장편영화 '마티나'의 이봉원 감독의 여행기이자 영화제작기록으로, 캐나다와 호주에서 항
공사회사원으로 근무하며 영화를 기획하고 한 걸음 한 걸음 전진하여 장편영화 '마티나'를
제작해가는 과정을 담았다.

잘나가는 공무원은 무엇이 다른가

이보규 · 최성열 지음 | 신국판 | 값 15,000원

정신 놓고 있다가 길을 잃으면 그 순간 끝장이다! 9급부터 시작하는 공무원 행동강령. 이제
지옥 같은 직장을 낙원으로 만들고, 적을 아군으로 만드는 마법 같은 처세의 힘으로 더 큰
바다로 나아가보자.

여전한 인생 vs 역전한 인생

구건서 지음 | 신국판 | 값 15,000원

누구나 원하는 인생역전, 하지만 인생은 조금도 변할 기미가 보이지 않는다. 이제 무기력한 당신의 인생에 여덟 개의 키워드[꿈 · 인맥 · 도전 · 재능 · 행동 · 기본기 · 준비 · 열정]를 입력하라. 가난과 짧은 학력을 이겨내고 꿈을 이룬 구건서 노무사가 제시하는 인생항해를 따라 나만의 인생설계도를 완성한다면 인생역전은 당신의 것이 될 것이다.

평화대통령 한한국

이은집 지음 | 신국판 | 값 17,000원

서예 회화 미술가 한한국 작가의 삶의 기록을 담았다. 세계 각국에서 극찬을 받고 세계평화 작가라는 타이틀을 얻기까지 우직하게 걸어온 고독하고 처절했던 투쟁 같은 삶과 그의 예술 철학을 엿보고, 소름끼치는 예술혼과 피와 눈물로 점철된 그의 작품들이 어떤 파장을 일으켰는지를 재조명해본다.

춤추는 별

김달국 지음 | 국판 | 값 13,000원

여기 로맨스와 불륜의 경계를 가로지르는 또 하나의 아름다운 사랑이 펼쳐진다. 금지된 사랑의 곡조에 춤을 추는 아름다운 두 개의 별, 그 흔들리는 빛의 아지랑이 속으로 당신을 초대한다.

중남미로 떠나는 21일간의 여행

노상래 지음 | 신국판 | 값 15,000원

배낭여행보다 더 알찬 국내 유일의 중남미 21일 패키지여행 체험기! 시간이 멈춰버린 그곳 중남미의 매력에 빠져든다. 삶이 주는 선물, 여행. 이제 인생의 동반자들과 함께 정열의 나라로 떠나보자.

소마틱스

토마스 한나 지음 · 최광석 옮김 | 신국판 | 값 17,000원

하루 5분 정도의 소마운동만으로도 유연하고 건강한 몸을 유지하면서 나이와 외상으로 인해 생긴 문제에서 탈출할 수 있다. 더 이상 외부에서 나의 치유를 찾으려들지 말라. 이제 소마틱스를 통해 나 자신이 스스로의 주인이 되어 몸을 일깨워 잃어버렸던 유연성과 건강을 회복해보자.

도서출판 **행복에너지** 에서는

출판 및 기타 홍보물을 의뢰받아 기획, 디자인, 제작대행 해드리고 있습니다

● **제작 · 대행 업무**

출판 Publishing _ 자서전, 전기, 소설, 시집, 사보, 회사 연감

편집디자인 Editorial Design _ 브로슈어, 팜플랫, 카달로그, 리플릿, 회사 소개서

그래픽디자인 Graphic Design _ C · I (회사심벌), B · I (제품심벌)

● **원고 집필 대행**

전문 인터뷰어 및 경력 작가진 지원 _ 원고 컨셉부터 완성까지 책임집니다.

● **출판제작과정**

출 판 제 작 과 정
1. 주문의뢰
2. 고객과의 디자인 방향 협의
3. 제품시안 제시 및 반복 수정 작업
4. 고객님의 최종 결정
5. 제품 제작 및 자료 전송

※ 특수 주문에 따라 일부변동 가능

www.Happybook.or.kr
☎ 0505-666-5555